Rose in Bloom
by Helen Hardt

薔薇に捧げる愛の旋律

ヘレン・ハート
岸川由美[訳]

ライムブックス

薔薇に捧げる愛の旋律

主要登場人物

ローズ・ジェムソン……………………………………伯爵の娘
キャメロン（キャム）・プライス……………………領民。作曲家
リリー………………………………………………ローズの姉。ライブルック公爵夫人
ライブルック公爵（ダニエル）…………………リリーの夫
エヴァン・ゼイヴィア………………………………ダニエルの友人
ブライトン伯爵（デイヴィッド）………………エヴァンの父
ルシンダ（ルーシー）・ランドン………………ダニエルの母の妹
アシュフォード伯爵（クリスピン）……………ローズの父
フローラ……………………………………………ローズの母
トーマス……………………………………………ローズの兄。ジェムソン子爵
アイリス……………………………………………ローズのおば。ロンガリー伯爵未亡人
ソフィー……………………………………………ローズのいとこ。アイリスの娘
アレクサンドラ（アリー）………………………ローズのいとこ。ソフィーの妹
クレメンティーン・プライス……………………キャメロンの母
パトリシア（トリシャ）…………………………キャメロンの妹
カトリーナ（キャット）…………………………キャメロンの妹
ザカリー（ザック）・ニューランド……………劇場の所有者

プロローグ

一八〇六年　ロンドン

「きみをいただくよ、かわいい人」ロンドンのテラスハウスで、ボウは数ある客室のひとつを整えていた若く愛らしいメイドに忍び寄った。ドアの鍵をかけ、部屋の奥にたたずむ彼女に告げる。「大学進学で家を出る前に、そのドレスの下に秘められた宝物を味わわせてくれ」

ジョイは眉根を寄せたあと、くすくす笑って赤銅色の巻き毛をさっと払った。「唇を奪われるだけなら抵抗もしませんわ、若旦那様。けれど、体となれば話は違います」

「おいで」ボウは乱れたままのベッドに腰をおろした。

「いやです。あたしに触ったら、悲鳴をあげますよ」

「誰に聞こえるんだい？　今日の午後は、ぼくたち以外みんな出払わせてある」

「屋敷中の使用人を出払わせたんですか？　そんなの無理だわ」

「ぼくは主(あるじ)の息子だよ」ボウはウィンクした。「ぼくに命令されたら、無理も可能になる」

ジョイは取り澄まして微笑んだ。「あたしに命令できると思ってるんですか？」

彼はにっこりした。「命令できるとも、小鳩ちゃん。そして最後は、きみのほうからぼくを求めることになる」

ジョイは少しずつベッドから離れ、三面を窓に囲まれたアルコーヴへあとずさりした。

「あたしから求めるなんて絶対にありません」

「試してみようか」

ボウはベッドにゆっくり這いあがると、彼女に飛びかかった。ジョイは部屋のドアめがけて走ったが、彼のすばやさにはかなわなかった。うしろから抱きつかれて、ベッドに放り投げられる。

「若旦那様、こんなふうにされるのはいやよ」

「どんなふうならいいんだい？」ボウは息を切らして問いかけた。無垢な美女を見おろし、黒髪が目に落ちかかる。彼女の唇はふっくらとして、色はルビーを思わせた。どうしても彼女をものにしてやるぞ。

「乱暴は……乱暴はしないで」

彼は微笑んだ。「ああ、かわいい小鳩ちゃん、乱暴はしないと約束しよう」ぶつけるように唇を重ね、甘い味わいを求めて唇を開かせる。

二年前、ジョイがロンドンの屋敷へ来たときから彼女を求めていた。赤銅色の巻き毛と明るいブルーの瞳に、ボウは心を奪われた。当時一六歳の内気な若者は、遠くから彼女をあがめるだけだった。ようやく自分を鼓舞して彼女の唇を奪ったのは、つい三カ月前のことだ。

ジョイはボウの口づけに応えてくれ、それに励まされて彼はもう一度、さらにもう一度と、家人の目を盗んでは唇を重ねた。自分が若い女にもてることにはじめて気がつくと、ボウはほかの若い使用人や、街の娘たちとも何度かキスを交わした。だが、どれも蜜の味がするジョイの唇ほど甘くはなかった。いま、その唇は彼のために開かれている。明日の出発の前に彼女をものにしよう。一八歳にもなって女を知らないままオックスフォードに到着するのはまっぴらだ。

自分の体重でジョイを押さえ込み、不慣れな手つきで胴着（ボディス）をいじりまわす。彼女は身をくねらせてボウを押しやろうとするが無駄だ。彼女はもう逃れられない、ぼくが望んだとおりに。

「若旦那様」ジョイはあえいだ。「乱暴はしないと約束したでしょう」

「ああ」ボウは荒々しい息を吐いた。「きみのほうから求めるまで、奪いはしない。でも、味見ぐらいはいいだろう」彼女の豊満なふくらみをボディスの拘束から解き放つ。なんてきれいな胸だ。

「きみは美しい、小鳩ちゃん」とがった先端にむしゃぶりついた。やさしくするつもりでいたのに、情熱がボウをのみ込む。彼は乱暴に胸を吸ってもみしだき、身をよじる彼女の上で息を切らした。

「若旦那様！　ああ！」

「そう、ちょっと味見をするだけさ。きみはなんて美しいんだ。どうだ、気持ちいいかい？」

「ええ、若旦那様」ジョイは息を乱した。「すごく気持ちいいわ」

ボウは胸の先端から唇を滑らせた。「もっと気持ちよくさせてあげるよ、小鳩ちゃん」乳白色の肌にそっとキスの雨を降らせてから、先端に戻ってやさしく舐めあげる。やがて自分の下で、ジョイの体から力が抜けるのがわかった。「こっちのほうが好きかな?」

返事はない。ジョイは小さくあえぎ、彼に秘部を撫でられてはっと息を吸い込んだ。

「もうたっぷり濡れてるね」やわらかな肌に口をつけてささやく。「ぼくに満たしてほしい?」

ジョイは吐息をもらした。「あたし……怖いわ」

「怖がらないで、小鳩ちゃん。きみを触らせてくれ」ボウは指を一本、そろそろと差し入れた。濡れていて、きつく締まっている。

彼に触れられて、ジョイはすぐに身もだえしはじめた。もっと欲しい。彼が欲しい。

「ああ、若旦那様」彼女は切ない声をあげた。

「ぼくが欲しい?」ボウはかすれた声で問いかけた。

「ええ、あたしを奪って」ジョイはヒップを押しあげた。

ボウは指をもう一本差し入れた。「ぼくを求めているのかい?」

「ええ、ええ、あなたが欲しいの。お願い!」

ボウはズボンのボタンを引きちぎった。ボタンが木製の床に飛ぶ。痛いほどうずいているものをズボンから放ち、彼女の中に突き入れる。意図していたより乱暴に処女を奪ってしまい、ジョイが悲鳴をあげたが、ボウはこみあげる快感に彼女への気づかいを忘れた。

「ああ、ジョイ、ジョイ！」身を震わせてのぼりつめ、彼女の中へ精を解き放つ。甘美な解放感がボウを迎えた。

ベッドに崩れ落ち、体を転がしてジョイの上からどいた。疲弊して、もう動けなかった。少しのあいだ、ジョイは黙っていた。やがて口を開く。「若旦那様？」

ボウは彼女のほうへ体を向けた。ジョイの美しい顔は熟したラズベリーのように紅潮している。「なんだい？」

「あの……もう行ってもいいでしょうか？」

「いいや、だめだ」彼女のやわらかな手を取り、唇でそっとこする。「ごめん。我慢できなくて……。次はちゃんときみを悦ばせる。今度こそ約束するから」

ジョイは微笑んだ。「はい、わかってます、若旦那様」

だが、次はやってこなかった。休みに入ってボウがオックスフォードから帰省したとき、ジョイは姿を消していた。

1

一八五三年　ライブルック公爵夫妻の結婚祝賀舞踏会
イングランド、ウィルトシャー州、ライブルック公爵邸、ローレル・リッジ

キャメロン・プライスは四杯目のシャンパンを飲み干し、レディ・ローズ・ジェムソンに出会った日を呪った。彼女がエヴァン・ゼイヴィア卿と今宵五度目のワルツを踊るのを眺めるのは、もはや耐えがたかった。

六週間前、ライブルック公爵から、結婚式に花嫁と踊るワルツの作曲を依頼されたとき、キャメロンは引き受けるしかなかった。彼の家族はライブルック公爵領の領民で、喉から手が出るほど金を必要としていたし、二〇〇ポンドの作曲料があれば、畑仕事には人手を雇い、キャメロン自身は作曲にもっと時間を振り向けることができた。

公爵は、作曲のあいだも花嫁の妹であり才能あふれるピアニストであるレディ・ローズにピアノを弾かせ、結婚式までに演奏の準備を万端にしておくようキャメロンに指示した。何時間も彼女と並んでピアノの前に座り、拍子と和音を思案し、彼女の指が鍵盤上を躍り、肘

と肘が触れ合い……。そのあと何度、自分の手で欲求を慰めただろうか。ローズへの恋心にあらがうのは忌むべき苦役となり、キャメロンの心と頭は絶え間なく葛藤した。彼女のサファイア色の瞳が脳裏に焼きついて離れない。眠りの中でさえ、安らぎは見いだせなかった。ローズの美しい面立ちは夢の中でもキャメロンを苦しめた。

ローズのような演奏家はほかにいなかった。彼女はピアノを歌わせて、キャメロンの曲に欠けていた力強さと魅力を与えた。その夜、彼のワルツは大きな喝采を得たが、客の心を動かしたのは、作曲家としての彼の才能ではなく、ローズの演奏なのは明白だ。

いまこうしてゼイヴィアの腕に抱かれた彼女を見ていると、腹に拳を食らった気がする。

いいや、そうじゃない。

でかい蹄の種馬に腹を踏みつけられた気分だ。

目下ローズに求愛中のゼイヴィアは、ウェストンで競漕の選手を務めており、従って長身大柄だった。金髪に愛敬のある茶色い瞳、感じのよい整った面立ち。物静かで慎ましいローズにとって、申し分のない結婚相手であるのは間違いない。

なんて虫が好かない男だ。

キャメロンだって女性経験なら人並みにあるが、ローズほど強く惹かれる女性はいなかった。彼は心のうちで身もだえした。ローズはパーティーにハイ・ティー、シルクのドレスにダイヤモンドという世界に属している。ぼくでは彼女に何ひとつ与えられない。

キャメロンはシャンパングラスを飲み物のテーブルに置き、舞踏室をあとにした。

「まだお帰りではないのでしょう、ミスター・プライス？」

振り返ると、先代のライブルック公爵の未亡人、モルガナ・ランドン・ファーンズワースが立っていた。

「ぼくはそろそろ失礼して、家族のもとへ戻ります」

「夜の一二時に夜食をお出しするのよ。どうぞご一緒に」

「長居をしてご迷惑をおかけするわけにはまいりません」

「何をおっしゃるの。ここであなたを帰したら、新郎新婦からわたくしが怒られてしまうわ。あなたの音楽について、みなさんあれこれきくのを楽しみにしているのよ。音楽家として、あなたにはすばらしい前途が開けているわ」

「お褒めにあずかり光栄です」キャメロンはうやうやしく頭をさげた。「ですが、ぼくがこれ以上お邪魔するのは不適切かと。結局のところ、ぼくは公爵閣下の領民のひとりですので」

「あなたは客人として、わたくしどもがお招きしたのよ」公爵未亡人は食いさがった。

キャメロンはため息をついた。向こうが音楽について話をしたいというなら、さっさと帰るわけにもいかないだろう。それが次の仕事につながるかもしれない。母と妹ふたりの世話をするには金が必要だ。「ありがとうございます。では、お言葉に甘えさせていただきます」

「うれしいわ、ミスター・プライス。どうぞごゆっくりなさって」公爵未亡人は母親のような仕草で彼の腕に触れると、ほかの客たちの相手をしにいそいそと立ち去った。

キャメロンは飲み物のテーブルに戻ってシャンパンをさらに一杯あおると、両開きの優雅な扉まで大股で歩いて裏手のテラスに出た。新鮮な空気が必要だ。

ローズはエヴァンにワルツの礼を言ってから、女性用の居間へ急ぎ、自分の姿を確かめた。淡い緑色をしたサテンのドレスは、午後から着っぱなしのわりに着崩れしていない。頭のてっぺんでまとめた金色の巻き毛が波打ちながらこぼれ落ちる華やかな髪型をちょっと手直しし、唇を噛んで両頬をつねる。まもなく夜食会の時間になる。空腹ではないけれど、出席しないのは体裁が悪いだろう。姉のことを思い、ローズは鏡に向かって頬をゆるめた。リリーは新郎の第七代ライブルック公爵ことダニエルとともに、すでに舞踏会を抜け出していた。きっと夜食会にも来ないし、それでいいのだ。リリーは愛する男性と結婚式の夜を過ごしている――ローズは姉の幸福をうらやましく思った。

七週間前、姉妹は両親のアシュフォード伯爵夫妻と兄のジェムソン子爵ことトーマスとともに、ライブルック公爵主催のハウスパーティーに参加するため、ローレル・リッジにやってきた。ほどなくリリーは公爵の目に留まり、ふたりは激しい恋に落ちた。リリーと公爵が見つめ合う様には、こちらまで息をのんでしまう。誰かに対してあんなに熱い想いを抱くところは、自分には想像できない。

いいえ、できるわ。ただ、エヴァン・ゼイヴィア卿に対してではないだけ。彼のことは好きだし、一緒にいると楽しい。それに……彼のキスはすてきだ。けれど、リリーと公爵――

ダニエルだ——が分かち合っているような気楽さはそこにない。新たな義理の兄を洗礼名で呼ぶのは、まだ難しかった。とはいっても、自分とリリーは姉妹でもまったく似ていないのだ。慣習と貴族の権威を軽蔑するリリーは、洗礼名を使うことにわたしよりも抵抗が少ないのだろう。

ローズは深呼吸をすると、夜食会の前に外の空気を吸おうと、裏手のテラスに出た。何組かの男女が暗がりで体を寄せ合い、おしゃべりをしている。中には抱き合って小さな笑い声をあげている者たちもいた。ローズは彼らから急いで離れ、しばらく物思いに沈めそうな薄暗い片隅を探して、手すりのそばにようやく身を落ち着けた。ここなら松明(たいまつ)の明かりも届かない。彼女はコルセットが許す限り、新鮮な夜の大気を肺いっぱいに吸い込んだ。

「ごきげんよう、マイ・レディ」

ローズは振り返り、暗闇に目を細めた。三メートルほど先の夜陰に隠れ、キャメロン・プライスが立っている。彼女は肌が粟立(あわだ)ち、息が詰まった。キャメロンには、いつもどぎまぎさせられる。しかも今夜の彼は正装していて、脚が震えるほどすてきだ。

キャメロンは手に持っていたシャンパングラスを空けると、彼女のほうへよろよろと近づいてきた。

「あなたのような良家のご令嬢が、エスコートもなしにこんなところにいるのは感心できませんね」呼気にアルコールが混じっているのが、はっきりとわかった。

「ミスター・プ、プライス」言葉がつかえた。「わ、わたしは、新鮮な空気を吸いに出てきただけです」

「ゼイヴィアが探しているのでは？」

「さ、さあ。彼はわたしの相手ばかりしているわけではないわ」

キャメロンが鼻を鳴らした。「今夜はダンスフロアであなたを独占していたが」

ローズは頬が熱くなった。暗い場所にいてよかった。「それは、ほかにダンスを申し込んでくる方があまりいなかったからよ」

「ゼイヴィアがまとわりついていては、あなたにダンスを申し込みたくても無理というものだ。まったく、彼は山のような巨体じゃありませんか」

ローズは鼻にしわを寄せた。「酔ってらっしゃるわね、ミスター・プライス」

「ほろ酔い程度です」彼はくすりと笑った。「教えてください、もしほかの男にダンスを申し込まれていたら、あなたは応じたんですか？」

「当たり前でしょう」ローズは言った。「わたしは父と兄、それに親戚のご友人のミスター・ランドンとも踊っているわ」

「あなたが〝ミスター〟なんて敬称の男と踊った？」キャメロンは信じられないとばかりに首を横に振った。「爵位を持たない男とでも踊るんですか？」

「どうしていけないの？　ミスター・ランドンは非の打ちどころのない紳士よ。イングランドとアメリカに地所を所有しているし、公爵閣下の血縁でもあるわ」

「ああ、なるほど」キャメロンはシャンパングラスを唇へ持ちあげた。「くそっ、空だ」手すりの上にガチャンと置く。「つまり血筋だけでなく、金ものを言うってわけか」

「ミスター・プライス」ローズは彼を見ることができなかった。「何をおっしゃっているのか、よくわから──」

「マイ・レディ」キャメロンがさえぎる。「もしぼくがダンスを申し込んでいたら、あなたは応じてくれましたか？」

ローズははっと彼を見た。銀灰色の瞳が短剣のごとく肌を突き刺す。自分が無防備になった気がした。ピアノの前でキャメロンと過ごした物狂おしい時間が、高波のようにローズの胸に押し寄せる。彼に惹かれる気持ちにあらがい、この感情に未来はないと何度も自分に言い聞かせた。キャメロンの態度はいつも侮蔑の念に満ち、ことあるごとにふたりの身分の違いについて嫌味を言われた。まさか、彼もわたしに惹かれていたの？

「あなたは酔っているのよ、ミスター・プライス」ローズは言葉につかえないよう気をつけて言った。「こういうお話は、お互いに頭がちゃんとしているときにしましょう」

キャメロンがそろそろと手を伸ばし、彼女の腕に軽く触れた。指先が触れたところから、肌に火花が散る。

「いつもより少し飲みすぎたかもしれません、マイ・レディ。それでも頭はちゃんとしている。ぼくはあなたに質問した。ぼくと踊ってくれたんですか？」

「どうかしら……。適切とは言えないわ」

キャメロンがふたたび鼻を鳴らす。「ええ、そうでしょう。アシュフォード伯爵の令嬢が平民と踊っているところを見られたら、ほかの貴族の面々にどう思われることか。ああ、失礼、ただの平民じゃない、あなたの義理の兄君がおさめている領地の領民だ」彼は背を向けた。「さようなら、マイ・レディ」

胸がずきりと痛んだ。本当は彼と踊りたかった。それ以上のことを夢にも見た。エヴァンとキスをするように、キャメロンとキスするところを。キス以上のことを……するところを。

「待って、ミスター・プライス」

彼が振り向く。「なんです？」

「イエスよ」

「イエスって、何が？」

ローズは大きく息を吸い込んだ。「申し込まれていたら、あなたと踊っていたわ」

キャメロンは引き返してくると、こぼれ落ちた彼女の巻き毛をうしろへ払った。彼に触れられた肌が焼けるように熱い。

「いま、踊ってもらえるだろうか？」

「もう夜食会の時間よ」ローズはごくりと息をのんだ。「楽団は休憩を取っているし……わたしたちも戻りましょう」

「お願いだ。ぼくと踊ってほしい」

胸の中で心臓が乱れ打っている。「音楽がないわ」

彼はローズの頰を両手で包んだ。「ぼくたちに音楽は必要ない。ぼくも、あなたも、心の中に音楽が流れている」

「ミスター・プライス……」

「こっちへ」キャメロンは彼女の腕を取ると、テラスから庭園におりる階段へと導いた。

ローズは急いであたりを見まわした。誰もいない。完全にふたりきりだ。テラスに出ていたほかの人たちは、夜食のために戻ったに違いない。キャメロンは彼女を引っ張り、階段を下ってやわらかな芝におり立った。松明の明かりを逃れて暗い一角へ彼女をいざなう。三日月が投げかけるつややかな光だけが、ヴェールのようにふたりを覆った。

「踊ろう」キャメロンが彼女の体に腕をまわした。ローズの左手を自分の肩にかけさせ、彼女の体を引き寄せる。「ぼくを見て」

ローズは二枚の銀貨を思わせる彼の瞳を見あげた。月光が端整な顔を照らし出し、漆黒の髪に銀色の筋を入れる。彼の姿は無垢な乙女の純潔を奪いに地上へ舞いおりた異教の神を思わせた。鼓動が速まり、不安が体中を駆けめぐるが、ローズは目をそらさなかった。キャメロンがゆっくりとしたテンポでワルツを踊りだした。芝の上で彼女をリードする足取りは驚くほど優雅だ。

「ダンスがお上手なのね、ミスター・プライス」

「ええ、われわれ平民もダンスぐらいはする」彼が皮肉めかして返す。

「わたし、そんなつもりでは――」

キャメロンはしいっと黙らせて、彼女をさらに引き寄せた。

ローズは彼の肩に頰を預けた。塩とシナモンのにおいを吸い込み、目をつぶる。キャメロンの喉の動脈が額に当たり、とくとくと脈を刻む。彼女自身の心臓は狂ったように轟いていた。ようやく彼の腕に抱かれた。なんてすばらしい感覚だろう。あまりにすばらしすぎる。

ローズは体を引き離しはじめた。

「だめだ」彼が引き止める。「行かないで。まだダンスは終わってない」

彼女は体の力を抜いて、とろけるようにキャメロンにもたれかかった。彼はワルツをやめて、ただそっとふたりの体を揺すっている。ついにキャメロンと抱き合い、彼の体を感じ、ローズの胸は喜びと苦しみでいっぱいになった。この瞬間が永遠に続けばいいのに。

キャメロンがゆっくりと、ほんのわずかに体を離した。片手でローズの顎を上向かせて、瞳をのぞき込む。彼女は唇が震えたが、キャメロンが何を求めているかはわかった。自分も同じものを求めている。彼の口元が近づいて、唇が重なった。

キスの仕方は知っている。エヴァンが教えてくれた。ローズは唇を開いた。キャメロンの舌が口の中へ侵入し、彼女をゆっくりと味わう。そのあと彼は舌を引っ込めて、ローズの唇をそっとなぞった。彼女は小さく吐息をもらすと、おずおずと舌を伸ばし、厚みのあるキャメロンの唇を探索した。エヴァンの唇よりもやわらかい。そう考えた瞬間、子宮がきゅっと締めつけられるはじめての感覚に襲われた。怖くなって、ローズは顔をそらした。キャメロンの唇はローズの体にわななきが走るまで、彼女の頰を、喉を愛撫して甘く嚙んだ。

「もう行かなきゃ」

「まだだめだ」キャメロンは言った。「ぼくにとって、あなたは永遠に手の届かない人だ。だからせめていまだけは、ぼくと一緒にいてほしい。お願いだ」

ローズは顔を戻すと、唇で彼の唇を探した。今度はやさしいキスではなかった。キャメロンは彼女のすべてを奪おうとするかのように口を覆った。舌を絡ませ、彼女を味わい、むさぼる。キャメロンはシャンパンと紅茶、情熱と欲望の味がした。永遠にキスしていたい。彼のたくましい体に抱かれてわれを忘れたい。キャメロンはローズの口から耳へと移り、耳の縁を舌でなぞってから、耳の穴に舌をもぐらせて肌を湿らせた。そこへ息を吹きかけられ、彼女の体にぞくりと震えが走る。

「いまの、好きだった?」キャメロンがささやく。

「ええ」ローズは息を切らせた。

彼は耳たぶを軽く噛み、反対側の耳へと移った。最初のときのように、じらして愛撫する。ローズは身をよじった。はじめて知るぞくぞくする感覚に、体の自由を奪われそうだ。エヴァンから耳にキスをされたことは一度もなかった。肌が燃えあがって鼓動は狂おしいほどに高鳴り、体を流れる血液が溶岩のように熱い。キャメロンは濡れた唇を彼女の頬に押し当て、喉へとおりていった。どくどくと脈打つ箇所に舌で小さな弧を描き、ふっと息を吹きかけてキスをする。

「ああ、ローズ」彼がささやいた。「ローズ、ローズ。あなたはなんて美しいんだ」

キャメロンは喉の下へ口をずらし、胸の上の敏感な肌にそっと歯を当てた。ローズはうなじで束ねられている彼の長い髪を両手で解き放ち、豊かな黒い巻き毛に指を滑らせた。キャメロンが彼女の胸元にキスをして、ドレスの襟首に沿って舌を這わせる。胸のあいだのきつい隙間に舌を差し入れてから引き抜き、もう一度差し入れた。ローズは苦しげな声をもらした。

「だめ、こんなこと……」

「わかってる」キャメロンの唇が上に向かった。ローズの肩から慎重に袖をさげて肩口に口づけする。彼の両手が胸を包み込んだ。

コルセットをつけているのに胸の先端がつんとかたくなり、彼女はあっと小さな声をあげた。

キャメロンは彼女の肩から唇を引き離した。「大丈夫かい、いとしい人？」

いとしい人。ローズはどきりとし、鼓動がさらに速くなった。「ええ、大丈夫よ。こんな感覚、はじめて……」呼吸が苦しく、大きく息を吸い込む。「もう本当にやめなくては」

「あなたはやめたいのか？」キャメロンはむき出しになった彼女の腕をかすめるように撫でおろし、撫であげた。震えがローズの体を駆け抜ける。

「いいえ……あの、ええ……」

だが、キャメロンの口はふたたび彼女の口を覆っていた。ふたりの舌がぶつかり、絡み合い、むさぼり合う。

彼の唇がふたたびローズの耳へ移動した。「あなたの口づけは魔法だ、ローズ」キャメロンがささやく。

「ええ」彼女はため息をついた。「魔法ね」

「ぼくが欲しいかい?」キャメロンの声はかすれている。「ぼくに触ってほしい?」

「ええ、触って」ローズはささやき返した。子宮がうずき、もうこれ以上耐えられない。

「わたしに触って、キャメロン。お願い」

彼は暗がりへとローズを引っ張った。彼女を地面にそっと座らせて、片方の腕で抱きかかえ、唇にふたたびキスを浴びせながら、空いている手でボディスをまさぐる。キャメロンはドレスを肩から引きおろして、コルセットをゆるめた。あらわになった胸が月光を浴びてまぶしく輝く。

「あなたはぼくが思い描いていたよりも、さらに美しい」キャメロンはかすれた声でそう言うと胸をやさしく愛撫し、薄紅色の先端を指でかすめた。

ローズはあえぐように彼の名前をささやいた。

「ここにキスをしてほしいかい?」

「ええ」彼女は懇願した。「ええ、お願い」

キャメロンが頭をさげ、とがった胸のつぼみにそっとキスをした。それから口の中へ吸い込み、引っ張って、ゆっくりと放したあと、もう一度引っ張る。ローズは目を閉じて背中をそらし、いまにも逃げてしまいそうな何かをつかもうとした。それが何かは想像もつかないけれど、何よりも欲しくてたまらない。

「お願い、キャメロン」

彼は胸の頂をきつく吸うと、反対側に口を移して同じことをした。切れ切れの吐息がローズの肌に当たる。彼の片方の手がスカートの中へ伸び、下ばき(ドロワーズ)のリボンを引っ張った。

「いとしい人、いますぐぼくを止めてくれ」

「えっ？」かすれた声で問う。

「いま止めなければ、ぼくはあなたを奪ってしまう」

奪う？　体を奪うということ？　ローズは全身の肌が目覚めるのを感じた。どれほど彼を求めているかしか考えられない。「いいの。わたしを奪って。お願い、キャメロン」

「ああ、神よ」キャメロンの指がドロワーズの中へもぐり込む。「こんなに滴っている」彼は濡れた襞(ひだ)を指でこすり、その手をローズの口へ持っていった。「味わってごらん」彼女の唇を指でなぞる。

ローズは舌を伸ばし、麝香(じゃこう)の香りのする彼の指先を舐めた。

「あなたの蜜だ」キャメロンが言った。「あなたがぼくのために滴らせた蜜だよ」

もう一度スカートの下へ指を滑らせ、秘部を探り当てて、しっとりとした箇所に触れる。

彼はその手を、今度は自分の口へ運んだ。「甘い。なんて甘いんだろう」

ローズは突き動かされたように彼のほうへ腰を押し出した。

「もう一度、触ってほしいのかい？」

「ええ、もう一度触って」

キャメロンは言われたとおりにした。スカートの中へ手を入れ、敏感な突起を探り当てて、指で愛撫する。「気持ちいい？」

「ああ、とてもいいわ、キャメロン」ローズはすすり泣いた。彼の手をつかみ、自分の体に押しつける。

ローズの口から声がもれた。彼の下で身をよじり、何かへ――それが何かはわからない――向かって走り、ついには歓喜の波が内側から破裂した。全身に星くずが飛び散り、絶頂感の壁に叩きつけられたかのようだった。体の震えがようやくおさまると、キャメロンは彼女から手を離した。

彼は額をローズの額にそっと当て、軽いキスをしてささやいた。「ゼイヴィアはあなたをこんなふうに悦ばせるのか？」

「いいえ」ローズは荒い息をした。唇で彼の唇を求める。

「あなたをこんなふうに悦ばせるのは誰だ？」問いかけるキャメロンの吐息が、彼女の喉をくすぐった。

「あなたよ、キャメロン」

「誰に体を奪われたい？　誰に、ローズ？」

「あなたよ、あなただけ」その言葉は本心だった。キャメロンに抱かれたい。いますぐに。

彼はローズの腕を撫でおろした。肌がぞくりとする。それから彼女の手を取り、自分の下腹部へ導いた。「わかるかい？」手のひらを自分の高まりにあてがう。「これはあなたのものだ、いとしい人。あなただけのものだよ」

ズボンのなめらかな生地越しに、ローズは張りつめたものを探った。「キャメロン、なんてかたいの」

「あなたが欲しくて苦しい」彼はうめいた。「この苦しみをやわらげられるのはあなただけだ」

「わたしもあなたが欲しいわ、キャメロン」

「本当にいいのかい？」

「ええ、いいわ。わたしを奪って」

「どういうことか……わかってる？」キャメロンは彼女の耳元で息をあえがせた。「本当に？」

「もちろんよ。わからなかったことは姉が教えてくれたわ。ただ……こんなに大きくなるなんて知らなかった」

　キャメロンがくすりと笑った。「その点では、ぼくのほうが公爵より恵まれているのかもしれないな」

「えっ？」

「なんでもないよ。本当にぼくが奪ってしまっていいのかい？」

「いいの。お願い。わたし、そうなることを何より求めているわ」ローズは体を起こすと、キャメロンが身につけている正装用の黒い上着を引っ張った。「あなたに触らせて」

ローズの顔は月光に輝いていた。情熱と約束を宿したきらめく瞳がキャメロンを見つめる。彼女の肩は新雪のようになめらかで白く、あらわになった胸は、つんととがった先端がバラ色に染まっていた。ああ、なんて愛らしいのだろう。キャメロンは彼女が欲しかった。彼女を求めて飢えていた。いま、ローズは彼にみずからを差し出している。今夜一度だけでも彼女を抱き、その思い出を永遠に胸に刻むことができる。

「くそっ」キャメロンはうなった。

こんなことはできない。ローズは生娘だ。貴婦人で、伯爵家の令嬢。キャメロンは彼女の手を自分の上着からどかせた。「ローズ、ここまでにしよう」

「いや、いやよ」ローズは彼の手を引っ張り、自分の手を振りほどこうとした。「あなたが欲しいの、キャメロン」

「いとしい人、ぼくの理性がわずかでも残っているうちに別れよう」キャメロンは彼女を立ちあがらせた。「こんなふうにぼくのものになったら、あなたが後悔する。ここは屋外で、草の上だ。あなたは快適なベッドの上で愛されるのがふさわしい。はじめての体験がこんなふうであってはならない」

「いいの」ローズが言った。「あなたと結ばれる機会がいましかないなら……わたしは後悔しないわ。お願い」

「あなたはこんなことをすべきじゃない。あなたにはもっと……」

「何？」ローズは彼の首巻き(クラヴァット)をもてあそんでいる。「わたしにはもっとなんなの、キャメロン？」

キャメロンは芝を、つややかな革靴を履いた自分の足を見おろした。今夜の正装にかかった金額は通常の一年分の服飾費をうわまわり、公爵にワルツを献呈して得た作曲料の一部を使って支払った。その金を家族のために使うこともできたというのに。結婚祝賀舞踏会に作曲家として出席するよう公爵に要請され、キャメロンは単なる領民に見えないよう衣服を新調した。ローズのために。ローズにいいところを見せるために。自分が女性からもてるのは知っていた。黒い正装をまとうと優雅に見えることも。ローズが彼に目を留めてくれることもわかっていた。そして、そのとおりになった。だが、それでも彼が公爵領の領民であることは変わらない。高価な衣服も、その事実を変えることはないのだ。自分は取るに足りない平民だ。

「あなたには、ぼくよりもっとふさわしい相手がいる」キャメロンは静かに告げた。

ローズが手を伸ばして彼の頬に触れる。「わたしが欲しいのはあなたなの。ずっとあなたを求めていたのよ。ふたりが関係を続けることはできないかもしれないけれど――」

「なら、これになんの意味がある？」穏やかに問いかけた。「ぼくはあなたを穢(けが)してしまう」

「かまわない」ローズはズボンの上から彼の高まりに触れた。「あなたはまだ、わたしを求めているわ」

「ああ」

「だったらわたしを奪って、キャメロン。今夜、わたしはあなたのものよ」

神よ、ぼくの弱さを許したまえ。キャメロンはローズを引き寄せ、情熱的なキスを浴びせると、もう一度彼女を草の上へおろした。スカートの下へ手を入れて撫でる。ローズはまだ彼を求めて濡れていた。キャメロンはズボンのボタンをはずし、痛いほど張りつめたものを自由にした。そして彼女の上にのしかかる。

「少し痛いかもしれない。でも、やさしくするよ」

「わかっているわ。きっと大丈夫」

キャメロンはドロワーズの合わせ目から自分のものを滑り込ませ、彼女の蜜にこすりつけた。「ああ、ローズ、すばらしい」うめき声をあげて、彼女の入り口を少しずつ開かせる。それから身を沈めはじめた。

「いや！」ローズが彼の肩を押した。その目が突然凍りつき、恐怖に満ちる。「やめて！やっぱりいや。わたしにはできない。できないわ！」

キャメロンはあわてて彼女の上からどいた。欲求不満でどうにかなりそうだ。「くそっ」歯を食いしばって吐き捨てる。「やめるならいまだと二度も忠告したのに。ぼくをからかっているのか。ひどい人だ！」

ローズはすすり泣き、胸元を急いでボディスに押し込むと立ちあがった。「ごめんなさい、許して」目を伏せて謝り、泣きながら走りだす。

「なんてことだ」キャメロンは息を殺してつぶやき、後悔のにじむ声で呼びかけた。「すまなかった、ローズ。いまのは本気じゃない、本気で言ったんじゃないんだ！　戻ってきてくれ。お願いだ！」彼女を抱きしめて慰めたい。大丈夫だと言って、彼女の心の準備ができるまで待ってあげたい。

しかしローズは彼の声を振りきって屋敷のほうへ急ぎ、空っぽの舞踏室に消えてしまった。キャメロンはズボンのボタンを留めた。高ぶったものが、まだ燃えるように熱い。「おまえはなんと愚かなんだ。彼女がおまえを求めるなんて、なぜ信じたりした？」

彼は公爵邸に背を向けて歩きだした。中へ戻り、ほかの客たちと食事をする気にはなれない。作曲を依頼される機会を逃がそうと、どうでもいい。もうローズと会うことはないだろう。二度と。ふたりの関係は終わった。いいや、始まりさえしていなかったのだ。

始まるわけがない。

キャメロンはライブルック公爵領にある小さなわが家へ、とぼとぼと歩いた。地平線が白みはじめた頃に、ようやくベッドに体を横たえた。疲れきり、おろしたての靴で長時間歩いたせいで、足にはまめができていた。

2

ローズは裏手のテラスから中へ入った。数名の使用人が片づけをしているが、彼女には注意を払わない。よかった。裏の階段へ急ぎ、東翼の二階にある自分の部屋へ戻った。ベッドに身を投げてわっと泣き、そのまま眠ってしまいたいけれど、夜食会を欠席するわけにはいかない。ローズの両親は決して許してくれないだろう。自分が姉だったらよかったのに。そんな思いが一瞬、胸をかすめた。リリーなら逡巡（しゅんじゅん）することなく慣習を破り、やりたいようにする。だけど、わたしはリリーじゃない。わたしはローズ。そしてローズはいつだって、まわりに期待されているとおりにふるまう。もしそれが自分の望みなら、リリーは今夜、草の上でキャメロンに身を任せていただろう。けれどもローズは、みずからの立場をわきまえている。

衣装部屋へと足を進め、姿見の前に座り込んだ。まぶたが腫れていて、頬には涙の筋がつき、唇はキスされたせいで赤く腫れぼったい。キャメロンのキスは、エヴァンのキスとはまったく違っていた。エヴァンのキスはやさしくて甘く、心地いい。でも、キャメロンのキスは……あんな感覚は想像したことがなかった……。奪いながらも与えるキス。子宮がうずきだすキス。魂そのものを変えるキス。ローズは洗面台に歩み寄ると、冷たい水で顔を洗って鏡を見た。桃のような色味を取り戻すまで頬をつまんでから、髪に取りかかる。人前に出られるように整えたあと、メイドを呼んでコルセットを締め直させた。姿見の前に戻り、ドレスのしわをできるだけ撫でつけて、胸元を直した。

廊下に出て階段へ向かおうとして、一瞬だけためらった。階段をおりるのではなく上へあがり、お姉様のもとへ行こうかしら？　でも、リリーはきっとベッドの中にいて、公爵と愛し合っているところだ。結婚式の夜を邪魔したら、永遠に許してくれないだろう。

リリーと公爵は新婚旅行のため、明日の早朝にはロンドンへ向けて出発する。ローズはどれほど疲れていても、明日は早起きして、リリーがいなくなる前に会おうと決めた。だけどいまは階下へ向かい、夜食会に参加するしかない。すでに眉をひそめられそうなくらい遅刻していた。

ローズが大食堂に入ると、エヴァン・ゼイヴィア卿が立ちあがった。「どこに行っていたんだい？」彼が問いかける。「母君が心配されていたよ」

「ごめんなさい」ローズはわびた。「少し気分がすぐれなくて、部屋に戻って休んでいたの。心配をかけるつもりはなかったのよ」

エヴァンの眉間にしわが刻まれる。「もう大丈夫なのかい？」

「ええ、ご心配ありがとう。食事が終わっていないといいけれど」

「まだ前菜がすんだばかりだ。これからスープが供される」エヴァンは結婚式の客たちが着座するテーブルへローズを導いた。一番目立つ新郎新婦の席は空っぽだ。「ライブルックときみの姉君は、食事は辞退することにしたらしい」彼はくすりと笑った。「まあ、あいつを責めはしないがね」

ローズは頰が熱くなった。「姉たちは無礼を働くつもりではないはずよ」

「誰が無礼だなんて言った？　さあ、ここだ」エヴァンは彼女を着席させてから、その隣に腰をおろした。ローズの兄のトーマスは彼女の反対隣に座り、さらにその奥にいとこのアリーことアレクサンドラの姿があった。

「どこに行ってたの？」アレクサンドラが尋ねる。

「ちょっと休んでいただけ。気分が悪かったの。でも、もうよくなったわ」ローズは自分の前に出された冬カボチャのスープを味わった。「おいしい」

「ほんと、美味ね」アレクサンドラが言う。「ねえ、びっくりするほどすばらしいことがあったのよ！」

「何かしら？」ローズは返した。

「それがね、この数週のあいだに、わたしの母とミス・ランドンが旧交をあたためたのは知っているでしょう」

「もちろん知っているわ」ローズは言った。公爵未亡人の妹であるルシンダ・ランドンと、ローズのおばでアレクサンドラの母親のアイリスは、少女時代は無二の親友同士だったのだ。

「ふたりは一緒にいるのを心から楽しんだ。そこでミス・ランドンと公爵未亡人は、夏のあいだはこのままローレル・リッジに滞在するよう、母と姉とわたしをご招待くださったの！　すばらしいでしょう！」

「それはよかったわね」

「まだ先があるわ。ここからが一番いいところよ。あのね、あなたも加わるように誘われているの！　わたしの母があなたのお目つけ役になるわ。リリーと公爵閣下がフランスから帰ってきたら、ここで一緒に歓迎しましょう。フローラおば様には、母からもう話してあるわ。あなたが滞在したいならいいですって。ねえ、どうする？」

「まあ、どうしましょう」ここに残るの？　それではふたたびキャメロンと会うかもしれない。それはできない……。

「ここに滞在すればあなたも……ね？」アレクサンドラは目配せをし、頭を動かしてエヴァンを示した。

エヴァンの地所は、ここからなら馬車でほんの一、二時間だ。ローズがハンプシャーのアシュフォード伯爵邸に戻ってしまえば、エヴァンが彼女と会うのは難しくなる。ローズの母親、アシュフォード伯爵夫人ことフローラは、ふたりの関係が継続することを明らかに望んでいた。

「ぼくをあいだにはさんでおしゃべりを続けるなら、席を替わろうか」トーマスが陽気な声で割って入った。

「いい考えだわ、トーマス」アレクサンドラが立ちあがる。「わたしと替わってちょうだい」

トーマスはアレクサンドラを自分の椅子に座らせると、自分は空いた座席に腰かけた。

「だけど社交シーズンはどうなるの？」ローズは尋ねた。「わたしたちは三人とも、今年の夏にデビューする予定でしょう」

「それはわかっているわ」アレクサンドラは言った。「でも、わたしたちはまだ若いんですもの。次の社交シーズンまで待っても平気よ。姉ともじっくり話し合って、わたしたちはローレル・リッジに滞在することを選んだの」

あなたたちはそうでしょうね、とローズは胸の中でつぶやいた。彼女のいとこ、ソフィーとアレクサンドラは、公爵家のハウスパーティーでどちらもすてきな出会いに恵まれた。アレクサンドラは公爵のはとこのミスター・ネイサン・ランドンと交際しているし、ソフィーは、伯爵家の跡継ぎで、とびきりの美男子とは言えずとも好感の持てる男性、マーシャル・ヴァン・アーデン卿の関心を引いていた。ふたりともすばらしい時間を過ごしており、ローズはそれをうれしく思っている。姉妹のこれまでの暮らしは楽ではなかった。ローズの母の姉に当たるふたりの母親アイリスは、地位こそロンガリー伯爵未亡人だ。若い時分に結婚の申し込みがひとつも来なかったため、アイリスは二五歳でスコットランドの粗暴な伯爵のもとへ嫁がされた。ロンガリー伯爵は妻と娘たちを虐げたあげく、財産ひとつ残さず二年前に亡くなった。以後、アシュフォード伯爵夫妻が三人の後ろ盾となり、メイフェアの街屋敷に住まわせて、姉妹にも持参金を与えることになっている。

「考えさせてちょうだい」ローズは言った。

「一緒に残りましょうよ」アレクサンドラが懇願した。「きっと楽しいわよ。それにね、ミス・ランドンから——そういえば、彼女からルーシーおば様と呼ぶように言われたんだったわ。それに公爵夫人は——ええと、公爵未亡人になったわけだけど、マギーおば様と呼んでほしいんですって。すてきじゃない？　あら、なんの話をしていたのかしら？　そうそう、ルーシーおば様の話では、バース近郊のかわいい小さな村で開かれる夏祭りがとてもすばらしいそうよ。楽しみでしょう？」

「ええ、楽しいでしょうね」ローズは言った。数週間前には、みんなで五月祭を楽しんできた。彼女の父である第九代アシュフォード伯爵ことクリスピンは敬虔なキリスト教徒で、異教に起源を発する物事にはなんであれ眉をひそめるため、ローズにとっては新鮮な体験だった。結婚式の前に父と兄は地所の管理のために一度ハンプシャーへ戻ったが、母とローズとリリー、それにアイリスとその娘たちはローレル・リッジにとどまったので、公爵がみんなを五月祭へ連れていってくれたのだ。楽しい一日だった。ローズは思い返して微笑んだ。アーチェリー大会では、キャメロンが公爵さえも負かして優勝した。

キャメロン。もしローレル・リッジに残れば、まず間違いなくキャメロンと再会する。そう思うだけで鼓動が跳ねるけれど、彼はいま、わたしにかんかんになっているに違いない。ほかの誰よりも彼に会いたい。でも、ふたりに未来はない。それはお互いにわかっていることだ。そしてもしここに残れば、エヴァンとのおつき合いが続く。エヴァンのことは大切に思っている。けれど、彼はキャメロンみたいに情熱をかきたててはくれない。わたしがローレル・リッジを去るのが一番ではないだろうか？　キャメロンのことも、エヴァンのことも終わりにして、ハンプシャーかロンドンの社交シーズンで、別の誰かにめぐり合うことを期待しよう。

とはいえ、いまここでアレクサンドラをがっかりさせる必要はない。アシュフォード伯爵邸に帰ることは明日伝えよう。

そしてエヴァンとも話をしよう。

若いメイドは朝の六時にローズの部屋のドアをノックした。ローズがベッドに入ったのは二時過ぎで、疲れきっていたものの、出発前にリリーをつかまえたくて、早朝に起こすよう頼んであった。彼女はベッドから起きあがり、ドアへ向かった。

「六時でございます、マイ・レディ」メイドが言った。

「ありがとう。公爵ご夫妻はもう出発されたかわかるかしら？」

「まだでございます、マイ・レディ。七時に朝食をとりにおりていらっしゃるそうです」

「よかった」ローズは言った。「入浴の用意をお願いできる？」

「かしこまりました」

すばやく入浴してモーニングドレスに着替え、階下へおりた。屋敷内はしんとしていた。こんな朝早くに起きている客はいない。リリーとライブルック公爵はふだん使いの食堂に座り、微笑みを交わしていた。薄茶色の旅行着をまとい、三つ編みにした黒髪を頭の上にまとめたリリーは輝くばかりに美しい。彼女は部屋へ入ってきた妹へと顔をあげた。

「ローズ、朝早くからベッドを抜け出してどうしたの？」

「おはようございます、お姉様、閣下」ローズは新たに義兄となった男性に会釈した。

「もう閣下はなしよ」リリーが言う。「ダニエルと呼んでもいいでしょう？」夫に向かって確認した。

「もちろんだとも」公爵が応じる。「堅苦しい敬称に少々うんざりしていたところだよ。われわれはもうみんな家族だ」

「ええ、そうですわね……ダニエル。あ、ありがとうございます」ローズは言葉がつかえた。

「お姉様、お食事中に邪魔をしてごめんなさい。お姉様に話があるの。急ぎのことで……」

「まあ、何か悪いことでも起きたの？」リリーが問い返す。

「いいえ、そうじゃないわ。だけど、どうしても三〇分ほどお時間をいただきたいの。いつ出発するの？」

リリーが顔を振り向けると、公爵が返事をした。「一時間後ぐらいだろう。いまは荷物を馬車に積んでいる最中だ」

「荷造りは終えているから、わたしは空いているわ」リリーが言った。「一緒に朝食をとりながらではどう？」

「ここではできない話なの。女性用の居間に行って待っているわ。お姉様とふたりで話をさせて」

「リリー」ダニエルが声をかける。「これからちょっと……旅行の手はずを確認しなければならない。ぼくは忙しいから、妹さんに朝食につき合ってもらってはどうかな」

「でも、それでは――」ローズは反論しかけた。

「遠慮しないで」リリーがさえぎる。「すばらしい思いつきだわ、ダニエル。そんな気づかいをしてくれるあなたが大好きよ」彼女は退室する夫を愛情に満ちた笑みで見送った。

「公爵はお姉様のためならなんだってするんじゃない？」ローズはきいた。

「たぶんそうね。本当にすばらしい人でしょう？」

「ええ、お姉様はなんて幸運なのかしら」

「自分がどれほど幸運かはよくわかっているわ。さあ、何があったの？」

どこから始めよう？　ローズは深呼吸をひとつした。「ああ、お姉様、どうすればいいかわからないのよ！」

「それはなんの話、ローズ？」

「わたし……ゆうべ、とても愚かなふるまいをしてしまったの。取り返しがつかないことを。なかったことにしたいわけではないわ、でも、わたし……もう少しで体を許すところだった……」

「エヴァンに？」リリーが尋ねる。

「いいえ」ローズは言った。「そうならまだよかった……。エヴァンではなく、相手はキャメロン・プライスなの」

「ミスター・プライス？　まあ、ローズ」

「わかっているわ。絶対に許されない相手よ。平民で、しかも領民なんて。だけどお姉様、わたし……彼に惹きつけられてしまうの」

「ええ、そのようね」

ローズは額をこすった。「どんなにつらかったか、お姉様には想像できないでしょうね。お姉様のためのワルツを彼が作曲するあいだ、わたしは結婚式で演奏できるよう彼につきっきりだった。音楽室のグランドピアノの前で、何時間も一緒に過ごしたわ。すばらしくて……苦しい時間だった。ワルツが贈られることはお姉様には秘密だったから、当然、お姉様に話すことはできなかったでしょう。口外されるのが怖くて、ほかの人には打ち明けられなかった。彼はすばらしい人よ、お姉様。彼の音楽は胸を震わせるわ。ときおり泣きだしたくなるくらい美しいの」

「ええ、あのワルツは見事だったわ。彼はとても才能があるわね」

「彼は非凡よ」ローズは夢見るように言った。

「エヴァンはどうなの？　あなたにとって、エヴァンはまだ大切な人？」

「彼はいつだって大切な人よ。やさしくて完璧な紳士だわ。何度かキスをしたけれど、それもわたしの許しを得たうえでだった。お互いに相性がよくて、一緒にいると楽しいの。だけどキャメロンは……その、ミスター・プライスは……ああ、なんて説明すればいいかわからない」

「わたしに説明する必要はないわ。そういう感情なら知っているもの」

「そうでしょうけど、お姉様とダニエルのときとは違うわ」

「どう違うの？」

「ダニエルは公爵よ！　アシュフォード伯爵家の令嬢に、これ以上ふさわしい相手はいないわ。それに比べてキャメロンは……取るに足りない人よ」見えない重荷がローズの腹部にずしりと落ちる。「いいえ、そんなことはない。彼は取るに足りない人じゃないわ。本当は……かけがえのない人なの」

「ゆうべ何があったか教えて」リリーが促した。

ローズは喉の血管が激しく脈打つのを感じた。「新鮮な空気を吸いにテラスへ出たら、暗がりに彼がたたずんでいたの。彼は少し酔っていたけれど、真剣な様子だった。エヴァンがわたしを独占したと憤慨していて、芝の上でダンスを踊ろうとわたしを誘ったのよ」

リリーは微笑した。「すてきね」

「ええ、すてきだったわ」ローズは目をつぶり、リリーが飲んでいる朝の紅茶のいぶしたような香りを吸い込んだ。「彼がわたしに惹かれているのはずっと感じていたの。だけど一緒にいるときは、いつもわたしを軽蔑するような態度だった。わたしが上流階級に属していることで、嫌味を言ってくるの」

「きっと、あなたへの想いを断ち切ろうとしていたんでしょうね。あなたと自分では未来はないからと」

「そうかしら。ええ、それなら納得できるわ。とにかく、彼と一緒に踊ったの。本当にすてきだった。彼の腕に抱かれていると、自分の居場所はここだと感じられた。お姉様、わたしの言っている意味がわかるかしら?」

「ええ」リリーは目配せした。「わかるわ」

「しばらくすると踊るのをやめて、ふたりでただ体を揺らしていたの。そのうち……彼がキスをしたのよ」

姉の顔に驚きの色はない。これっぽっちも。それもそうだろうとローズは思った。姉が公爵と激しい恋に落ちたのは、つい数週間前のことだ。

「信じられなかった。彼、わたしには永遠に手が届かないけれど、いまだけは一緒にいてほしいと言ったの。とてもロマンティックで、体がとろけてしまいそうだった」

「だけど、どうしてキスから体を許しそうになるところまで飛躍したの?」

「わからないわ。あれよあれよという間にそうなってしまって。ぼくを止めるならいまだと彼は言ったわ。実際、彼は二度もわたしを止めようとした。本当にわたしを気づかってくれたの。わたしのはじめての体験が草の上ではいけないと言って。でも、わたしが彼を求めたの。彼が欲しくてたまらなかった。自分があんなふうに誰かを求めるなんて、考えたことがなかった。自分でも……抑えきれなかったの」

「あなたのその気持ちは、わかりすぎるほどよくわかるわ」

「ええ。だから、お姉様が旅行でひと月留守にする前に相談したかったのよ。こんな気持ちを理解してくれる人、ほかにはひとりもいないわ」

「ローズ、もう少しで体を許すところだったと言ったわね。何が起きたの？」

ローズは唇を嚙んだ。「わたし、怖(お)じ気(け)づいてしまったのよ、お姉様。情熱に……のみ込まれそうになって」

リリーが顔を曇らせた。「彼は納得しなかったでしょうね」

「ええ、怒っていたわ」

「男性の体のつくりはわたしたちとは少し違うの。ある段階に達しておきながら中途半端にやめると……肉体的な痛みを伴うのよ」

ローズの心は沈んだ。キャメロンに痛みを与えるつもりはなかったのに。「ああ、お姉様、わたし、そんなことだとは知らなくて」

「あなたの場合は知らなくて当然よ」

「でも、わたしが彼を欲しいと言ったの、わたしは彼のものだと。ああ、彼に嫌われてしまったわ！」

「いいえ、彼があなたを嫌いになることは絶対にないでしょうね」

涙がローズの瞳をかすませた。「わたし、泣きだしてしまって。彼を残して走り去ったの。彼はわたしを呼び止めようとして、すまなかったと叫んだわ。それでもわたしは立ち止まらなかった」

「そうだったのね。彼を愛しているの？」

「わからないわ。どうしたらそれが愛だとわかるの？」

「いい質問ね」リリーはつかのま沈黙した。「わたしがいつからダニエルを愛するようになったのかは、はっきりと言えないわ。愛していると気づいたときには、最初から彼を愛していたように感じた。これって意味が通じるかしら？」

「いいえ。でも、わかる気もする」

リリーはローズの手を取った。「それが愛なのかは、あなたが自分で確かめるしかないわね。ここに残って、あなたの力になれなくてごめんなさい。だけど、ひと月したら戻ってくるわ。たったひと月で何が起きるというの？」

ローズは姉のあたたかな茶色い瞳をのぞき込んだ。「お姉様はダニエルと出会って三日で婚約したじゃない」

「いやだ、そうだったわね」

「ほかにもうひとつあるの。ミス・ランドンから——ご本人はルーシーおば様と呼ぶようにおっしゃっているそうだけれど、夏のあいだ、アイリスおば様やソフィーたちと一緒に、わたしもここに滞在するようお誘いを受けたのよ。ソフィーとアリーは社交界デビューをお預けにして、滞在することに決めているわ。もしわたしも残れば、エヴァンとキャメロンの両方と顔を合わせることになる。そして残らなければ、どちらとも会うことはなくなる」

「あなたはどうしたいの？」

「ゆうべは、ハンプシャーに戻ろうと心を決めたつもりだったわ。ふたりのことは忘れて、新たな出会いを探そうと。わたしひとりでも社交界にデビューできるかもしれない。だけど、こうしてお姉様と話していると、それでいいのかわからなくなってきたわ」

「あなたはここにとどまるべきね」

「どうして？」

「自分の気持ちから逃れることはできないからよ、ローズ。わたしも自分の気持ちに背を向けようとしたわ。でも、そんなことは無理なの。自分の気持ちと向き合って、あなたが求めているのはエヴァンか、それともキャメロンなのか、もしくはどちらでもないのか、きちんと見定めなさい」

「だけど、わたしが求めているのがキャメロンだったらどうなるの？　お父様とお母様は絶対にお許しにならない――」

「くだらない。あなたの人生でしょう。あなたには潤沢な持参金がある。誰と結婚しようと、お金に苦労することはないわ」

「お父様はわたしを勘当することができるわ。持参金を取りあげることも」

「しないとは言いきれないでしょう」

「どうかしら。たとえそうなったとしても、ダニエルがあなたに持参金を持たせるわ」

「そんなことは絶対にさせられない――」

「いいから。そこまでのことにはならないでしょうしね」リリーは続けた。「とにかく、あなたがどうにかしなければいけないというのは事実よ。それにあなたが残れば、わたしたちが新婚旅行から戻ってきたあと、一緒に夏を過ごせるじゃない！」

「新婚なんですもの、ダニエルとふたりきりで過ごしたくはないの？」

「もちろんそうだけど、彼は午前中は領地管理のお仕事があるわ。だから、そのあいだはあなたたちと自由に過ごせるのよ」

ローズはため息をついた。「わかったわ、ここに残ることにする。ああ、わたしはなんてことをしてしまったの？」

「何も悪いことはしていないでしょう」

「体を与えるところだったのよ、お姉様」

「ええ、だけど誰も知らないし、キャメロンだって誰にも口外しないわ」

「そうね、彼なら黙っていてくれる。彼はわたしのことを……大切に思ってくれている気がするの」

「もちろんそうよ。彼がはじめてあなたに目を留めた瞬間からそうだったのは、誰もがわかったわ」

ローズは笑みを浮かべた。「わたしもはじめて彼を見たときに何かを感じたの。その……突き刺されるみたいな感覚よ、あの……女性のあの部分を」

「ええ、子宮をね」リリーは微笑んだ。「その感覚はよく知っているわ」

「それにゆうべは彼に何かされたの、指を使って。そうしたら……なんて表現すればいいのかしら。あんな衝撃を受けたのははじめてだったとしか言えないわ。あんなふうに感じるなんて想像したこともなかった」

リリーがくすくす笑った。「それは絶頂と呼ばれるものよ。天にものぼるような快感だったでしょう？」

「ええ」ローズはため息をついた。「本当に。お姉様は……ダニエル以外の男性に触れられたことはある？」

「いいえ。わたしをのぼりつめさせたことがあるのは彼だけよ」

「のぼりつめる？」

「絶頂のもうひとつの言い方」

「まあ」ローズは体がほてり、内側がざわめくのを感じた。「お姉様はどうしてそんなに平然とこんな話ができるの？　わたし、レディではなくなった気分だわ」

「あなたは正真正銘のレディよ。レディだって、殿方と同様に夜の営みを楽しめるの」

「だけど、なんだか……悪い女になった気がする」

「ローズ、いいこと、あなたはローレル・リッジに来る前のあなたとは違うわ。ここへ来てから、あなたはいけない行為をいくつかやってのけた。わたしの婚約を祝福して一緒にお酒に酔ったし、女性の鼻に拳を叩き込んだでしょう」

「ええ、そうだったわね」ローズは思い出して笑った。「そして平民に体を許しそうになり、はじめて……」声を低める。「絶頂を感じた」

「声を落とす必要はないわ」リリーが言った。「悪い言葉ではないのよ」

「そうね。あんなにすてきな感覚が悪いはずない」ローズはくすくす笑った。「ダニエルはお姉様を……のぼりつめさせた唯一の人で、お姉様は彼と結婚したのね」

「そうよ。でもだからといって、あなたがキャメロンと結婚しなければいけないということではないの」

「ええ。だけど、もう一度あんなふうに感じたいとは思うわ」

「いずれ感じることになるわよ」

ダニエルが入室し、自分がいることを知らせるために咳払いした。「すまないが、そろそろ出発だ」リリーに向かって告げる。

「そうね」リリーは立ちあがると、ローズの頰にすばやくキスをした。「あなたに会えないのが寂しいわ、ローズ。でも、心配しないで。ここに残って、自分の心に従いなさい。ひと月経ってわたしが戻ってきたら、また話しましょう」

「ええ、お姉様。おふたりとも楽しんでいらしてね」

リリーはにっこりして、ハンサムな夫の腕を取った。「言われるまでもないわ」


姉と公爵が出発すると、ローズは部屋へ戻ってさらに数時間ほど眠った。一一時に目覚めてアフタヌーンドレスに着替え、昼食の前に階下へおりる。表側のテラスへ行くと、いとこたちの姿があった。

「ローズ！」アレクサンドラが呼びかける。

「ごきげんよう、アリー。どうかしたの？」ローズはきいた。

「エヴァン卿があなたをお探しだったのよ。どこにいるのか誰も知らないものだから、彼は厩舎を探しに行ったわ。あなたは乗馬に出かけたのかもしれないと思って」

「朝寝をしていたの」ローズは言った。「昨日の興奮で、すっかり疲れてしまって」

「わかるわ」ソフィーが相づちを打つ。「わたしたちのリリーが結婚したなんて信じられる？それも公爵夫人になるなんて。言葉にできないほどロマンティックだわ」

「ロマンティックなのはたしかよ」アレクサンドラが言った。「だけど、公爵夫人の地位よりもっと重要なことがあるでしょう。公爵はおお、おお、大金持ちよ。リリーはこれから一生、何ひとつ不自由することはない。あんなふうに一生安泰になれるなら、わたしはなんだってするわね」

「前にも言ったでしょう」ソフィーがたしなめる。「お金よりも大切なことがあるのよ」

「はいはい」アレクサンドラがうんざりしたように天を仰いだ。「わたしも言ったはずよ、わたしにとっては何よりお金が大切だって。くだらない爵位なんてどうでもいいわ。わたしが嫁ぐとしたら、相手はうなるほどお金を持っている男性よ。お金の心配なんて二度としたくないもの」

「いまは暮らしに困っていないじゃない、アリー」ローズは言った。

「それはあなたのご両親のお世話になっているからよ」アリーが反論する。「やっぱり自尊心が傷つくの。施しを受けるのはいやなものよ」

「施しではないわ。それはあなたもわかっているでしょう」ローズはなだめるように言った。

「施しじゃないなら、なんなの？　父は財産ひとつ残さずに亡くなったわ。クリスピンおじ様とフローラおば様が手を差し伸べてくれなければ、わたしたち家族は路上暮らしになっていた。哀れなソフィーお姉様とわたしは、お母様を食べさせるために体を売ることになっていたかもしれないわ」

「アリー、なんてことを言うの！」ソフィーが叱責した。

「そこまでひどいことになっていたとは思わないわ、アリー」ローズは言った。

「でも、わからないでしょう？」

「わたしたちは家族よ」ローズは告げた。「あなたたちがそんな不幸な目に遭うのを、ほうっておきはしないわ」

「そうね、それはわかっているの。でも、将来苦労することはないというたしかな保証が欲しいのよ。それにはお金と結婚するしかないでしょう、ともかく女性の場合にはね」

「愛はどうなるの、アリー？」ソフィーが尋ねる。

「前にも言ったはずよ」アレクサンドラが答える。「愛は幻想なの、お姉様」

「リリーは反論すると思うわ」ソフィーが言い返した。

「そうでしょうね」アレクサンドラは認めた。「彼女が公爵と結ばれたことは心から祝福するわ。だけどね、お姉様、リリーは金銭的な意味でも最高の結婚をしたのよ。何しろ公爵はイングランドでも指折りのお金持ちなんですもの」

「そのうえ、お姉様は幸せをつかんだ」ローズはうっとりとして言った。「あんなすてきな男性に愛されるなんて、うらやましいわ」

「わたしには愛なんて必要ない」アレクサンドラがきっぱりと言う。「お金さえあればいいの」

「あなたの考えも、いずれ変わるんじゃないかしら」ローズは言った。

「きっとそうよ」ソフィーは自分のドレスを撫でつけた。「大富豪だけれど、わたしたちのお父様みたいに妻を虐待する男性から結婚を申し込まれたら、それでもあなたはお金のために結婚する？」

「たぶんしないかしら。でも、わたしはお母様とは違うわ。お母様は心が弱いのよ。わたしはそうじゃない」

「お母様のことをそんなふうに言うなんて」ソフィーが声を荒らげた。

「本当のことでしょう。わたしはお母様のことは大好きだし、お母様のためならなんでもするわ。それはお姉様も知っているとおりよ。だけど、お母様は一度も反撃しなかった。わたしなら我慢していなかったわ」

「既婚女性には法的権利はないも同然なのよ」ソフィーが言う。「お母様に何ができたというの？」

「家を出ればよかったじゃない」

「そして一生、逃げつづけるの？　お母様がそんな暮らしに耐えられた？　わたしたちはどうなっていたと思うの？」

「ああ、もう、この話はやめにしてもいいかしら？」アレクサンドラが強い口調で言う。

「わたしはお金と結婚します。以上よ。これで終わり」

「この話になると、ふたりしていつも堂々めぐりね」ローズは言った。「意見が一致しないのなら、もうお互いにあきらめたら？」

「だめよ」ソフィーとアレクサンドラが声を合わせる。

三人は大笑いした。まだ笑っておしゃべりしているところに、エヴァンが近づいてきた。

「ごきげんよう、ローズ」彼がお辞儀をする。

ローズは挨拶を返した。

「ずっときみを探していたんだ」エヴァンが言った。「少し散歩に出ないか？」

「喜んで。ソフィー、アリー、失礼するわね」ローズはエヴァンの腕を取り、厩舎のほうへ歩いた。

「ローズ、きみに尋ねたいことがあるんだ」エヴァンが切り出した。

ああ、結婚の申し込みではありませんように。彼とおつき合いをして、もうひと月以上になる。「何かしら、エヴァン？」

「ぼくの中で、きみへの想いはたしかなものになりつつある。そこで……」

「そこで？」

「ぼくの父に会ってほしい。来週きみに会いに来るとき、父を一緒に連れてきてもいいだろうか？」

「ええ、どうぞ」ローズはほっとため息をついた。「わたしもお会いするのが楽しみだわ」

「では、来週はまだここにいるんだね？」

「ええ。夏のあいだはローレル・リッジに滞在することに決めたの。アイリスおば様、それにソフィーとアリーと一緒に」

「それはよかった。これからもきみに会いに来ていいかな？」

「どうぞいらして」

「きみについて、父からよくきかれるんだ。こんなに早く父に紹介するのは、きみにいやがられるのではないかと心配だった」

「いやがるなんて、なぜ？ お父様も、きっとあなたと同じ立派な紳士でしょう」

「もちろん父は立派な紳士だよ」

「お父様のことを少し教えて」

「きみも知ってのとおり、母が亡くなって以来、父は独り身だ。ぼくと同じで馬好きだから、三人で一緒に乗馬をしてもいいな。きみの乗馬の腕前には父も感心するはずだ」

「すてきね。お父様にお会いするのが楽しみだわ」

「父もきみのことが好きになるだろう」エヴァンは言った。「行こう、そろそろ昼食だ。ぼくは今日の午後に自邸へ帰るが、その前に少し乗馬に出かけないか？」

「ええ、おつき合いするわ」
「それでは昼食後に。さあ、戻ろう」

昼近くになってようやくベッドから転がり出たとき、キャメロンの頭はずきずきと痛んだ。幸い、手伝いとして雇った男に畑を任せてあるため、日の出とともに起き出す必要はなくなっていた。キャメロンは長く豊かな髪を指ですき、咳払いした。腹が減り、耐えがたいほど喉が渇いている。これまで深酒をしたことはなかったし、今後は二度とするものか。洗面器の水は古くて生あたたかかったが、とりあえずそれで歯を磨くと、清潔なシャツとズボンに着替えた。母と妹たちを避けて裏口へ向かい、家の裏手に流れる小川へ足早に歩く。そこで服を脱ぎ、冷たい川に入って、ゆうべの名残を洗い流した。水の冷たさがローズへの欲望をやわらげたが、すっかりなだめることはできなかった。タオルで手早く体をぬぐい、服を着ると、エロイーズ・ウォーレンを訪問しようと決めた。彼女ならいつだって、こちらの求めに応じてくれる。

エロイーズはライブルック公爵領に住む若い未亡人だった。キャメロンはこれまで何度か彼女と関係を持ったことがあるし、その他大勢の男たちもそうだった。エロイーズは身ぎれいな美人で、求める代償といえば、やさしい言葉をいくつかと、家のまわりの仕事をひとつかふたつ、ただそれだけだ。だが、今回キャメロンには金があった。情事のあと、彼女と世間話をしながら納屋の掃除をしたり、乳牛の乳しぼりをしたりする必要はない。

キャメロンは自分の牡馬、アポロに鞍をつけると、ウォーレン家めがけて走らせた。エロイーズはポーチに腰かけ、刺繡をしていた。エプロンとスカートの下から素足が見える。長い金髪はローズのはちみつ色の巻き毛より色味が淡く、一本に編まれて背中に垂らしてある。キャメロンの細身の体にしっくりなじむようだったローズほど長身ではないものの、エロイーズは肉づきがよく、見た目もきれいだ。鼻の頭に散ったそばかすが、初々しい雰囲気を添えていた。

「こんにちは、キャム！」

キャメロンはアポロからおりると、礼儀正しくお辞儀をした。

「今日はどうしたの？」

なんの用かは察しているだろうに。ベッドで楽しむ以外の理由で、ぼくがいつ訪問した？

「通りかかっただけだ。夕食の前に……少し時間があるかな？」キャメロンはうなじがほてるのを感じた。

「あなたのためならもちろんよ。いらっしゃい」

エロイーズは立ちあがり、小さな住居に入っていた。彼はそれに続いた。

「あなたが来てくれるのを待っていたの」

「本当に？」

「本当よ。ここいらでは一番のハンサムじゃない。五月祭のアーチェリー大会であなたが公爵を負かしてから、ずっと待ち焦がれてたわ」

「なぜ?」

「矢を見るときのあなたの目つきときたら。あなたって集中力の塊ね。強烈だったわ」

「アーチェリーをそんなふうに表現する人はあなたがはじめてだ、ミセス・ウォーレン」

「エロイーズと呼んで、キャム。ここでは堅苦しい礼儀作法はなしよ」

「わかった、エロイーズ」

彼女はゆったりとしたブラウスの紐(ひも)をゆるめながらキャメロンへ近づいた。コルセットはつけておらず、まろやかな胸がすぐにこぼれ落ちる。エロイーズは彼の両手を取って自分の胸を覆わせると、両腕を彼の首にまわして自分のほうへ引き寄せた。彼女の唇はやわらかく、濡れていて、キスの仕方を心得ている。エロイーズは彼の口へ舌をもぐり込ませた。彼女の口はローズのそれとは感触が違う。エロイーズが洗いたての木綿なら、ローズはシルクだ。キャメロンはキスをやめて相手の喉へと口をさげ、やわらかな肌を探った。エロイーズは石けんのにおいがする。ローズの肌から漂うのはストロベリーの香りだった。彼はさらに頭を下へおろして、胸にキスをした。片方の先端を歯でそっとはさんで引っ張る。

「ああ、いいわ、キャム」エロイーズがため息をついた。「あたしの胸をそんなふうに甘く嚙んでくれるのはあなただけ」声を低めて続ける。「あたしのあそこ(カニー)をあんなふうに舐めてくれるのも」

その言葉にキャメロンは身をかたくした。貴族の令嬢であるローズなら、決して口にしない卑猥(ひわい)な言葉だ。

「あなたのもので濡れたあそこを貫かれるのが待ちきれない」彼女はスカートをたくしあげた。「あったかい蜜みたいに滴ってるでしょう。味見はいかが？」

ローズもあたたかな蜜を垂らしたように潤っていた。ぼくのためだけの蜜。エロイーズの激しさは、肉体的なうずきをやわらげてはくれるだろう。だが、ローズへの思慕を消し去ることはない。

ローズ。

ローズが欲しい。誰を代わりにしても、この渇きが満たされることはない。キャメロンは頭をあげると、エロイーズの健康的な美しい顔をまっすぐに見た。胸元をブラウスで覆い、紐を結んでやる。「すまない、エロイーズ。やっぱりやめておくよ」

「どうしたのよ、キャム？　あたし、何かまずいことをした？」

「違うよ、そうじゃないんだ。あなたは何もしていない」ポケットから一ポンド紙幣を取り出し、彼女に渡す。「これを受け取ってくれ。数週間分の生活費になるだろう」

「受け取れないわ」

「いいから、お願いだ」キャメロンは言った。「エロイーズ、ぼくが今日ここに来たことは、誰にも言わないでほしい」

「言わないわよ、キャム。あたしの言葉は福音書と同じぐらい頼りになるの。それはあなたも知ってるでしょう。だけど残念だわ。本当にあたしと――」

「もう迷いはない」キャメロンは戸口へ向かい、途中で彼女のほうへ引き返した。「あなただって、こんな暮らしを続けることはない。もっといい人生があるはずだ」

「これがあたしの人生よ。あたしはこれでいいの」エロイーズは弱々しく笑みを浮かべた。

「再婚すればいい」

「誰があたしを嫁にもらうの？　あたしは使い古された女よ」

「あなたを愛してくれる人が誰かいる、エロイーズ。誰だって、愛してくれる人が必ずいるんだ」

「あたしにだっていたわ。でも、ライオネルは死んだの。あたしたちはいずれ幸せな暮らしを築けたでしょうね。だけどその途中で、彼は蓄えひとつ残さずに若死にした。両親はふたりとも死んでるし、あたしにはきょうだいもいない。ほかに何があるっていうの？」

「運命はあなたに悪い手札を配った。それでもほかの生き方がきっとある。ちゃんと考えてみてくれ、いいね？」

「わかったわ、キャム」それから言い添える。「でも、あなたが思い直してくれたらうれしい」

「すまないが、それはできない」キャメロンは戸口から外に出た。手綱をほどいてアポロにまたがり、家へと向かう。五月の風が髪をそよがせ、思いはローズへと向かった。やさしく、美しいローズ。彼女は決して手の届かない存在だ。ゆうべは彼女が止めてくれて本当によかった。救命ボートなしに大海を泳いで渡ろうとするようなものだ。彼女を追いかけたところで、溺死するのはわかっている。《リリーのワルツ》の作曲料は、まだかなり残っていた。

母と妹たちにはそれを残し、自分はロンドンに出て最も愛すること、作曲をして身を立てよう。楽譜になって出版された曲がすでにふたつあるのだ。どちらもたいして売れなかったものの、足がかりにはなるだろう。荷造りをして、明日には出発だ。

わが家へ近づくと、華麗な馬車が家の前に停まっているのに驚いた。見覚えのない紋章だが、馬車には栗毛のモーガン種がつながれていて、二頭は見た目がそっくり同じだ。キャメロンはしばしアポロを止まらせ、美しい馬たちに見とれてから、厩舎へ行ってアポロを馬房に入れた。そのあと裏口から家の中へ足を踏み入れた。

母のミセス・クレメンティーン・プライスは狭い居間のソファに腰かけており、来訪者は窓際の椅子に座っていて顔は見えなかった。キャメロンはわざと物音をたて、何気ないふりをして入室した。

母親が彼に顔を向ける。「ああ、帰ってまいりました、閣下」それから息子に告げた。「キャム、お客様がお待ちですよ」

キャメロンは母の視線を追い、彼女の向かいに座る大きな男に目を向けた。それから重いため息をつく。来訪者は誰あろう、エヴァン・ゼイヴィア卿だった。

3

「なんてことだ」キャメロンは声を殺してつぶやいた。ローズとの逢瀬(おうせ)が露見したに違いない。こんな大男に殴られることになるのか。彼は顔をあげた。「閣下?」

「ミスター・プライス、ごきげんよう」エヴァンが挨拶をする。「突然押しかけて申し訳ない。ぼくはこれから自邸に帰るところで、できるだけ早い機会にきみと話をしておきたかったんだ」

「なんについてですか?」キャメロンは少し無作法に返した。

「それは……きみに依頼したい仕事があってね」

ミセス・プライスが立ちあがる。「わたしは台所にさがりますから、あとはおふたりでお話しください」

エヴァンはすっと立ちあがった。「お目にかかれてよかった、ミセス・プライス」

「こちらこそ」彼女は急いで部屋を出ていった。

「どのようにお役に立てるでしょうか?」キャメロンは尋ねた。

「そのことだが」エヴァンが切り出した。「ぼくがレディ・ローズ・ジェムソンとおつき合いをしているのは知っているね」

「はい」キャメロンはにこりともせずに言った。

「彼女はきみの音楽を称賛している」

「レディ・ローズがですか？」

「もちろんそうだ。知らなかったのか？　公爵夫人に捧げたワルツの作曲では、彼女と一緒に仕事をすることがあったと思ったが」

「ええ、ご一緒させていただきました」助かった。ゼイヴィアはぼくを絞め殺しに来たわけではないらしい。「ですが、ぼくの音楽には特に感想を述べられなかったので」

「そうか。ぼくにはすばらしいと褒めていたよ」

「光栄です。それで、閣下のお望みはなんでしょうか？」

「ローズのために歌を作ってほしい。ワルツである必要はない。物語詩（バラッド）はどうかな」

「ぼくは歌詞は書きません、閣下」もっとも、ローズのためなら書けるような気がした。

「書かないのか？　まあ、それは問題ない。ぼくの関心があるのは曲のほうだ。音楽は彼女にとって大事なもののようだからね。彼女に……求婚しようと考えている。そのときに曲を捧げたい」

見えないナイフがキャメロンの心臓に突き刺さる。「求婚ですか？」

「ああ。すぐではない。その前に曲を用意してほしいんだ」

キャメロンはため息をついた。ローズのために曲を書くことはできる。交響曲でもオペラでも、彼女のためなら丸ごと書けるだろう。彼女の唇でも、サファイア色の瞳でも、淡く色づくなめらかな肌でも、体のどこかひとつの部分についてだけで、全楽章を作ることができる。こんなに簡単な仕事はない。眠っていたって、夢の中で作曲できそうだ。

だが、引き受けはしない。ほかの男が彼女に捧げることになるのなら。ぼくには無理だ。

「申し訳ありません、閣下。実は、明日にはロンドンへ出発しようと考えているんです」

「戻るのはいつになる？」

「戻ってはきません。あちらに移住するつもりです」

「しかし、作曲はできるだろう？」

「すみませんが、すでに仕事が決まっていて、ほかの仕事を引き受ける時間はありません」

「出発を延ばすことはできないのか？　その埋め合わせはきちんとさせてもらう」

キャメロンはふたたびため息をついた。ロンドンに出ても仕事は決まっていない。金は必要だ。「いかほどでしょうか？」

「きみの相場はいくらだ？」

「二〇〇ポンドです」

てっきり一笑に付されるものと予期していた。無名の作曲家に誰がそんな大金を払うかと言われるだろうと。だが、相手の反応は違っていた。

「それでは二〇〇で」エヴァンは言った。「それだけあれば、出発を延期させて手間を取らせる分も埋め合わせできるだろう」

二〇〇ポンドはあきれるほどの大金だ。ライブルック公爵はそれを支払ったが、彼はイングランドでも指折りの資産家だ。エヴァン・ゼイヴィアはブライトン伯爵の次男。彼自身には、いまもこれからも爵位はない。彼の父親は、よほど惜しみなく金を与えているのだろう。

もう二〇〇ポンドあれば、母と妹たちのことを一年は、うまくいけば二、三年は心配せずにすむ。安心してロンドンに出て、音楽界で名前を売ることができる。だが、ローズのために曲を作るのか？　ほかの男が彼女に捧げる曲を？　それは自分の心臓をピッチフォークでえぐるも同然の行為だ。

でも、ローズは夢でしかない。自分の家族は現実で、金があれば家族にいい生活をさせられる。

「そこまでおっしゃるのなら、お引き受けします、閣下」キャメロンは応じた。「最低でも四分の一は前金でいただくことになりますが」

「結構だ」

「期限をお考えですね？」

「ああ、夏至までに完成させてほしい」

「それではあと三週間と少ししかありません」

「わかっている。可能だろうか？」

「おそらく。しかし三週間で楽団用の曲は無理があります。ピアノ用の編曲となりますが」

「願ったりかなったりだ」エヴァンは言った。「ローズはピアノ好きだからね。きみも知っているだろう」

「はい」キャメロンは淡々と応えた。「知っています」

「では決まりだな、プライス」エヴァンは立ちあがって片手を差し出した。

キャメロンは握手をした。大きくて指の長い彼の手も、豚のもも肉並みに大きなエヴァンの手に握られると、ひどく小さく見えた。

「見送りは結構だ」

「お気をつけてお帰りください、閣下」キャメロンはソファに沈み込み、すり切れた錦織のサテン地に指を滑らせた。ぼくはいったい何をしてしまったんだ?


明くる日、ローズは馬で出かけた。所有している牝馬(ひんば)二頭はハンプシャーに残してきたが、ライブルック公爵の厩舎には美しい馬がそろっている。ベゴニアはそのうちの一頭で、公爵が姉のために手に入れた牝馬だ。ベゴニアの準備ができると、ローズは馬に乗り、南へと小道を進んだ。

速歩(はやあし)で体を慣らしてから駆け足に移り、そのあとは思いきり走らせる。ローズは小道から少しそれ、障害飛越用のコースを見に行った。馬で障害を飛ぶのは大好きだが、このコースはまだ挑戦していない。きちんと確認し、これなら飛べると判断すると、コースに従って馬を走らせた。障害はしだいに難易度が高くなるものの、ローズは軽やかに飛び越していく。ベゴニアとともに何度も空へとジャンプするうちに、ヘアピンが髪から落ち、コースを完走した頃にはこぼれ落ちた髪が肩と背中に広がっていた。彼女は声をあげて笑い、ベゴニアの黒いたてがみを撫でてやった。

小道へ引き返し、妖精の庭と名づけられている庭園を速歩で通り過ぎた。ここはエヴァンとはじめてキスを交わした――ローズのはじめてのキスだった――思い出の場所だ。やさしいエヴァン。彼はキスをしたあと、交際を申し込んでくれた。あの日は一日中、頭がぼうっとしてしまった。エヴァンは立派な男性だ。いつもわたしを気づかってくれる。わたしは幸運だ。リリーとライブルック公爵が分かち合っているような情熱や気安さは、ふたりのあいだにはこれから先もないかもしれない。でも、あのような関係のほうがまれなのだ。

ローズは馬を走らせつづけ、緑豊かな春の野を楽しんだ。さわやかな大気を吸い込む。小川にたどり着いたところで馬を止めた。ベゴニアに水を飲ませてあげよう。ローズは歩きやすいよう乗馬服の裾をまくりあげてピンで留めた。馬が喉の渇きを癒すあいだ、あたりを見てまわる。見覚えのない景色だ。屋敷に戻る道がわかるといいけれど。しばらく馬を休ませようと、ローズは木の下に腰をおろして目をつぶった。妖精の庭でエヴァンと交わしたはじめてのキスが、頭の中でよみがえる。

曲がりくねった小道を歩きながら、エヴァンは花を摘んではローズに渡した。やがて小さな花束ができあがり、彼はローズの耳の上にも一輪挿した。「ああ、まるで妖精のお姫様だ」

彼女は笑い声をあげた。「茶色い乗馬服を着た妖精のお姫様ね」

「マイ・レディ、きみは何を着ても美しい」

「ありがとうございます、閣下」

「洗礼名で呼んでもらえないだろうか？」エヴァンが頼んだ。「ぼくには大いに意味のあることだ」

「でも、適切ではないわ」

「ライブルックときみの姉君は、お互いを名前で呼び合っている。実際、今日彼女と一緒にいたライブルックはこれまで見たことがないほど生き生きしていた」

「ふたりは……ただのいいお友だちです。公爵閣下もわたしの姉も、おつき合いする意思はありません」

「きみはどうなんだい？」

「わたしは……よくわかりません」

「ぼくがはっきりさせてあげよう」

エヴァンは体を寄せると、彼女の顔を両手で包んだ。彼の唇がローズの唇をそっとかすめて、全身に甘美なさざなみを送り出す。

「きみとの交際の許可をお父上に求めてもかまわないだろうか……ローズ？」エヴァンは親指で彼女の頬をやさしくなぞった。

ローズは目をつぶった。彼のなめらかな指が肌をくすぐる。「光栄です……エヴァン」

彼の唇がふたたび重なり、ローズの唇を開かせる。舌がゆっくりと入ってきて、ほんの少しだけ彼女を味わった。ああ、お姉様の言っていたとおりだわ。キスって、こんなにもすてきなのね。エヴァンが彼女の舌を探り当てて自分の舌をぐるりと絡めると、そこから先は何も考えられなくなった。彼の口の中へ吐息をつき、小さな花束を手から落とす。彼はローズの腕を取り、自分の首にまわさせた。

はじめてのキスではうっとりして意識が遠のいた。想像していたものとはまったく違っていた。エヴァンのことは大切に思っている。けれど彼を愛してはいない。夜、眠りに落ちたあと、彼が夢に現れてローズを抱きしめることはない。朝、目覚めたときに、彼の顔がまぶたに焼きついていることもない。寝ても覚めてもローズの心につきまとうのはキャメロンだった。豊かな黒髪とかたい手のひら、やわらかで厚みのある唇を持つキャメロン。はじめて会ったときから、頭の中は彼でいっぱいになった。彼の姿がまぶたをよぎるたび、肌はさざめき、鼓動は乱れ、おなかの中がざわざわした。ワルツの作曲で彼と過ごすのは、ほとんど耐えがたかった。ローズと接するキャメロンの態度はたいてい軽蔑に満ち、彼女に、彼女の身分に、反感を抱いているようだった。でも一度だけ彼の警戒心がゆるみ、ふたりの心が触れ合ったことがある。

ローズとキャメロンは公爵邸の音楽室でグランドピアノの前に並んで腰かけていた。リリーに捧げるワルツはなかばまで完成し、式に備えて練習を始められるよう、彼はローズのために楽譜にして持ってきた。彼女は鍵盤にそっと指を置き、うなじの産毛が少しだけ逆立つのを感じた。キャメロンに見つめられている。こちらからは見えないけれど、彼の冷ややかな銀灰色のまなざしが肌に焼きつくようだ。彼といると緊張のせいで言葉がつかえ、ピアノを弾く指がもつれがちになる。ローズは息を吸い込み、自分の中の力をすべて奮い起こした。顔を横へ向けてキャメロンを見る。銀灰色の瞳を見据えてピアノを弾きつづけた。

「すばらしい演奏です、マイ・レディ」彼が言った。

「ありがとう、ミスター・プライス。お褒めいただいてうれしいわ」曲を弾き終える。

「やめないでください」キャメロンが請う。「あなたの演奏は一日中でも聴いていられる」

「完成している分は弾き終えました。見事な曲だわ。わたしなら、何ひとつ変えません」

「実は、細かい点をいくつか変えようと考えています。ここを転調してはどうだろう」キャメロンは彼女越しに、楽譜のその箇所を指さした。「ニ短調に。あなたのご意見は?」

ローズはもう一度頭から弾き、彼が示した箇所をニ短調に変更した。「ええ、いいわね。ワルツに物悲しさが加わるわ」

「公爵閣下は陽気な曲をお求めです」キャメロンは言った。「だがここに変更を加えても、曲の明るさに影響はないでしょう。愛はいつもバラにワインというわけじゃない。調が変わるのは愛の苦悩を象徴する」

「愛の苦悩?」

「そうです」

「それはどういう意味かしら？」

キャメロンはローズの瞳をまっすぐ見た。「嘘偽りのない本物の愛は、喜びであるのと同じくらい苦しみでもあるという意味です。それほどの愛は痛みを伴う」

「どうして愛が苦しみになるの？　愛はすばらしいものよ」

「愛すれば愛するほど、失うものが大きいからです、マイ・レディ。それが不安を生み出す。そして失ったあとには悲しみが残る」

ローズの瞳に涙が盛りあがったが、彼女はまばたきでそれを散らし、咳払いした。「あなたはなぜ愛のことをそれほどご存じなの、ミスター・プライス？　愛したことがおありかしら？」

「いいえ」キャメロンが彼女から目をそらした。「だが、愛の苦悩はこの目で見ています。たとえば父が死去したとき。突然のことで、七年経ったいまも母は父の死を乗り越えられずにいる」

「でも、公爵は苦悩が入り込む隙がないほど姉を愛しているわ」ローズは反論した。

「いいや、苦悩はあるはずだ」彼女の目を、キャメロンの視線がふたたび貫いた。「愛には常になにがしかの苦しみがある。愛する者たちが離ればなれになったときは、お互いを求めて身を焦がすでしょう。離ればなれになっていなくとも、いつの日か愛する者が奪い去られるのではと、心の片隅にはいつも不安がある。音楽のこの部分が表しているのはそれです。数小節だけで、そのあとはもとの調に戻る」

ローズはうなずいた。それなら納得できる。彼の愛に関する深い知識はどこから来るのだろう。「すばらしい変更ね、ミスター・プライス。これで作品全体の印象ががらりと変わるわ」

「ありがとうございます、マイ・レディ。変更部分も含めて、もう一度最初から弾いてもらえますか？」

「ええ、喜んで」

ローズはふたたび鍵盤に手を置いた。キャメロンの視線がまたも肌を焼く。何度か弾き間違えてしまい、うなじがほてった。最後の音を弾き終えると、ほっと安堵感が広がった。

「美しいわ」彼女は言った。「それなのに、うまく演奏できなくてごめんなさい」

「すばらしい演奏でした。あなたのピアノには熱い情感がこめられている。何かほかにも弾いてもらえませんか？」

「でも――」

「十八番があるでしょう。あなたほどの音楽家なら必ずある」

「何か弾くことはできると思うわ。ご希望はおありかしら？」

「モーツァルトを。一番好きな作曲家です」

「姉もモーツァルトが大好きなんです、わたしの好きな作曲家のひとりでもあるわ」ローズはモーツァルトのソナタを弾いた。

キャメロンがじっと視線を注ぐ中で、さらにほかの曲を演奏する。そうして一時間以上弾きつづけて、ようやく時間に気がついた。

「ミスター・プライス」ローズは声をあげた。「そろそろ戻らないと——」

「ああ、そうですね」

キャメロンがローズの腕に軽く触れ、震えが体の芯まで走った。彼はゆっくりと指を上下させた。彼に意図的に触れられるのは、これがはじめてだ。

「ぼくのためにピアノを弾いていただき、ありがとうございました、マイ・レディ。このことは決して忘れません」彼は立ちあがった。「見送りは結構です」

ローズはため息をついた。あれはなんてすてきな午後だったことか。けれども次に顔を合わせたとき、ふたりはいつもの堅苦しい関係に逆戻りしていた。結婚を祝う舞踏会の夜まで、キャメロンからあれほど激しい想いを寄せられているとは少しも気づかなかった。わたしが平民だったら。あるいは彼が貴族の出だったら……。

「ごきげんよう、マイ・レディ」

ローズは飛びあがりそうになった。ぼんやりと思い浮かべていたまさにその人が、白毛に茶斑の牡馬を引いて目の前に立っている。

「ミスター・プライス」

「驚かせてしまいましたか」

「いいえ、そんなことはありません。わたし……馬に水を飲ませて休ませていたんです」

「公爵邸からずいぶん離れていますよ」

「ええ、そうみたいね。馬を走らせるのが楽しくて、どこへ向かっているのかよく考えずにここまで来てしまったわ。帰り道がわかるといいけれど」

「難しくはない。ぼくがご案内しましょう」

「それはご、ご親切に」ああ、もう、言葉につかえるのをどうにかしなさい。ローズはキャメロンの馬に歩み寄った。「美しい牡馬ね、ミスター・プライス。なんという名前なの？」

「アポロです」

「見たところ、とても立派な馬だわ」ローズはアポロの脇腹に両手を滑らせた。「わたし、馬を見る目が少しだけあるのよ」

「ぼくのように貧しい者が、こんな上等の馬をどうやって手に入れたのか不思議なんでしょう」キャメロンが皮肉めかして言う。

「そんな、まさか」体が熱くなり、彼女は声が割れないように気をつけた。「どうしてあなたはいつもそんなふうに……。いいえ、お気になさらないで」

「説明は簡単ですよ」

「説明には興味ありません、ミスター・プライス」

「アポロは父が所有していた牝馬の子です」キャメロンは続けた。「父が亡くなる直前に生まれました。自分で育てて調教しようと、ぼくが決めたんです」

「由緒ある血統の馬なんでしょうね」

「それは怪しいな。母馬には特別なところは何もなかった」

「それでも美しい馬だわ」

「ありがとうございます。あなたの牝馬の名前は?」

「ベゴニアよ。姉の馬なの。わたしの馬はハンプシャーにいるわ」

「ハンプシャーにはいつお帰りに?」

「帰らないわ」心臓が轟いた。「少なくとも夏の終わりまでは」

キャメロンはアポロのたてがみを撫でた。「マイ・レディ……」

「何かしら?」

「先日のことを謝らせて——」

「いいの」ローズはさえぎった。「謝る必要は何もないわ。わたしが悪かったの。わたし……あんな状況に身を置くべきではなかったわ」

キャメロンが鼻を鳴らす。「あんな状況? 一介の領民に手を出されるような状況ということかな?」

「あなたはいつもそうね」彼女はため息をついた。「お互いの身分の違いを、どうしてことさら強調するの?」

「ふたりの身分が違うのは人生の事実だから」

「ばかげているわ」ローズはベゴニアに乗り、乗馬服を整えた。「屋敷までの帰り道を教えていただけるかしら」

キャメロンは馬にまたがって馬首をめぐらせ、彼女と並んだ。「ぼくに非があるとあなたが考えていようといまいと、謝らせてほしい……あなたが去るときにぼくが口走ったことを」

「どうでもいいことよ」ローズは顔をそむけた。

キャメロンが彼女の頬に手を伸ばし、自分のほうを向かせた。「自分の人生で後悔することはいくつもあるが、あなたを傷つけたことは何より深く悔やんでいる」

銀灰色の瞳がローズの魂を貫く。「あれはわたしが悪かったの、キャメロン」

「違う」

「いいえ。わたし……途中でやめるのはあなたに……苦痛を与えることを知らなくて」

キャメロンがくすりと笑った。「あれよりもっと苦しい目に遭ったことがある、いとしい人。もっとも、あのときはとても耐えられないと思ったが」

いとしい人と呼ばれて、彼女の肌はちりちりした。「もし最初からやり直せたら……」

「ダンスを踊る前に立ち去った？」

「いいえ」ローズは視線をそらした。

「じゃあ、あなたはどうしていた？」

「わたしは……」鼓動が速くなり、肌が冷たくなって粟立った。「あなたを止めなかったわ」

キャメロンは彼女の頬を愛撫し、瞳をのぞき込んだ。

「あのときは怖じ気づいてしまったの。ごめんなさい」

「謝る必要はない」彼の顔が近づいて、唇と唇がかすかに触れ合う。「帰り道を案内しよう」

「待って」ローズはキャメロンの顎に手を触れた。ひげは剃られておらず、夜のあいだに伸びたひげがざらりと指に当たる。彼の頭を引き寄せて口づけし、唇を開いて舌で探索した。あの厚みのある下唇をすすり、上唇に肌をすり寄せる。キャメロンにキスをするのは純粋な悦びだ。舌が結びついて絡み合い、ローズは小さくあえいだ。

「こっちへ」彼が言う。

キャメロンは彼女の体を持ちあげ、向き合う形で自分の鞍に座らせた。馬にまたがったので乗馬服のスカートがまくれあがり、脚があらわになる。鞍はふたりで座るには窮屈で、ローズの体は彼の引きしまった胸板に押しつけられた。キャメロンはローズを抱擁してふたたび唇を求め、彼女が空想の中でしか知らなかった情熱的な口づけを浴びせた。小雨のようなキスが彼女の顔に降り注ぐ。

「ああ、ローズ、ぼくが夢見るのはあなただけだ」

「知っているわ」彼女はささやいた。「だって、わたしが夢見るのもあなただけですもの」

重なった胸に彼の心臓の轟きが伝わり、胸の先端がかたくなった。

キャメロンは彼女の耳と喉にキスをして、乗馬中にこぼれ落ちた巻き毛に指を差し入れた。

「あなたと一緒にいると息が苦しい。心臓が破れそうだ」彼女の喉をそっと噛む。「あなたをぼくのものにすることさえできたら」

ローズはぞくりと体を震わせた。「わたしをあなたのものにして、キャメロン」

彼は体を引き離した。「ゼイヴィアはどうするんだ?」

「彼を求める気にはなれないの……あなたを求めるようには」

「だが、彼はあなたにとっては理想の結婚相手だ」

「ええ……彼のことは好きよ、だけど彼を求めてはいないわ」

「ぼくのことは求めているのか?」

「そうよ、あなたが欲しい」ローズは吐息をついて、キャメロンの顔と喉に唇を押し当て、漆黒の髪を指ですいた。「いつもあなたのことを考えてしまう。はじめて会ったときからそうだったの」小さく笑う。「こんなことを言うなんて、恥ずかしいわ」

「恥ずかしがることはない。ぼくもいつだって、あなたのことを考えている」キャメロンは円を描くように彼女の背中を撫でた。「でも、ぼくたちが結ばれることはない」

「どうして?」

「理由はわかっているはずだ」

「そうね」彼女はため息をついた。「わかっているわ」目の端に涙が盛りあがる。「お願いがあるの、キャメロン。もう一度、わたしにキスをして」

「もうやめたほうがいい」

ローズはふうっと息を吐くと、片脚をあげてアポロの鞍をまたぎ、慣れた仕草で馬からおりた。ベゴニアに乗る彼女の頰に涙がこぼれ落ちる。

「泣かないで、いとしい人」

「涙を止められないの。あなたと一緒になりたい。内側から引き裂かれるようだわ」

「ぼくも同じ気分だ」キャメロンがうめいた。「だが愛を交わして、そのあと別れるのはもっとつらい。そうだろう？」

「どうせつらい思いをするなら一緒でしょう？」

彼が返事をする間もなく、馬を飛ばして誰かが近づいてきた。キャメロンの妹、パトリシアだ。

「兄さん！　よかった、ここにいたのね。いますぐうちに戻って！」

「どうしたんだ、トリシャ？」彼が尋ねる。

パトリシアは息を吸い込んだ。「キャットが。キャットが大変なの」

「いったい何があった？」キャメロンは血相を変えた。

「外遊びから戻ったあと、昼食をとろうとしなくて。触ってみたら、燃えるように熱くなってた。キャットは兄さんを呼んでるの」

「すまない」彼はローズを振り返った。「ぼくは戻らなければ」

「わたしも行くわ」ローズは言った。

「その必要はない」

「ばかを言わないで。わたしもキャットが心配なの」キャメロンの六歳になる妹、カトリーナは、会ったその日にローズの心を奪った。

「じゃあ、一緒に来てください」パトリシアは手綱を引いて馬を駆け出させた。

プライス家の小さな住まいに近づくと、大柄な女性が三人を出迎えた。「ドクターが診てくださっているところよ、キャム。キャットがあなたを呼んでいるわ」

「先に行って、キャメロン」ローズは言った。「馬の世話はわたしがするから」

彼の銀灰色の瞳は沈み、不安の色がにじんでいる。「申し出てくれてありがとう。だが、あなたに押しつけるわけにはいかない。レディのすることじゃない」

「わたしがやりたいの。さあ、行ってちょうだい」ローズはキャメロンとパトリシアに手ぶりで促した。「キャットのところへ行ってあげて。馬を三頭扱うくらい、わたしにもできるわ」

「やさしい方ね、兄さん」ローズが馬たちを馬房へ連れ去ると、パトリシアが言った。

「ああ」キャメロンはうなずいた。

カトリーナの部屋で椅子に腰かけるミセス・プライスの横で、ドクター・ヒンクマンが診察をしていた。

「母さん、何があったんだ?」キャメロンはきいた。

「戻ってきたら高熱を出していたのよ」母が言った。

「お兄ちゃん?」キャットのか細い声はひび割れていた。

「そうだよ、キティ・キャット、お兄ちゃんはここだ」

「気持ち悪いの」

「うん。お医者様が治してくれるからね」

ローズが現れ、部屋の入り口にたたずむ。

「レディ・ローズ」ミセス・プライスが声をかけた。「こんなところで、どうされたんです？」

「乗馬中にミスター・プライスと行き合ったんです。ここで働くアーノルドと名乗る青年が、馬の世話を引き受けてくれました。それでキャットの様子を見に来たんです。具合はどうですか？」

「まだはっきりしません」ミセス・プライスが答える。

「どうもよくありませんな」医者が首を横に振った。「これは猩紅熱（しょうこうねつ）かもしれん」

「そんな！」ミセス・プライスは両手で頬を押さえた。

「発疹（ほっしん）が出るまでは断言できませんが」ドクター・ヒンクマンが続ける。「とりあえず、家にいる方全員を隔離する必要がある」

「隔離ですって？　なぜ？」ミセス・プライスは問い返した。

「みなさん全員、感染している可能性があるからです。病を広めたくはないでしょう」

「わたしはローレル・リッジに戻らなくては」ローズが言う。

「申し訳ないが、あなたもここに残っていただきます、マイ・レディ」医者は告げた。「公爵邸のみなさまを感染の危険にさらすことはできません」

「まあ、どうしましょう……」

「すまない、ローズ」貴族の令嬢に洗礼名で呼びかける息子を母がじろりとにらみつけたが、キャメロンはそれを無視して続けた。「知っていたら、今日あなたに近づきはしなかったんだが」

「あなたにはどうしようもなかったことよ。だけど、どこに泊まればいいかしら？　着替えも何も持ってきていないわ」

「手伝い人用の小屋が裏手にあるので、そこをお使いください。アーノルドはここから一、二キロのところに住んでいて、毎日通ってきてるんです。小屋は空いていますわ」ミセス・プライスが申し出た。

ローズを手伝い人用の小屋に泊める？　キャメロンは首を横に振った。「それは適切ではないよ、母さん」

「申し訳ないけど、うちにあるのはそこだけよ、キャム」

「お気づかいは無用よ、ミスター・プライス。わたしなら大丈夫。屋敷に知らせを送って、身のまわりのものを使用人に持ってきてもらうわ」

ローズの顔は青ざめている。キャットを心配してだろうか、とキャメロンは思った。それとも自分が感染することを案じてか、もしくは領民と同じ暮らしを強いられるせいか。

「わかった。ぼくが小屋に案内しよう」キャメロンは言った。

家の裏口からローズを連れて外に出た。「こんなことになって本当にすまない」

「あなたのせいじゃないわ、キャメロン。キャットがなんでもなければいいわね」

「ああ」

「キャットは強い子ですもの」彼女は言った。「わたしの兄も六歳で猩紅熱にかかったのよ。そしてちゃんと完治したわ」

「公爵閣下からの作曲料が手元にあって助かった」キャメロンは額の汗をぬぐった。「妹には最高の治療を受けさせる。バースに使いを出して、公爵閣下の主治医に来てもらおう。名前はわかるかな？」

「ブレイクよ。ドクター・マイケル・ブレイク」

「その人にキャットを診察してもらいたい」

「きっと喜んで引き受けてくださるわ」

キャメロンは恥じ入って体が熱くなった。こんな狭い小屋にローズが滞在してくれるだろうか？「ここだ」そう言いながらドアを開ける。がらんとしているが、清潔ではあった。木製の分厚い板の上に、ダブルサイズのマットレスがのっている。隅には浴槽が置かれていた。小ぶりの暖炉、椅子が二脚、小さなテーブルがひとつ。しつらえはそれで全部だ。窓にはすり切れた木綿のカーテンがかかっていた。「伯爵のご令嬢にはとうていふさわしくないな」

ローズは微笑み、彼の頰に触れた。「わたしは大丈夫よ」つま先立ちになって、キャメロンの唇にキスをする。

「これがぼくたちが一緒になれない理由だ、ローズ。あなたはこんな暮らしをすべきじゃない。あなたにはもっといい暮らしがある」

「それはわたしが決めることでしょう。とにかく、いまはあなたから離れることができなくなったわ」彼女はもう一度、キャメロンにキスをした。「今夜……ここへ来て」

彼はローズを引き寄せた。下腹部が脈打つ。「本当にいいのかい？」

「ええ、今度こそ心を決めたの。これは運命なのかもしれない」そう言ってから、彼女は頭を首を横に振った。「でもやっぱり、あなたとわたしが結ばれるためにキャットが病気になったと考えるのはいやね」

「それはぼくもいやだな」

「なりゆきに任せましょう」ローズは言った。「あなたとお母様を手伝って、わたしもキャットを看病するわ。熱を出したときの対処法は心得ているの。そしてあなたとわたしで、少しのあいだ一緒に過ごしましょう。紙と羽根ペンを用意していただけるかしら。アイリスおば様に手紙を送って事情を説明し、身のまわりのものを送ってもらうわ」


ローズの荷物とアイリスからのことづてを携えて、使用人が到着した。ローズに指示されたとおり、使用人は家屋から三〇メートル離れた場所に荷物を置き、相手が去ったのちにキャメロンが取りに行って、ローズの小屋まで持ってきてくれた。荷物の片づけが終わると、ローズは母屋へ足を運び、居間にある古いアップライトピアノを弾いた。少し調律が狂っていて、酒場の楽器みたいに音がはずれるものの、音楽はカトリーナの慰めになるかもしれない。その後、ミセス・プライスが滋味豊かなビーフシチューを夕食に用意するあいだ、ローズは少女のかたわらに座っていた。冷たい水で湿した布でほてった肌を冷やしてやり、寒気で少女ががたがた体を震わせたときは、毛布を押さえて包み込んだ。ミセス・プライスが部屋にやってきて、食卓へ行って夕食をとるよう告げた。

　シチューと茶色いパンはおいしかった。ローズが食べ慣れている種類の料理とは似ても似つかなかったけれど。ふだんの夕食は五品、特別な折には少なくとも八品ある。それでもローズはシチューに満足し、おなかもいっぱいになった。食事のあとはさらに一時間、カトリーナの枕元に腰をおろし、アイリスが鞄に入れて送ってくれたチャールズ・ディケンズの『オリヴァー・ツイスト』を朗読した。日が沈むと、パトリシアがやってきて看病を交代し、ローズは裏口から出て小屋に戻った。

　ほどなくキャメロンがドアをノックした。

　ローズは笑みを浮かべて彼を迎えた。「こんなに早く来るとは思わなかったわ」

「いや、すぐに戻らなきゃならない」彼は言った。「水を運んできてほしいかと思って。入浴したいだろう」

「まあ、入浴できればうれしいわ」

「じゃあ、すぐに運んでこよう」

　キャメロンは水を汲んできて火にかけた。「あなたのお兄さんが猩紅熱にかかったときのことを聞かせてほしい」

「わたしが生まれる前のことよ」ローズは言った。「母は当時わたしを身ごもっていて、姉はまだほんの赤ん坊だったの。だから母と姉は、ふたりとも母の実家へ送られたわ」

「でも、話は耳にしているだろう」

「ええ。とはいっても、話すことはそれほどないの。兄はおよそ一週間は高熱に苦しんだけれど、熱がさがるとけろりと回復したそうよ。それどころか、前よりたくましくなったんですって。兄は元気で強い子どもだった、キャットのようにね。わたしの兄は見たことがあるでしょう？」

「ああ、結婚式の日の舞踏会で」

「兄は平均より背が高いわ、あなたと同じくらいね。病気の後遺症は何もなかった」ローズはキャメロンのうしろにまわって肩をもんだ。「愛する人が病に伏したときのつらさはよく知っているわ。ひと月前、姉が階段から落ちて生死の境をさまよったときは、頭がどうかなりそうだった」

「キャットは昔から、ぼくにとって特別なんだ」彼が口を開いた。「キャットが生まれて数週間後に父が亡くなった。ぼくが二〇歳のときだ。だから、ぼくはキャットの父親のようなものだ。自分の子どもを持ったとしても、キャット以上に愛せるかわからないな」

「その気持ちはわかるわ」ローズは言った。「わたしもあの子が大好き。キャットは元気いっぱいなんですもの」キャメロンの膝に座り、彼の首に両腕を巻きつける。「キャットは必ず元気になるわ。絶対に」

キャメロンが彼女の顎にキスをした。「ああ、きっとそうだ、いとしい人」

ローズは彼のなめらかな黒髪に指を滑らせた。「あなたのお母様はご出産で苦労されたの？」

「なぜそんなことを？」

「あなたたちきょうだいは三人とも、ずいぶん年が離れているでしょう」ローズは言った。

「わたしの母は、兄のあと二度流産しているの。子どもはひとりだけとあきらめかけたとき、姉が生まれ、それから一年もせずにわたしが誕生したわ」

「トリシャとキャットのあいだに母が一度流産したのは覚えている」キャメロンが応えた。

「ぼくとトリシャのあいだにも流産しているのかもしれないが、わからないな」

「あなたは二八歳ぐらい？」

「二七だ」

「トリシャはいくつ？」

「一五になる」

「本当にきれいな子ね。あなたの女性版だわ。リリーがトーマスの女性版であるように。いずれ群がってくる男の子たちに、あなたは悩まされるわね」

「すでに悩まされているよ。あなたはいくつなんだい、ローズ？」

「二〇歳よ」

キャメロンは彼女の頬をそっと撫でた。「二〇歳の清らかな乙女か」唇を重ねる。「あなたほど美しい女性は見たことがない」

ローズは微笑んだ。心臓が高鳴る。「お世辞が上手ね、ミスター・プライス」

「本当のことだ。あなたは光で、ぼくは闇。あなたはやわらかで、ぼくは……やわらかくない」キャメロンは手で彼女の胸を包み込んだ。「本当に……やわらかい。あなたは天使だ。あなたほど美しい人はいない」

「わたしは母に生き写しなの。目の色だけ、わたしのほうが濃い青色だけれど。兄と姉は父似よ」

「あなたのお母上もたしかに美しい女性だが、あなたは……」キャメロンが彼女の腕に指を上下させる。ローズはぞくりと身を震わせた。「あなたは見る者の心を奪う」彼はローズのうなじに手をまわして引き寄せ、唇で唇をとらえた。そして口づけをやめて言った。「あなたがここにいると、何もかも大丈夫だと思えてくる」

「何もかも大丈夫よ。キャットはきっとよくなる。彼女とあなたのために、わたし、できることはなんでもするわ」

「あなたは天使だ。ぼくにはもったいない」

「あなたのほうが、わたしにはもったいないのかも」ローズは茶化した。

キャメロンが首をのけぞらせて大笑いした。「そうだったら笑えるな」こぼれ落ちた彼女の巻き毛を指に絡ませる。「そんなふうにだまされるのは、あなたのように心やさしい天使だけだ」

「わたしはだまされてなどいないわ」彼女はにっこりした。「それに、あなたが思っているような天使でもない」

「それは信じられないな」キャメロンはローズを抱きかかえて立ちあがり、口づけした。

「もうお湯があたたまっただろう」そっと彼女をおろし、火格子にかけていた湯を浴槽へ移す。「じゃあ、ぼくは戻るよ」

「帰らないで。ここにいて」

「湯浴みをするあいだ、ぼくにいてほしいのかい？」

「いいでしょう？」ふいにローズは、そうしてほしくてたまらなくなった。「わたしのあとにあなたも体を洗えるわ」

キャメロンが微笑んだ。「心を引かれるが、戻ってキャットの具合を確かめないと。またあとで来るよ」

「約束する？」

「ああ」ローズの額に慎み深いキスをして、彼は帰っていった。

彼女は急いで湯につかり、狭い浴槽の中で脚を折り曲げた。髪を洗い、できる限りタオルで乾かす。歯を磨いて、香り付きのローションを体に塗り、ナイトドレスに着替えた。ベッドに体を横たえて、キャメロンが来るのを待つ。

そしてさらに待った。

二時間後、ローズは頬を涙で濡らしながら、ようやく眠りに落ちた。

4

「ローズ、ローズ」

誰かが揺さぶっている。つかのま、彼女は自分がどこにいるのかわからなかった。やがて暗がりに目が慣れて、キャメロンの整った面差しが浮かびあがる。

「キャム？」

「ああ、ぼくだ、いとしい人」

「どうして来てくれなかったの？」ローズはろうそくを灯そうと、ナイトテーブルの上のマッチを手探りした。

「ぼくがやろう」キャメロンがろうそくに火をつける。「すまない。キャットの容態が悪化したんだ。母はおろおろと取り乱してしまって。母とキャットを置いて出てくることはできなかった」

「まあ」ローズは胃がねじれるのを感じた。「キャットは大丈夫なの？」

「ひきつけを起こしたが、もう発作はおさまったよ」

「なぜわたしを呼びに来てくれなかったの？」

「あなたにできることはなかった」キャメロンが彼女の頬を撫でた。「泣いていたんだね」

ローズは息をのんだ。「あなたに……求められていないんだと思って」

彼はそっと笑った。「どうしてそんなことを?」

「だって、あなたは来なかったでしょう。それにキャットの具合が悪くなったことは知らなかったわ。あなたが来てくれて本当にうれしい。お願い、わたしを抱きしめて」

キャメロンはベッドにあがると、彼女の体に両腕をまわした。ローズはキャメロンの胸に身を預けて情熱的な口づけをし、彼のシャツをもどかしげに引っ張った。

「あわてないで」キャメロンが言う。「これからひと晩中、あなたを愛するから」

「本当に、キャム?」

「あなたにキャムと呼ばれるとうれしくなるな。なんだかふたりが……」

「ふたりが、何?」

「なんだろう。夫婦になったような感じかな。そうなることは永遠にないが」

「それはつまり、あなたはわたしを……」鼓動が乱れ、ローズはごくりと息をのんだ。

「ああ、そうだ。ぼくはあなたを愛している、ローズ。許されないことだが、この気持ちは本物だ」

「ああ、キャム……」

「これ以上は自分の気持ちにあらがえない。果てしない葛藤に心がすり切れそうだ。食事や睡眠を我慢しようとするようなものだよ」彼女の髪をいとおしげに撫でつける。「こんなことを女性に言うのははじめてだ」

ローズは彼の頰に触れた。「あなたは真心をわたしに捧げてくれたのね。わたしには――」

「しいっ、返事はいいよ。ぼくの気持ちを知ってほしかっただけだ」

「わたしの気持ちも知ってほしいの。だけど言うのが怖い。もう二度と一緒になれなかったら？　それにエヴァンにはなんて言えばいいの？」

「ゼイヴィア？　ぼくはあなたへの思いを語っているのに、あなたはゼイヴィアの話をするのか？」キャメロンが頭を振って体を離した。

「わたしから離れないで、お願い。あなたを怒らせるつもりはなかったの。わたしも……あなたを愛しているわ。ええ、愛してる」ローズは彼を引き戻した。「ああ、口に出してすっきりしたわ。自分の本当の気持ちだと感じる」

「ぼくもだよ」キャメロンは彼女の喉に唇を押し当てた。「あなたを共有などするものか、ローズ」

「そんな必要はないわ。何か解決策を考えるのよ。でも、今夜結論を出すことはないわね。この夜はわたしたちのもの。ほかの誰かのことを案じるのはやめましょう。わたしはあなたと一緒にいたいだけよ。何週間もそればかり考えていたわ」

キャメロンはローズのナイトドレスのボタンをゆっくりとはずしていった。肩から滑らせて下へ引きおろし、一糸まとわぬ体をあらわにする。「あなたは美しい、ローズ。まぶしいほどに」

彼女は体を震わせた。「明かりを消して、キャム」

「このままでいい。あなたを見ていたいんだ」

「でも——」

「あなたのすべてを知りたい、そしてあなたにぼくのすべてを知ってほしい。ろうそくの明かりは——あなたの肌を輝かせる」

キャメロンは頭をさげて口づけし、彼女の唇を舌でそっとなぞって開かせた。彼女の唇を噛み、キスを深める。唇で彼女の頰から耳へと肌をかすめ、愛撫をしながら耳の浅いくぼみに舌を突き入れた。

「ああ、キャム……」ローズは身震いした。両脚のあいだに熱いものが流れ込む。

キャメロンは彼女の喉と胸を甘く噛んだ。「あなたは美しい、ローズ。あなたの胸の先端は甘い唇と同じ、濃い紅色だ」

その言葉にローズは体を小刻みに震わせ、すべての神経が張りつめた。キャメロンに吸われて、胸の頂がかたいつぼみに変わる。彼女はベッドから背中が浮くほど体をのけぞらせ、キャメロンの髪に指を絡めて、胸を愛撫する彼を抱きかかえた。

「これが気に入った？」

「ええ、とてもいいわ」

「じゃあ、次に来るものもきっと気に入る」キャメロンが胸から離れた。腹部にキスをして舌を這わせ、へそをくすぐる。はちみつ色の巻き毛が三角形を描く場所に彼がたどり着いたところで、ローズは身をよじった。恥ずかしい場所を見られてしまう！　あわてて片手でそこを覆った。

「手をどかして、いとしい人」

「だけど、こんなところ、あなたも見たくはないでしょう」

「いいや、ぼくは見たい。あなたのどの部分も、ぼくにとっては美しい」キャメロンがウィンクする。「特にこの部分はね」

「待って、キャム。服を脱いで。あなたに触れたいわ」

「そうするのが公平だろうね」彼はもう一度ウィンクをして、すばやく服を脱いだ。

筋肉質の肩と両腕に、ローズはため息をもらした。胸板は黒い毛がうっすらと広がり、筋肉が盛りあがっている。形のいい両脚も黒い毛に覆われていた。黒い巻き毛のあいだからは、こわばった大きなものが屹立（きつりつ）している。彼女は目を見開いた。

「この前の晩、あなたがズボンの上から触れたものだ」キャメロンがいたずらっぽく言った。

「こんなふうだなんて、思いもしなかったわ。痛みを覚えるのも当然ね」

彼がそっと笑う。「そこまでひどくはないよ」

「今夜、あなたは痛い思いをしてここから帰ることはないと約束するわ」ローズは畏怖のまなざしで見つめた。「目を奪われてしまう」

「ぼくだって、あなたに目を奪われているよ。さて、どこまで行ったかな？」キャメロンは彼女の脚のあいだへ頭をさげた。

ローズはまたもや反射的に自分を隠した。

「ぼくから隠れないで。その手をどけてくれ。あなたの秘所（プッシー）を見せてほしいんだ」キャメロンが襞を指でそっとつまみ、引っ張った。

彼女はまぶたをぎゅっと閉じた。熱くなった顔をそらして枕に押しつける。プッシー。その言葉は前にも耳にしたことがある。それでも体が震えた。自分がみだらになった気がする。みだらで……興奮している。

「これが何か知っているかい？」キャメロンが指で撫でながら尋ねた。

ローズは答えなかった。

「知っているのかい、いとしい人？」

「いいえ」顔をいっそう枕にうずめる。

「もうひとつの唇だ。唇がなんのためにあるかは知っているだろう？」

またも彼女は無言でいた。

「キスをされるためだ」そう言うと、キャメロンは唇でそっと触れた。

稲妻が体を駆け抜ける。まさかそんな場所に口づけするなんて。そんなことを誰がしたがるの？「キャメロン――」

「ぼくに任せて。あなたを味わいたい。あなたもきっと楽しめるはずだ」

「でも、どうしてこんなこと――」

「あなたを愛しているからだよ。あなたのすべての部分を愛している。頭のてっぺんから足のつま先まで、そしてそのあいだの小さな部分すべてを。あなたの美しいプッシーも含めて。あなたに悦びを与えさせてほしい」

キャメロンは彼女の入り口に舌を上下させた。ローズは吐息をついた。思いもかけない感覚だ。体中の神経の末端が目覚めたみたい。キャメロンは太腿を押しあげて、秘められた場所を完全にさらした。太腿の内側にキスをして肌を濡らし、熱い吐息を吹きかける。ローズはぞくりと体を震わせた。彼は脚の付け根に顔を戻すと、丹念に舐めてから舌を中に差し入れた。ローズは切なげな声をあげて背中を弓なりにした。キャメロンが彼女の腰を抱えて引き戻し、動かないよう押さえつける。舌が上へと移動し、ふくらんだ突起を見つけた。彼はそのまわりを舌でやさしくなぞった。続いてもう一度。今度はそれほどやさしくない。

「ああ、キャム、そんな……」

キャメロンがそこを唇にはさんで吸った。指が侵入してきて、ローズはふたたび体をのけぞらせた。今度は彼は押さえつけなかった。彼女とともに動き、ゆっくりと指を出し入れする一方で突起を口でなぶりながら、敏感な部分を脈打たせる。ローズも彼と一緒に動いた。頭の中では高原を目指して必死に駆けているかのようだ。彼女はキャメロンの名前を叫んでのぼりつめた。体が痙攣して彼の指を締めつける。キャメロンは彼女を舌で愛撫しつづけ、歓喜の波が次々と押し寄せた。やがて甘い悦びにくるまれて、ローズは彼の下でぐったりと身を横たえた。

キャメロンは時間をかけて彼女の体を這いあがり、腹部に、胸に、喉に、口に、唇を押し当てた。「自分の蜜を味わってごらん」彼が言う。「こんなにも甘い」

ローズは唇を開き、彼と舌を絡ませた。刺激的な味が口内に広がる。欲求がこみあげ、彼女は荒々しく唇を押しつけた。わたしのしるしを彼につけたい。わたしのものだというしるしを。

情熱的なキスを破ってキャメロンが唇を引き離し、鋭く息を吸い込んだ。

「ああ、ローズ、こんなキスははじめてだ」彼女の喉に頬を寄せて息を切らす。「愛している、怖いぐらいあなたを愛している」

汗ばんだ彼の喉に、ローズは小さなキスの雨を降らせた。「あなたが……わたしにしたことはすてきだったわ。わたしもあなたを愛してる」

「ぼくはあなたのプッシーを舐めたんだ」キャメロンは彼女の喉に口を押し当てて小さく笑った。

「キャム……」ほてりが体に広がる。

「あなたはかわいい人だ、ぼくのローズ。その言葉を口にしても、石に変わりはしないんだよ」

「わかっているわ。ただ——」

キャメロンが彼女の頬を両手で包んだ。「いいんだ。でも、ここから先はあなたに少し痛い思いをさせてしまう」

「かまわないわ」

「ぼくがかまうんだ。あなたを傷つけたくない」

「いずれ誰かに奪われるのなら、はじめての相手はあなたがいいの。あなたしか考えられない」

「ぼくに触って」彼はローズの手を自分の高まりへ導いた。

彼女はそこに手を置いた。「とてもかたいわ」

キャメロンが笑みをこぼした。「そうだね。あなたを欲して、かたくなっているんだよ。あなただけを欲して」

「どうすればいいの？」

「ただぼくにキスをして……それからぼくを迎え入れてくれ」

キャメロンの口が彼女の唇に重なる。ローズは彼の高まりから手を離し、引きしまった背中と肩を両手でまさぐった。両脚のあいだにかたいものが当たる。

「今度は迷わないね？」キャメロンがきいた。

「ええ、キャム」体に火がついたかのようだ。「いま愛してくれないと死んでしまいそう！」

彼はローズの唇をそっと撫でた。「あなたは死んだりしない」微笑んで、それから真剣な顔に変わる。「わかっているね、ローズ。ふたりの体が結ばれたら、あなたはぼくのものになるんだ」

「あなたのものにして。こんなにも何かを望んだことは――」彼女は小さな悲鳴をあげた。

キャメロンが障壁を突き破ったのだ。

「ああ、本当にすまない、こらえようとしたんだ。痛いのならやめよう――」

「いいえ、やめないで。わたしは平気よ」

キャメロンは少しずつ身を沈めた。刺すような痛みが灼熱感に変わる。彼はまだゆっくり腰を押し進めていた。いったいどれぐらい大きいの？　それにわたしの……プッシーはどこまで深いのかしら？　ようやく彼が止まった。

「これであなたと結ばれたの？」

「そうだよ、いとしい人」キャメロンが苦しげな声をあげた。「あなたはぼくのために作られたかのようだ。どんな感じだい？」

「満たされた感じかしら」ローズは小さく笑った。「次はどうするの？」

「ぼくが動く。耐えられなかったら言ってくれ。いいね？」

「ええ、キャム。心配しないで。あなたを満足させたいの」

キャメロンは腰を引き、入り口でじらしてから、もう一度押し沈めた。今度の痛みはそれほどひどくない。彼のうめき声がローズをぞくぞくさせた。わたしは彼に快感を与えている。彼女にとってはそれが快感だった。キャメロンは何度かその動きを繰り返し、やがて焼けるような感じが切望に変わった。彼の動きが敏感な突起を刺激して、腰がぶつかるたびにさざなみが走る。たちまちのうちにローズはまた高みまで押しあげられ、彼のヒップをつかんで引き寄せた。

「ああ、キャム、キャム」

キャメロンの体がわななき、彼女の中で高まりが脈打つ。「ローズ、ローズ」彼はローズの上にくずおれ、唇に、頬に、喉にキスをした。「もうあなたしか愛せない」

「わたしもよ」彼女はそっとため息をついた。

「いとしいローズ」つながったまま、彼はふたりの体を横向きにした。「これからどうすればいい？」彼女の髪を指ですく。

「わからないわ」ローズは言った。「わかればいいのに、キャム」

「ぼくはあなたを穢した」

「穢された気はしないわ」

「それでもあなたはすでに傷物だ。ぼくももう、あなた以外を抱く気になれない。あなたと結婚できなければ、修道士として死のう」

彼女はくすくす笑った。「本気じゃないんでしょう」

「本気だよ。誓ってもいい。今夜あなたを連れてグレトナ・グリーンへ出発すれば、週末にはあなたはぼくのものになる」

「わたしはもうあなたのものよ」ローズは彼の顎にキスをした。「だけど行くことはできないわ」

「なぜ？」

「ひとつには、ふたりとも隔離されている身よ。ここを出ることはできない。それにキャットのことを考えないと。わたしたちが必要になるかもしれないでしょう。それにもちろん、わたしの家族のことがあるわ」

「ぼくのような婿では、顔をしかめられるのは確実だ」

「あなたに嘘は言わないわ。わたしの家族はいい顔をしないでしょうね。姉だけは別よ。姉はわたしたちを裁かない。でも、どうでもいいことだわ。わたしが求めているのはあなたなの」

「ゼイヴィアは？」

「それは……難しい問題ね。来週末に公爵邸で彼の父親に紹介されることになっているの。彼を傷つけたくない……。彼は心が広くて、これまでずっとやさしくしてくれたの。それなのに傷つけるなんて」

「結婚の話が出たことは？」

「いいえ、それはまだ」

むき出しになっている腕を撫でられて、彼女は身を震わせた。

「ローズ、話しておきたいことが……いや、忘れてくれ」キャメロンがベッドから起きあがった。

「帰るの？」

「いいや、濡らした布を持ってくるだけだ」

「なんのために？」

「あなたの世話をするために。血がついているかもしれない」彼は浴槽に残っていたぬるま湯に布を浸して絞った。「脚を開いて」

「あなたにそんなふうに言われるのには慣れないわ」ローズは恥ずかしげに笑った。

「なぜ？」

「ひどくみだらな気分になるもの」

キャメロンは彼女の太腿を押し広げた。「あなたを愛している男に世話をされるのはみだらなことじゃない」彼女の大事な部分を布でそっとぬぐう。

あたたかな布が心地いい。「出血していた？」

「少しだけね。痛むかい？」

「それほどでも。もう一度できないというほどではないわ」にっこりしてみせる。

「だめだよ。あなたの体は少し癒される必要がある」

「いつになればもう一度できるの？」

キャメロンが含み笑いをもらした。「明日になれば、あなたが望むのなら」

「もちろん望んでいるわ」ローズは彼を引き寄せて唇を重ねた。「今夜は一緒にいてくれる？」

「戻らないと。キャットが夜中にぼくを必要とするかもしれない」

「お願い。あなたの腕の中で眠らせて」

「あなたにあらがうのは無理だな」キャメロンは彼女の頬にキスをした。「わかった。でも、先にキャットの様子を急いで見てくるよ」

「戻ってくるのを忘れないでね」ローズは上掛けの下で体を丸めた。

「忘れないさ」

夜が明けたとき、彼女はキャメロンの腕の中で目覚めた。彼はスプーンをふたつ重ねたように、ローズを背中から抱きしめて眠っていた。彼女はキャメロンの手を唇へ持ちあげてキスし、ささやきかけた。「戻ってきてくれたのね」

返事の代わりに、彼はかすかな寝息をたてた。


小さなノックの音にローズは目を開けた。キャメロンの腕の中から身をよじって抜け出し、ナイトドレスを急いで頭からかぶって引きおろすと、裸足で戸口へ向かう。「どなたですか？」ドア越しに尋ねた。

「マイ・レディ」聞こえてきたのはミセス・プライスの声だ。「ドクター・ブレイクがいらしてます。今朝はキャムを見かけていらっしゃいませんか？」

相手からは見えないのにもかかわらず、ローズの肌はかっと熱くなった。「い、いいえ、見かけていませんわ、ミセス・プライス」嘘をつくのは嫌いなのに。ああ、困ったことになってしまった。「わたしもドクター・ブレイクと話します。ドクターのことはよく存じあげていますから。すぐに行きます」

「承知いたしました、マイ・レディ。それではのちほど」

ローズはあわててベッドに引き返すと、キャメロンを揺さぶった。「キャム、キャム、起きてちょうだい」

キャメロンの目がぱちりと開く。彼は眠たげに目をこすってからローズに満面の笑みを向け、彼女をつかんで引き寄せるとキスをした。「おはよう、いとしい人」

ローズはハンサムな顔と大きな笑みを見つめた。キャメロンが笑うのを見ることはめったにない。なんてすてきな笑みだろう。彼の二本の前歯はちょっぴり重なっている。それさえなければ彼の男性美は非の打ちどころがないけれど、そのささやかな欠点が、かえってあらがいがたいほど魅力的だ。歯が重なっているところに舌を滑らせて、ローズはいとおしさがこみあげるのを感じた。彼のうれしそうな笑みの源は自分なのだと思うと、喜びで胸がいっぱいになる。

ともにベッドにとどまることに心を引かれながらも、ローズは告げた。「キャム、いまはキスをしているときではないの。たったいま、お母様がドアまでいらしたのよ。あなたを探していた。わたしは……あなたを見かけていないとお伝えしたわ」

「ぼくはここにいると言えばよかったのに」キャメロンが返した。「ぼくには隠すことは何もない」

「まさか、言えるわけがないでしょう。恥ずかしいわ！」ローズは彼の鼻の頭にキスをしてくすくす笑った。「さあ、服を着ましょう。ドクター・ブレイクがキャットの診察にいらっしゃったの。話を聞かないと。着替えたら、わたしが先に出るわ。あなたは少し遅れて来て。あなたがどこへ行っていたか、口実を考えておいてね」

「ああ、あなたを味わいしだい行くよ」キャメロンは彼女をベッドの上へ引き倒すと、覆いかぶさって深くキスをした。

彼は服を着ておらず、ナイトドレス越しにかたいものがローズの太腿を押す。

「おりてちょうだい、いけない人ね」キャメロンが唇を離すと、彼女はくすくす笑った。

「いいや、おりない」彼がローズの耳にささやく。

彼女はキャメロンの引きしまった腕にそっと手を滑らせた。「キャム、あなたを愛しているし、あなたが欲しいわ。でも、ドクター・ブレイクに会いに行かなければ」

彼は体を転がしてローズの上からおりた。「あなたはすばらしい人だ。自分でわかっているかい？」

「あなたもよ」彼女はベッドからおりてキャメロンにズボンを放った。「さあ、服を着て」

「かしこまりました、マイ・レディ」彼は敬礼してみせた。「あなたといると、命令にきびきびと従うことが求められるのかな？」眉をあげて、気だるげに微笑する。

「こんなのは、まだまだ序の口よ」キャメロンにシャツを投げ渡して蠱惑的な笑みを浮かべる。「でも、あなたならついてこられるでしょう」

「そうだね」彼は立ちあがると、ローズのヒップを軽くつねった。「あなたに命令されるのなら」彼女の口にすばやくキスをする。

ローズは清潔なモーニングドレスに着替えて小屋から出た。

キャメロンは時間をかけて身支度をした。ドクター・ブレイクが来たのなら、キャットはもう大丈夫だ。ひげを剃りたいが、かみそりとローションは自分の部屋にある。彼は手ぐしで髪を整えた。夢にまで見た女性と一夜を過ごした男のように、あからさまに見えなければいいが。

エヴァン・ゼイヴィアに手紙を送り、作曲の依頼は引き受けられなくなったことを伝えよう。そのことはゆうべのうちにローズにも話すつもりでいたが、言いそびれた。

だが、いまはそれについて考えている時間はない。キャットが待っている。ローズが行ってからおよそ一五分後、キャメロンは外へ出た。

「いったい何をしているの、キャメロン?」

母親の声に彼はぎょっとした。振り返ると、小屋の横手で母が待ち伏せしていた。その位置では、母屋へ向かったローズの視界には入らなかっただろう。

「おはよう、母さん。今朝はキャットの様子はどうだい?」

「変わりないわ」

「そうか」妹を案じて、彼の心は沈んだ。「ともあれ、立派な医師が診てくれているんだ」

「キャム」母の声は低く、真剣だった。「彼女は貴族のご令嬢なのよ」

キャメロンは咳払いをした。「彼女の身分は知っているよ」

「自分が傷つくだけよ、あなたもわかっているんでしょう?」

「ただの……戯れの恋だ」

母は一蹴した。「彼女のような淑女が戯れの恋などするものですか。それはわたし同様、あなたもわかっているはず」急に顔色を変える。「まさか無理じいしたんじゃないでしょうね?」

キャメロンは母親をにらみつけた。「ぼくがそんなことをすると本気で思っているのか?」

「いいえ」母は首を横に振った。「もちろん違うわ。ごめんなさい」

彼は汗ばんだ髪を指ですいた。ふだん、こういうたぐいの話を母親とすることはない。

「なんとかなるよ」

「何をばかなことを言ってるの? 彼女があなたの心を引き裂くか、あなたが彼女の心を引き裂くかのどちらかでしょう」

「そんなに簡単な話じゃない。彼女を……彼女を愛しているんだ」

「なんてことを」

「彼女もぼくを愛している。彼女がそう言ってくれた」

「ああ、神様」

「ぼくは彼女と結婚するよ、母さん。どうすればいいかはわからないが、彼女と結婚する。ぼくには彼女しかいないんだ」

母は頭を振り、母屋のほうへ歩きだした。

キャメロンもあとに続いて裏口から中へ入り、妹の部屋へ向かった。

カトリーナは小さな手をローズに握られて、落ち着いた様子で休んでいる。キャメロンは咳払いした。

「ああ、ミスター・プライスですね」医者が顔をあげた。「マイケル・ブレイクです。はじめまして」

赤みがかった金髪に茶色い目の若い医者――ずいぶん若い。二五歳を超えているようには見えない。本当にキャットを診断できるのか？

キャメロンは片手を差し出した。「来てくださって感謝します、ドクター」

「レディ・ローズのご友人であれば当然です。妹さんを診察しましたが、猩紅熱ではないと思われます」

「でも、うちのドクターは――」ミセス・プライスが口を開く。

「そちらのドクターは立派な医師でしょう。医者同士でも、意見は常に異なるものです。ドクターのお名前は？」

「ドクター・ヒンクマンです」ミセス・プライスが教える。「ソイヤー・ヒンクマン」

「これまで娘さんを診察されたことは？」

「もちろんあります。このあたりの者はみんな長年、ドクター・ヒンクマンに診てもらってます」

「名前を聞いたことはありませんね。どちらの医療学校の出身かご存じですか？」

「いいえ、知りません」

「学校へは行ってないのかもしれません。おそらく実際に患者を診ることで学んでいったのでしょう。たいていの場合はそれでうまくいきます。しかし今回は判断を誤ったらしい」

「猩紅熱でないという根拠はなんですか?」キャメロンは尋ねた。

「第一に、いまだに発疹がありません。通常なら一日以内に出るものですが、二日かかることもあるので、この一点だけでは断定できませんが」ブレイクは額をこすった。「妹さんの喉は赤くない、それに嘔吐もなかった。腹部の痛みや不快感もまるでない。これらはすべて一般的な猩紅熱の症状なんです」

「ではなんの病気でしょうか?」ローズがきいた。

「正直なところ、なんとも言えません。疱瘡でもないようです、これも発疹が出ますからね」

「はっきりおっしゃってください」キャメロンは語気を強めた。

「妹さんは反応が鈍っています。足を針でつついて、ようやく反応があった。しかし熱性せん妄の症状は出ていない。お母さんから聞いた痙攣の発作も気になるところだ」ブレイクは自分のうなじをさすった。「妹さんはバースの病院に入院させるのがいいでしょう」

「そんな!」ミセス・プライスが叫んだ。「そんなことはさせません。病院に入れるなんて……あそこは人が死にに行くところでしょう!」

「ご心配はわかります、ミセス・プライス。ですが、この数年で病院の環境は飛躍的に進歩しました。バースの病院は最新式の設備をそろえ、患者の治療を専門にしています。院内では外科手術が行われ、患者は元気になって退院していきます」

「でも——」

「無論、ご自宅で看病することもできるでしょう」ブレイクは続けた。「だがはっきりとした診断を下せないとなると、いかなる不測の事態にも対応できるよう、専門家の手に任せることをお勧めします」

キャメロンは喉にこみあげた塊をのみ下した。入院には金がかかる。たくさんの金が。でも、妹の命は金には代えられない。

「これまでに同じような症状をご覧になったことがあるんですか？」キャメロンは問いかけた。

「あります」

「それで……」ローズが促す。

「全快した患者もいれば、そうでなかった者もいました」

ふらりと倒れそうになった母親を、キャメロンは腕に抱き止めた。

「カトリーナは健康で強い子だ。彼女の回復を願うなら、昼も夜も常に専門家が目を配っている病院に入れるのが一番です」

キャメロンに体を預けて、母親がすすり泣く。彼は腹に空洞ができたように感じた。「病院での治療には、どれくらい費用がかかるものですか？」

「あいにくですが、安くはありません」ブレイクが言った。「バースの病院は最先端の施設です。入院費は一日当たり五ポンドに達するでしょう。ほかにも診察費、看護費、それに薬代と雑費がかかります」

「ああ、どうしましょう」母が涙声をあげる。

「それにこの年齢ですと、親御さんの付き添いが必要です。付き添い人用の部屋と宿泊費用で、一週間につき別途二ポンドいるでしょう」

キャメロンは深く息を吸い込んだ。「そうですか」

「なんなら、わたしの分の診察費はなしにしましょう。なんといっても、あなたはレディ・ローズとライブルック公爵ご夫妻のご友人ですから」

「その必要はありません」キャメロンは言った。

「キャム――」ローズが声をあげる。

「お情けはいりません。費用はぼくが用意します」きっぱりと断じた。

「お好きなように」ブレイクが言う。「猩紅熱と疱瘡の可能性は排除したので、隔離を続ける必要はありませんよ」

「バースにはいつ出発すればいいでしょうか?」キャメロンは尋ねた。

「早ければ早いほどいい。どのみちこれからバースへ戻るんです、妹さんとお母さんはわたしの馬車で運びましょう」

「ご厚意に甘えさせていただきます」キャメロンは続けた。「もちろん馬車代はお支払いします」

「それは本当に気にしないでください。いずれにせよ帰るんですから」

「払うと言っているんです！」

ローズがキャメロンの腕に触れたが、彼はそれを払いのけた。

「母さん、自分の分とキャットの分の荷造りを。ドクターはすぐに出発したいだろうから」

「キャム」母が言った。「大変な金額になるわ」

「キャットの命がかかっているんだ、母さん。命に値段はつけられないだろう」キャメロンは部屋を出た。廊下を進んで裏口から外に出る。

ローズがあとを追ってきた。「キャム、キャットは必ずよくなるわ」彼の手を握る。「強い子ですもの。それに最高の治療を受けられるのよ」

「わかってる、わかっているさ」キャメロンは言った。

「わたしには何ができるかしら？　言ってちょうだい。なんだってするわ」

「やめてくれ、ローズ。あなたの情けも必要ないんだ！」キャメロンは彼女の手から自分の手をもぎ離した。

「これは情けではないわ。力になりたいだけよ。わたしはキャットを愛しているの、あなたのことも！」ローズが彼の腕を引っ張った。「お願いだから、わたしを遠ざけないで」

「ぼくは金を作らなくてはならないんだ、ローズ。もっと多くの金を。それにはひとつしか方法がない――くそっ、どうとでもなれ！」キャメロンは彼女を引き寄せて胸に抱いた。つむじ風にローズをさらわれるとばかりに抱きすくめる。

こうなってはエヴァン・ゼイヴィアの依頼を引き受けるしかなかった。ほかに選択肢はない。ゼイヴィアからの作曲料があれば医療費を支払えるうえに、母と妹たちをこの小さな住まいからロンドンの街屋敷へ引っ越させるだけの金が手元に残る。せめてそれぐらいは家族にしてやりたい。

ゼイヴィアがローズへ捧げる曲を作ろう。別の男が、ぼくの愛する女性に求婚するための曲を。

ぼくはこの手からローズを放さなければならない。

5

そのあとドクター・ブレイクはミセス・プライスとカトリーナを連れてすぐに出発し、ローズは自分の荷物をまとめに小屋へ戻った。隔離の指示は解かれて、カトリーナはもうローズを必要としていない。カトリーナのことは心配だ。最善の治療を受けられることになってよかった。それにキャメロンのことも心配だった。彼のふるまいはひどくおかしかった。しかし無理もないだろう。カトリーナは彼のすべてなのだ。わたしも、もっと何かできればいいのだけれど。

ローズが鞄を閉めていると、キャメロンが小屋のドアを開けた。彼女は顔をあげた。彼の美しい目は黒い隈に縁取られ、苦悶が全身からにじみ出ている。

ローズの胸は締めつけられた。「キャム、心配していたのよ」

彼は獲物に近づくかのように、決然と進み出た。「あなたと愛し合いたい、ローズ。いまここで」彼女をつかんで激しくキスをする。

「キャム――」

キャメロンがキスでさえぎり、続く言葉は情熱にのまれて消えた。彼はローズの喉へ口を移し、肌を噛み、舐めて、深く息を吸い込んだ。「あなたの香りだ。あなたのストロベリーの香りを、ぼくは決して忘れない」

「キャム、いったいどうしたの？」

「いいから黙って。もう一度だけ、あなたを忘れないように」

「忘れないように？　どういう意味――」

ふたたび口をふさがれた。キャメロンが彼女を味わい、むさぼり、奪う。ローズは持てるものをすべて差し出した。こんなにも彼を愛している！　キャメロンは心配のあまり取り乱しているのだ。彼のためにできることはなんでもしたい。

キャメロンはローズを抱きしめたままドアへと歩いて鍵をかけると、彼女を抱きあげてベッドにそっとおろした。熱いキスを浴びせながら覆いかぶさり、ボディスを探る。痛いほどうずく胸を解放して、彼は胸の谷間に顔をうずめた。

「あなたほど美しい人と出会うことは二度とないだろう」キャメロンが言う。「今日という日は永遠に忘れない。一度だけ、たった一度だけでも天使に愛されたことを、ぼくは胸に刻んでおく」

「わたしはいつまでも愛しているわ」ローズは言った。「だからそんな言い方をしないで。ああ！　そう、そうよ、キャム」彼女はベッドから背中を起こし、ドレスを脱ごうと身をよじった。

キャメロンが残りの衣類を一気に引きちぎった。つかのま動きを止めてローズを見つめ、それから自分も服を脱いでベッドに戻る。

「ぼくを愛してくれ、ローズ。ぼくを愛して」

「愛しているわ、キャム」吐息とともに言う。「何を求めているのか教えて。あなたのためならなんでもするから」

「本当に？」

「ええ、それはあなたもわかっているでしょう」

「ここにキスしてくれるかい？」キャメロンが自分の口を指さした。

ローズは彼を引き寄せて唇を重ねた。舌を差し入れ、彼の刺激的な甘さを味わう。

「ここは？」彼が喉のくぼみを示す。

ローズは彼をベッドに押し倒して上になると、キスをして敏感な箇所に舌を這わせた。キャメロンが声をうわずらせて彼女の名前を呼ぶ。

「じゃあ、ここは？」彼は自分の胸を指した。

やわらかな黒い毛に覆われた胸に舌を走らせる。彼は塩と麝香の完全無欠な味がした。わたしが愛する男性の味。

キャメロンがうめき声をあげる。「ここは？」そう言いながら、下腹部を指し示した。

不思議なことに、ローズはたじろがなかった。それどころか、そこにキスをしたくてたまらなくなっていた。彼のすべての部分がいとおしい。それに彼を悦ばせたい。ローズは頭をさげた。黒い巻き毛に顔をうずめ、男性的なにおいを吸い込む。指を這わせて、なめらかな感触を心に刻んだ。それから彼のものをつかみ、先端に口づけした。キャメロンが小さな声をもらし、ローズは微笑んだ。彼に快感を与えることができた。舌をくるりとまわしてから、口の中に入れてみる。精一杯の愛撫にキャメロンはうめき、彼女の下で体をよじった。

「そうだ、それでいい。ぼくを愛してくれ」

「もう愛しているわ」太腿のあいだの敏感な肌に唇をそっと押し当てると、彼が苦しげな声をあげ、ローズは笑みを浮かべた。それから高まりへと戻り、あますところなくキスを浴びせたあと、口の中に含んだ。

「こっちへおいで」キャメロンがかすれた声で呼ぶ。「ぼくの上になるんだ」

ローズは言われたとおりにして、唇にキスをしながら、いきり立つものを慎重に自分にあてがった。

「痛かったら言ってくれ」キャメロンが彼女の体をゆっくりおろしていく。

「ああ！」こわばりの先端が、過敏になっている突起を刺激した。「いいえ、痛くないわ。とても――あっ！」

ふたりの体は完全に結ばれた。

「あなたはなんて引きしまっているんだ」

「それはいいことなの？」

「もちろんさ」キャメロンが彼女の腰を持ちあげる。「さあ、ぼくの上で動いて」

彼はローズを持ちあげてはおろし、リズムを教えた。彼女が自分から動きはじめると、キャメロンは片方の手を胸のふくらみへ伸ばして先端をつまんだ。衝撃が波となって、ローズの体をまっすぐに駆けおりる。彼は反対の手でふくらんだ突起をまさぐった。

キャメロンの上で波に乗り、ローズの全身が燃えあがる。腰を動かしているうちに、彼女は自分の内側にひときわ敏感な箇所を見つけた。熱い衝撃が体を貫く。

「キャム、キャム」もっと速く、もっと激しく腰を動かした。

「そうだ、ローズ。自分から快感を得るんだ。あなたの熱い蜜の中で、ぼくのもの（コック）がどれだけ感じるか見せてくれ」

彼の大胆な言葉に体がぞくりとする。ローズは空いているほうの胸に手をやり、自分で先端をつまんでかたくとがらせた。

「美しいよ、ローズ。自分を愛撫するあなたは美しい」

その言葉が体の中ではじけ、彼女は絶頂に達した。涙声でキャメロンの名を呼ぶが、彼の指はなおも動きつづけていた。もう一度、彼女を頂へと押しあげ、さらにのぼりつめさせる。もうこれ以上は無理だとローズが感じたとき、キャメロンが彼女の腰を持ちあげてうなった。

「ぼくを奪ってくれ、ローズ。ぼくのすべてを奪ってくれ」彼は痛みがあるかのように顔をしかめ、そのあと表情がやわらいだ。

彼女はキャメロンの上に倒れ込んだ。彼はローズの腫れぼったい唇にキスをし、彼女を胸に抱きかかえた。

「一緒に眠ろう」

ローズは微笑み、それからまぶたを閉じた。

キャメロンは一時間後に目覚めた。ローズはまだ腕の中にいる。彼女を起こさないようにそっと起きあがり、服を着て母屋へ向かった。パトリシアを見つけると、隣の農家へ行って明日までミセス・クックと一緒にいるように指示した。自分はドクターに特別な用事を頼まれて、ひと晩留守にするからというのが理由だが、それは嘘だ。とにかく、妹を家の外へやる必要があった。キャメロンは紙と羽根ペンを探し、ローズへの書き置きをしたためようと腰かけた。冷たく突き放さなくてはいけない。最初から愛してなどいなかったと、彼女に信じ込ませなくては。胃がよじれたが、吐き気を抑え込んだ。心の痛みはやがて癒える。ぼくにはこうするしかないのだ。

ローズを抱いたりしなければよかった。母の言うとおりだ。自分でもわかっていた。それなのに、あの清らかで美しく、かけがえのない女性を自分のものにすることを、愚かにもみずからに許してしまった……。

キャメロン・プライスにそんな権利はない。生まれが違うのだ。同じ間違いを二度と犯してはならない。

目に涙があふれる。キャメロンは羽根ペンを手に取った。

〝ローズへ
トリシャとぼくは、母とキャットの世話をするためにバースへ発つ。ぼくを探さないでくれ。あなたのことは求めていない。愛してると言ったのは、あなたと寝るためだ。
キャメロン〟

涙が落ちてインクがにじんだ。くそっ！　キャメロンは紙を丸めて火格子に投げつけた。紙をもう一枚つかんでから思い直す。どれほどつらくても、やはりローズに直接話そう。せめてそれぐらいはしなくては。ローレル・リッジ宛に短い手紙を走り書きして、ローズと荷物を引き取りに馬車をよこしてくれるよう依頼した。大きな通りまで歩いていき、馬に乗った少年を見つけ、銅貨二枚で手紙の配達を頼んだ。それから厩舎へ引き返すと、ベゴニアの世話をし、外へ連れ出して馬車を待った。

馬車が到着し、キャメロンはローズを呼びに小屋へ向かった。彼女を見ると喉が締めつけられた。ローズはこれほどまでに美しく、まるで天使だ。そしてぼくを愛してくれている。

彼は心を鬼にした。

「ローズ」彼女を揺さぶる。「ローズ、起きるんだ」

彼女は目を開けてあくびをした。「キャム？」

「起きてくれ。公爵邸から馬車が迎えに来ている。さあ、荷物をまとめて」

「その前にキスよ」ローズが手を伸ばしてきた。

どれほどこのキスを望んでいることか！　だが、キャメロンはベッドから離れた。「いや、あなたはもう行ってくれ」

「キャム？」彼女の青い目が大きく見開かれる。

「ローズ、ぼくは……もう飽きたんだ」

「飽きたって、なんのこと？　なんの話をしているの？」ローズが体を起こした。

キャメロンはごくりと息をのみ、心を強く持てと自分に命じた。「あなたに飽きたんだ、ローズ」

「本気で言っているんじゃないんでしょう」

「本気だよ。あなたはぼくに……合わない。最初から合っていなかった」

「そんなことはないわ。あなたは頭がちゃんと働いていないのよ、キャム。キャットのことが不安だからなのね。無理もないわ」ローズは立ちあがり、彼へと腕を広げた。

キャメロンは意志の力を振りしぼり、彼女の腕の中へ飛び込みそうになるのをこらえた。

「そうじゃない。もちろんキャットのことは心配している。だが、こんな……情事は続けられない」

「情事？」彼女のまなざしが揺らいだ。

「そうだろう。あなたとの関係はただの情事だ。それ以上にはなりようがない。お互いに承知のことじゃないか」

「キャム、言っていることが全然わからないわ。わたしたちは……愛し合ったばかりでしょう。あなたがわたしのもとへ来て……。あなたはわたしを求めた。わたしもあなたを求めているわ」

「ばかなことを言うもんじゃない」

「ばかなことではないわ」ローズが言い返す。「あなたの力にならせて。あなたとキャットのために、できることはなんでもするから」

「いいかげんにしてくれ。自分の家族の世話をするぐらい、ぼくにはなんの問題もないんだ」息をのみ込む。「もういいだろう、ここから出ていってくれ」

「そう」ローズは背を向けた。「あなたが望むなら、わたしは帰ります。でもローレル・リッジに滞在しているから、わたしが必要になったらいらしてね」

「ぼくが行くことはない。もう終わったんだ、ローズ」

「でも――」彼女の瞳に涙が満ちる。「あなたはわたしを愛していると言ったわ！」

キャメロンはローズから目をそらした。彼女の涙は、顔面への一〇〇〇の拳以上にこたえた。「あれは……嘘をついたんだ」

「いいえ、そんなはずない」彼女はむせび泣いた。

「嘘だったんだ。ぼくはあなたをだまして体を奪った」キャメロンは目をつぶった。ローズを見ていることができなかった。彼女を傷つけるなんて、地獄で焼かれてしまえ。

「いいえ。あなたはわたしを愛している。あなたの愛の深さをこの体で感じたもの。わたしをグレトナ・グリーンへ連れていくと言ったでしょう」愛し合ったあとの裸身のまま、ローズは彼に腕をまわして背中に顔をうずめた。「愛しているわ。あなたが本気で言っているはずがない。そんなはずないわ！」

自己嫌悪で胸がいっぱいになり、キャメロンは彼女から乱暴に体を引き離した。「服を着て帰ってくれ。家の前に馬車が待っている」

「キャム、こんな仕打ちはやめて！」

彼は背を向けて戸口へ進み、ドアを開けた。ローズを振り返ることなく、冷ややかに告げる。「ゼイヴィアのもとへ帰るんだ、マイ・レディ。ぼくにはあなたは必要ない」

そしてキャメロンはその場をあとにした。彼女の泣き声が耳にこだまし、遠く離れても追ってきた。彼は厩舎の中にたたずみ、小さな窓から外を見守った。三〇分後、ローズを乗せた馬車はベゴニアをうしろに従えて走り去った。

そのあとキャメロンは干し草の上にしゃがみ込み、むせび泣いた。

ローレル・リッジに到着すると、ローズはまっすぐ部屋へ行った。まぶたは涙で腫れ、全身がキャメロンを求めて悲鳴をあげていた。キャメロン。彼はもうわたしのものではない。わたしのものになったことは一度もなかったのだろう。

彼の残酷さに心が切り裂かれた。それでも彼を愛している。彼とカトリーナの力になりたい。ローズは手さげ袋(レティキュール)を探すと、もしものときのためにしまっていた一〇〇ポンドを取り出した。ドクター・ブレイク宛に急いで手紙を書き、同封の紙幣をカトリーナの医療費に当てて、ミセス・プライスとキャメロンには伏せるようにお願いした。ブレイクなら信頼できる。彼はライブルック公爵の主治医で、リリーが階段から落ちた際には、手を尽くして治療に当たってくれた。ローズはメイドを呼ぶと、執事のクローフォードに封書を渡して、バースにいるドクター・マイケル・ブレイクへ配達してもらうよう伝えた。

これでいい。キャメロンのためにできることはすべてやった。キャメロンの望みどおり、あとは彼に任せよう。ローズはベッドの上で体を丸め、もう少しだけ涙を流した。

それからの数日は霧に包まれて過ぎていくようだった。ソフィーとアレクサンドラが何度も誘いに来たが、ローズは仮病を使ってほとんど部屋に引きこもっていた。エヴァンと彼の父親が訪ねてくる朝になるとようやく階下へ行き、女性用の居間で朝食に加わった。

「まあ、ローズ」アイリスが声をかけてきた。「顔を見せてくれてうれしいわ。もう気分はいいのね？」

「ええ」ローズは嘘をついた。「エヴァン卿がいらっしゃるのに、臥せっていては申し訳ないわ」

「そうよ、そんなことになれば彼ががっかりするわ」公爵未亡人の妹、ルシンダ・ランドンがうなずいた。「これまで週末には、いつも会っているのでしょう？」

「ハウスパーティーが終わってからはそうです」エヴァンのことは話したくない。ローズは話題を変えた。「どなたかカトリーナ・プライスのことを耳にしていませんか？　ずっと気になっていて」

「いいえ、聞いていないわね」公爵未亡人のマギーことモルガナが返した。「クローフォードに言って、誰かききに行かせましょうか？」

「ありがとうございます。それではお願いします」

使用人がトマトとケイパーを添えたスモークサーモン、スコーンとレモンカード、それにかたゆで卵を持ってきた。ローズは礼を言い、食べ物を口の中へ押し込んだ。エヴァンの父親と会うのだから、体力をつけておく必要がある。

「あっ！」ローズは片手を口にやった。「ごめんなさい、ルーシーおば様、マギーおば様。キャットが病気になって、そのあとわたしも具合が悪かったせいで、お伝えするのを忘れていました。今週末わたしに紹介するために、エヴァン卿がお父様をお連れすることになっているんです。ご迷惑でなければいいんですけれど」

「もちろんそんなことはないわ」公爵未亡人が言った。「伯爵がいらっしゃるなんてうれしいこと」

アイリスは青ざめた。「ブライトン伯爵がお見えになるの？」

「ええ、おば様。もっと早くお伝えしなくてすみませんでした」

「いえ、それはいいのよ、ローズ。いいんだけど……」

「何かあるの、アイリス？」ルーシーが尋ねる。

「まあ、まさか、何もないわ、ルーシー」アイリスはそわそわとナプキンをいじった。「いつものようにご到着は夜かしら？　晩餐をご一緒するの？」

「そうだと思います」ローズは答えた。「そして日曜の午後に出発なさるはずです」

「そう。それなら大丈夫でしょう」アイリスが言う。

「お母様、いったいどうされたの？」アレクサンドラが問いかける。「お顔が幽霊みたいに真っ白だわ」

「なんでもありません。ええ、なんでもないの。ちょっと疲れているだけよ。ゆうべはよく眠れなかったものだから」

「まあ、そうだったの」ルーシーが言う。「寝室に何か問題があったかしら？」

「いいえ、それはないわ」

「眠れないようなら言ってちょうだい。ぐっすり眠れる薬を持っているから」

「ありがとう、ルーシー」アイリスは立ちあがった。「失礼して、散歩に行ってこようかしら。それで……その……少しは目が覚めるでしょう」

「わたしもおつき合いするわ」ルーシーが言った。

「まあ、そんな、いいのよ」

「ご一緒させてちょうだい。わたしも朝の散歩は大好きなの。それではみなさん、わたしたちは失礼するわね」

　アイリスは表側のテラスにたたずみ、小さな水たまりに映る自分の姿を見つめて、唇を引き結んだ。娘のアレクサンドラと同じで、彼女は背が高い。ふさふさした金髪には銀色の筋がごくわずかに交じるだけだ。アシュフォード伯爵夫人である妹のフローラと違い、古典的な美人ではないものの、卵形の顔に高い頬骨、アーモンド形をしたはしばみ色の目、それにふっくらとした唇が魅力的だった。鼻は子どもの頃から気にしている。顔に対して大きすぎるのだ。幸い、娘たちの鼻はずっと小ぶりだった。どちらも美しく、必ず良縁に恵まれることだろう。アイリス自身はそんな幸運に恵まれなかった。

若い頃はひどい引っ込み思案で、四度の社交シーズン後も結婚の申し込みはひとつもなく、二五歳になると、彼女の両親であるホワイト男爵夫妻は、ロンガリー伯爵ことアンガス・マッキンタイアと彼女を妻合(めあ)わせた。このずんぐりしたスコットランド人は、領地を失う危機に瀕(ひん)していた。彼はアイリスがもたらす多額の持参金に引かれたのだ。アイリスはスコットランドへ送られ、簡易な結婚式には彼女の両親だけが出席した。アンガスは陽気で愛情深くさえあったが……それはアイリスの両親がロンドンへ戻るまでのことだった。その後はアイリスに手をあげるようになり、彼女が身ごもるのに五年もかかったことで扱いはさらに悪化し、しかも生まれたのは娘だった。二年後、彼女はふたたび娘を産み落とした。アンガスは暴君に変わった。毎週、妻に性行為を強要して、嫡男をもうけようとしたが、その後は子宝に恵まれることはなかった。彼は娘たちも虐待し、男児でないことを責めた。二年前にアンガスは病死し、アイリスと娘たちは無一文で残された。だが無一文でも、夫と暮らすよりはどれだけましなことか。アイリスは夫がいなくなったことを毎日神に感謝した。夫の死後、妹夫婦のアシュフォード伯爵夫妻が自分たち親子を支えてくれたことにも。

夫を憎んではいたものの、アイリスはよき妻だった。たとえわずかでもロンガリー伯爵領に残されたものを管理し、夫の面倒を見て、彼以外の男性に目を向けることはなかった。一度の例外を除いては。

「用意はよくて、アイリス？」

ルーシーの声にアイリスは飛びあがった。思考が乱れ、水たまりに映っていた彼女の姿も小鳥が飛来してかき消された。

「え、ええ、行きましょう」

石畳を歩きはじめると、ルーシーが切り出した。「さあ、どういうことか教えてちょうだい」

「あの、本当になんでもないのよ」

「アイリス、わたしたちは長いこと連絡を取り合っていなかったけれど、一度は親友同士だった。あなたには何か気になることがある、そしてそれは今週末にいらっしゃる訪問者に関係しているのではないかしら」

アイリスはため息をついた。この秘密は二〇年近くも胸にしまってきたのだ。「ルーシー、実は……ああ、とても口にできないわ」

「いいから話してごらんなさい。誰にも知られたくないのなら、秘密は守るわ」

「秘密にしてもらわなければ困るの。それに……」

「それに？」

「できれば……話を聞いても、わたしを軽蔑しないでちょうだいね」

「当たり前でしょう。さあ、なんなの？」

「ブライトン伯爵のことよ」声が割れそうになり、アイリスはごくりと息をのみ込んだ。

「彼と……関係を持ったことがあるの」

ルーシーの目が見開かれる。「いったいどうして？」

「二〇年近く前になるわ。ソフィーは二歳、アリーはまだほんの赤ん坊で、わたしは娘たちを連れてハンプシャーまで旅行し、妹の屋敷で開かれていたハウスパーティーに出席したの。夫は所用があってスコットランドに残ったわ。それに正直なところ、ひと月のあいだ夫から逃れられるのを、わたしは楽しみにしていたのよ。ああ、本当にすばらしかったわ、ルーシー。リリーとローズの乳母が娘たちの世話をしてくれて、わたしは思いきり羽を伸ばすことができた。ある日、屋敷を散策していて、デイヴィッドに出会ったの」

「ブライトン伯爵ね」

「ええ。わたしが極度の引っ込み思案だったのはご存じよね。だけど、なぜか彼とはすんなりと話をすることができた。ふたりで散歩をして笑い、彼はまわりで遊びまわっていた自分の子どもたちにわたしを紹介してくれたわ。末っ子のエヴァンは六歳、長女のミランダは七歳、そして嫡男のジェイコブは一〇歳だった。伯爵夫人にもお目にかかりたいと申し出たら、体調不良のため、ひと月のあいだバースへ湯治に出かけたと彼は言った」

「まあ、そうだったの」

「あとは想像がつくでしょう。ひとつのことが次のことへつながり、ハウスパーティーのあいだはほとんどずっと、彼とベッドをともにするようになっていた。わたしは産後の体が回復したばかりで、夫とは長いこと関係を持っていなかったの。夫はおなかの大きな妊婦には興味がなかったのよ。わたしにはうれしい休息だったわ。デイヴィッドと一緒にいるのは……すてきだった。ただただ、すてきだったの」

「彼の奥様は？」

「恋愛結婚ではなかったそうよ。生まれたときから結婚を決められていたの。それでもわたしと出会うまでは、妻を裏切ったことは一度もないと彼は言っていたわ」

「そして、あなたはそれを信じたのね」

「ええ。浅はかだったかもしれないけれど、彼を信じたわ。彼はわたしを愛していると言ってくれた」

「あなたは彼を愛していたの？」

思い出がアイリスの胸を熱くする。「ええ、愛していたわ。彼は親切で思いやりがあった。やさしくて愛情に満ちていた。わたしの夫に欠けているものをすべて持っていたの。それにね、彼は悪魔のようにハンサムだったわ」

「たしかにそうだったわね。いまもそうだわ」

「彼に最近会ったことがあるの？」

「二年ほど前に奥様の葬儀で。あれ以後、彼はめったに出かけなくなったわ。それまでもハウスパーティーに現れることは少なかったわね。どうしてあなたと出会ったときには出席していたのかしら？」

「奥様がバースへ行っていたからかもしれない」アイリスは気持ちを静めようと、深々と息を吸い込んだ。「ルーシー、このことは誰にも話していないの。妹にさえもよ。夫に知れたらと、いつもびくびくしていたわ。もしそんなことになっていたら……」

「そんなことになっていたら？」

「夫は……わたしに暴力を振るうか、乱暴するか、もっと恐ろしいことをしかねなかった」

「アイリス！」ルーシーは立ち止まった。「ロンガリー伯爵がそこまで残虐だとは知らなかったわ。ああ、かわいそうに」

「娘たちとともに耐え抜いたわ。わたしはできる限り娘たちをかばった。ひどい話だけれど、夫が亡くなってほっとしているの」

「ほっとして当然よ。喜ばない人がいるかしら？」ルーシーは小さなベンチへアイリスを導いた。

アイリスは腰をおろした。体の中には何か……不思議な感情が満ちている。彼女は友人に向き直った。「デイヴィッドとわたしは本気で愛し合っていたわ。だけど、ふたりとも自由な身ではなかった。彼は本当に情熱的で、愛情豊かで――」はにかむような笑みを浮かべる。

「彼はとても大事なもののように、わたしを愛してくれたの。彼に愛されると、自分がきれいで魅力的になった気がしたわ」

「あなたはきれいで魅力的よ、アイリス」

「自分ではそう思ったことがなかったのよ。きれいだと称賛されるのはいつも妹のほうで、わたし妹は一八歳でアシュフォード伯爵の心を射止めた。でもデイヴィッドは、彼にとってわたしこそがすべてなのだと感じさせてくれたわ。彼がわたしに向けるまなざしは……。デイヴィッドは本当にすてきだった」アイリスは声をひそめた。「彼、とんでもなく破廉恥なことをしたのよ」

「何をしたの？」

「当時、わたしはまだアリーに授乳していて……彼はわたしの胸から母乳を飲んだの」

ルーシーがあんぐりと口を開ける。

「ええ、みだらな行為でしょう」アイリスは続けた。「わたしが想像もしなかったことを彼はしたわ。わたしにとって天国の日々よ」

「夫からどんな仕打ちを受けているかは彼に話したの？」

「ところどころは。暴力を振るわれていることには触れなかった。けれど夫は非情で、わたしは彼を愛していないことは話したわ」

「彼は自分の妻についてはなんと言っていたの？」

「立派な女性で、子どもたちにとってはよき母親だけれど、彼は妻を愛してはいないとだけ」

「伯爵夫人のほうは彼を愛していたのかしら？」

「それは彼にもわからなかったわ。そういう話はしなかったそうよ」

ルーシーがアイリスの手をそっと叩いた。「あなたはどうするつもり？」

「わからないわ。ローズがエヴァン卿とおつき合いを始めてからずっと、この瞬間を期待するのと同時に恐れていたの。いずれお互いの道がもう一度交差するのはわかっていた。いまはどちらも独り身になったのだし……」アイリスは首を横に振った。「いいえ、あまりに時間が経ちすぎたわ」

「そうではないかもしれないわよ。どうやって関係を終わらせたの？」

「それぞれ別々の道を歩んだのよ。関係は続けない、そうふたりで決めたの。わたしはスコットランドに住んでいたから難しかったでしょうし、彼は妻を傷つけるつもりはみじんもなかった。わたしのほうは夫を傷つけることはなんとも思っていなかったけれど、もし知られたら、報復されるのはわかっていた。だから友人として別れたわ」

「それ以来、会っていないのね？」

「ええ」

「アイリス、一番いいドレスを出してちょうだい。今夜あなたは晩餐の席で彼と再会するんですからね」

「ああ、どうしましょう」アイリスはそっとため息をついた。

6

〝キャットの容態は変わりません〟

ことづけはそれだけだった。キャメロンは二日目の日付が記された母からの知らせを読み返して、うろうろと歩いた。くそっ！　たったこれだけの知らせで、じっと待っていろというのか？　バースへ行きたい。いや、それよりどこか別の場所へ行きたい。アポロに鞍をのせて走らせるんだ。自分に与えられた、この苦しい運命から遠くへ逃れたい。

だが、それはできなかった。ライブルック公爵領のこのちっぽけな家にとどまっていなければ。パトリシアの面倒を見る必要がある。ゼイヴィアがローズへ捧げる、いまいましい曲を作らなくては。

ぼくのローズへ。

違う。もうぼくのローズではない。彼女のことは手放したではないか。

その悲しい事実を自分の心が受け入れさえしたら。

ローズはキャメロンの心につきまといつづけた。脳裏から天使の姿が消えたことはない。起きているときは彼女の美しさに苦しめられ、夜も彼女から逃れることはできなかった。夢に出てくるのはローズのキス、彼を包む魅惑的な体、あなたを愛しているとささやく彼女の唇ばかりだ。いつも心は彼女で占められていた。別の女性を愛することは二度とないだろう。

天使のような顔を、なめらかな声を、彼にはねつけられ、愛しているという言葉を撤回されたときのローズのわななく体を、脳裏から追い払うことはできなかった。あれは一世一代の大嘘だった。彼女の繊細な顔に浮かんだ苦痛の表情は、キャメロンの心に永遠に刻まれた。

カトリーナに必要とされているのでなければ、彼は生きていたくもなかった。

パトリシアが火の前で何か夕食をこしらえている。食べなければいけないが、キャメロンは少しも食欲がなかった。

キャットが心配だ。

ローズがいなくて寂しい。

自分が憎い。

幸福も、満足感も、平安もない。

「兄さん、夕食ができたわよ」パトリシアが声をかけた。

キャメロンはため息をついた。食べよう。キャットのために体力をつけなくてはいけない。それにゼイヴィアに頼まれた曲を書くには、頭脳を全力で駆使する必要がある。今夜から取りかかろう。

ライブルック公爵家の執事、クローフォードは男性ふたりを応接室へ案内した。「ブライトン伯爵閣下、ならびにエヴァン・ゼイヴィア卿でございます」

公爵未亡人がふたりを迎えて立ちあがり、アイリスはごくりと息をのみ込んだ。

「お久しぶりですわね」公爵未亡人が伯爵に挨拶する。「ようこそローレル・リッジへ。おいでになるのを心待ちにしておりました」

「恐れ入ります」ブライトンが挨拶を返す。「このひと月、すばらしいもてなしを受けたと息子から聞いています。ご子息がご結婚されたとのこと、お祝いの言葉を述べさせてください」

「ありがとうございます。結婚式にいらっしゃれなかったのは本当に残念でしたわ」

「エヴァンからお聞きでしょうが、あいにく国外へ出かけておりました。スペインで二カ月ほど用事があったのです。ブライトン家は彼の地に広い土地を所有しておりまして」

「お戻りになってよかったわ。わたくしの妹、ミス・ルシンダ・ランドンは覚えていらっしゃいますね」

「もちろんです。またお会いできて光栄です、ミス・ランドン」伯爵は身をかがめてルーシーの手にキスをした。

「それから、ロンガリー伯爵未亡人をご紹介しましょう。ルーシーとわたくしの古くからの友人で、わたくしの新しい義理の娘のおばですのよ」

アイリスは立ちあがったものの、脚が前に進まない。デイヴィッドはこの二〇年でほとんど変わっていなかった。長いまつげに縁取られた茶色い瞳は、いまも彼女の魂を貫くかのようだ。深い色味の金髪にはいまでは銀髪が交じり、息子と同じで人好きのするハンサムな顔は年齢をまったく感じさせない。目のまわりのかすかな笑いじわだけが、六〇歳という彼の年齢を物語っている。エヴァンのように長身で肩幅の広い伯爵はつかつかと進み出て、アイリスの手を取った。

「マイ・レディ」ふたりの視線がぶつかる。

「お、お目にかかれて光栄です、閣下」アイリスは言葉がつかえた。「快適なご旅行でしたか？」

「ええ、おかげさまで」

アレクサンドラが咳払いをした。

「こちらはわたしの娘、レディ・アレクサンドラとレディ・ソフィー・マッキンタイアです」

「これはおふたりともお美しい」伯爵は順に握手をした。「最後に見たときは、どちらもまだ赤ちゃんでしたね」

「前にもお目にかかったことが？」アレクサンドラが尋ねる。

「たしか、あなたは生後数カ月でしたか。おふたりと母君にアシュフォード伯爵邸でお会いしたのは……二〇年前になる」

「父上」エヴァンがさえぎり、ローズの腕を取った。「レディ・ローズ・ジェムソンをご紹介させてください」

「はじめまして、閣下」ローズは挨拶した。

「こちらも最後に見たときはほんの赤ちゃんだったのに、魅力的になられた」ブライトンは言った。「お美しいご令嬢だ、エヴァン」

「ええ、同感です」エヴァンが応じる。

ローズは頬を染めた。「お目にかかるのを楽しみにしておりました。わたしの姉と義理の兄は、お会いできなかったのを残念がることでしょう」

「新婚旅行中でしたね？」ブライトンが笑い声をあげた。「おふたりが残念がることは何もありません。ですが、新しい公爵夫人にお会いするのは楽しみにしております。おふたりが戻られたら、みなさままで週末にわが家へいらしてはどうかな」

「それはいい考えですね、父上」エヴァンが同意する。

「では、そうしましょう」ブライトンはメイドから食前酒を受け取り、口へ運んだ。「晩餐が待ちきれません。公爵未亡人と先代の公爵からは、常に最高の料理でもてなしていただいた」

「厨房(ちゅうぼう)の調理人の顔ぶれは一〇年以上変わっておりませんわ」公爵未亡人が言う。「きっとお口に合うものをご用意していることでしょう」

クローフォードが静かに入ってきた。「晩餐の支度が調いました」

「ありがとう、クローフォード。みなさま、どうぞこちらへ」公爵未亡人が促す。「恐れ入りますが、少人数の晩餐ですので、ふだん使いの食堂のほうがよろしいかと考えました。より……親密でしょう」

アイリスは頭からつま先まで、全身がほてるのを感じた。たしかにより親密だろう。公爵未亡人がデイヴィッドとの情事を知っているはずはない。そうよね？　ルーシーはふたりの会話を他言しないと約束した。けれども自分の席がデイヴィッドの隣だと気づいたとき、アイリスはちらりとルーシーに視線をやった。するとルーシーの唇がごくわずかに弧を描いた。やはり座席の配置は意図的らしい。常に完璧な紳士であるデイヴィッドはアイリスのために椅子を引き、彼女は緊張して腰をおろした。

「ほかのお子さんたちはどうされているんです？」アイリスは彼に問いかけた。

「みな元気にしています、マイ・レディ。長男のジェイコブは、セント・クレア伯爵のご令嬢、レディ・エミリー・ウィルクスと婚約中です。すてきなお嬢さんですよ。娘のミランダはオーデガード子爵と結婚し、幼い息子、ピーターがおります」

「それはすばらしいですわね」このあとは何を話せばいいの？　沈黙が息苦しくなっていく。アイリスはすがるような目をルーシーへ向けた。

「祖父になられたご感想は？」ルーシーが助け船を出して、アイリスにそっと目配せをした。

伯爵が陽気な笑い声をあげる。「実に楽しいものです。ピーターは元気いっぱいな子どもで。もっと頻繁に会えるといいのですが。娘と娘婿はロンドン暮らしが気に入っておりますので、一緒に過ごすことはあまりありません。亡き妻は孫を溺愛したことでしょう。ピーターの誕生を見せてやれなかったのだけが残念です」

亡き妻。なぜ彼女のことなど持ち出すの？　「伯爵夫人が亡くなられたのはうかがいました。お気の毒でしたわね」アイリスは言った。

「もう二年になります」ブライトンが応える。「ご主人はお元気ですか？」

「主人も二年ほど前に亡くなりました」

「それはお気の毒に。存じあげませんでした」

アイリスは自分の皿を見つめてナプキンをいじった。最初の料理はまだなの？　手のやり場に困る。「かまいませんわ。娘たちもわたしも無事にやっております」

「ええ、そうでしょう。いまはどちらにお住まいですか？」

「メイフェアです。そこに街屋敷がございます」

「スコットランドには残らなかったのですね？」

「ええ。夫にはこれといった親戚もおりませんでしたし、とどまる理由はありませんでした。娘たちとわたしはイングランドへ戻ることに決めたのです。わたしはたいてい妹と過ごしております。ルーシーともおつき合いが復活したことですし、これからはもっと頻繁に会いたいと思っていますわ」

やっと来たわ！　従僕がひと品目を運んできた。アイリスはロブスターのカナッペを口へ運んだところで、急にもぐもぐと口を動かすことをひどく意識した。

「アイリスとわたしは、子どもの頃は大の仲よしだったんですのよ」ルーシーが間を埋めた。「旧交をあたためることができて、本当に喜んでいますの」

「そうでしょうとも」

「ええ」ブライトンはあたたかみのある茶色い目でアイリスを見つめた。

使用人がトマトビスクの皿をアイリスの前に置き、彼女は息を吸い込んだ。体中がほてるように感じるのは、スープから立ちのぼる湯気のせい？　それともデイヴィッドのまなざしのせいかしら？　それにしても、色が赤くてどろどろしたものをメニューに入れるなんて、料理人は何を考えているの？　こんなに手が震えていては、口の中まで運べる自信がない。

「父上」エヴァンが声をかけた。「ローズは乗馬の名手なんです。明日、三人で馬に乗って出かけませんか？」

「うん？」伯爵が息子のほうへ顔を向ける。

「明日、三人で乗馬をしませんか？　父上とローズ、それにぼくとで」

「ああ、もちろんだ。すばらしい騎手だと耳にしていますよ」伯爵はローズに向かって言った。

「過分な褒め言葉ですわ、閣下」

「そんなことはない」エヴァンが言う。「彼女の手綱さばきは見事なものです。それにピアノの腕もすばらしい。そうだ、父のためにぜひ何か演奏してくれないか、ローズ」

「でも……」

「ぜひ聴かせていただきたい」伯爵が言った。

「でしたら、喜んで」

「お父上はいかがなさっていますかな？」

「元気にしております、閣下」

「それはよかった。お美しい母君は？」

「母も変わりありません」

「それは何よりだ」伯爵はアイリスへ顔を戻した。「マイ・レディ？」

「なんでしょうか？」アイリスはいまやねじれて結び目ができたナプキンをもじもじといじった。スープはまだひとさじも持ちあげる勇気がない。

「よろしければ――」

ふたりの会話は、巨大なローストビーフの上で大包丁を振るいながら入ってきた料理長にさえぎられた。

「まあ、見事な出来だこと、ピエール」公爵未亡人が言う。

「メルシー、マダム」料理長は会釈をし、肉の切り分けに取りかかった。

数分が過ぎるのが数時間に感じられた。ローストビーフはほとんど味がわからなかった。ポテトスフレも、野菜のキャセロールも味がしない。フルーツとチーズさえも、干からびたクラッカーのように喉に詰まる。ボルドーワインでそれを流し込むと、アイリスは少しだけ頭がくらくらしはじめた。食後の葉巻とポートワインのためにエヴァンが父親を連れて喫煙室へさがり、彼女はひそかにほっとした。

ソフィーとアレクサンドラ、それにローズはテラスに出てコーヒーを飲んでいるが、アイリスは応接室に残った。物思いにふけっていたところに、ルーシーがやってきた。

「楽しんでいる、アイリス？」ルーシーが尋ねる。

「ええ」アイリスはこめかみをさすった。「ワインを飲みすぎてしまったわ」

「二杯だけでしょう。ほかのみなさんと変わりないわよ」

「それが、あなたは気づいていたかしら、わたしはほとんど食べなかったの。何も喉を通ろうとしなくて。ルーシー、彼に視線を向けられると、顎を動かすこともできなかったわ。なんだかわたし……。トマトビスクをドレスの胸元にこぼすとか、何かばかげたことをしそうで死ぬほど恐ろしかった」

「なんて愚かなんでしょう。五二歳にもなって、恋にのぼせた女学生みたいにふるまうなんて！」「アイリス……」

「あなたはふつうにしていたわ。誰も何も気づかなくてよ」

「ああ、ルーシー、公爵未亡人に伯爵とわたしのことを話したの？」

「話すものですか。あなたと約束したじゃないの」

「ああ、よかった」

「けれど、姉は理解してくれると思うわ」

「ええ、それはわたしも同感よ。いずれ話そうとは思っているの……妹にもね。ただし、いまはまともに考えることさえできない」

「新鮮な空気を吸っていらっしゃいな。裏手のテラスに出てみたら？　今夜は美しい夜よ。

ユーニスにコーヒーを持っていかせるわ」

「そうね、ではそうするわ」

アイリスは応接室を出ると、長い廊下を歩いて舞踏室へ続く階段に向かった。女性用の居間に立ち寄って自分の姿をあらため、くすんだピンク色のディナードレスに、トマトや赤ワインのしみがついていないのを感謝した。大階段を急ぎ足でおり、がらんとした舞踏室を通り抜け、裏手のテラスに出る。夕日はほとんど沈みかけ、夜空に半月が明るく輝いていた。三〇分もせずに、まぶしい星々が澄んだ空を照らすことだろう。アイリスは深呼吸をして、新鮮な夜気を楽しんだ。手すりに両手をつき、夕方の穏やかな風に身を乗り出す。

「あなたは少しも変わっていない、アイリス」

はっとして振り返ると、すぐうしろにブライトン伯爵ことデイヴィッド・ゼイヴィアが立っていた。


エヴァンが現れたとき、ローズは表側のテラスにひとりで座っていた。

「いとこの方々はどこに？」彼が尋ねる。

「ソフィーは寒気がするそうなの。アリーはミスター・ランドンへ手紙をしたために部屋へ戻ったわ」

「よかった」彼が言う。「一緒にいるのがいやなわけではないが、きみとふたりきりになれてうれしいよ。少し散歩をしないかい？」

ローズはため息をついた。これがわたしの運命だ。この感じのいい、高潔な男性。わたしを公然と慕ってくれる人。エヴァンのことは好きだけれど、愛してはいない。今後も愛することはないだろう。わたしが愛しているのは別の男性だ。これからもその人を愛しつづける。けれどもわたしの未来は、キャメロンではなくエヴァンなのだ。

「喜んで」ローズは立ちあがり、彼の腕を取った。

ふたりで厩舎のほうへそぞろ歩き、曲がりくねった細道に入る。

「犬舎に寄ってもいいかしら?」ローズはきいた。「ブランデーを見ておきたいわ。世話をすると姉に約束しているの」ブランデーはセントジョンズドッグの子犬で、公爵からリリーへの贈り物だ。

「いいよ、そうしよう」エヴァンは応じた。

しかしそこで立ち止まり、ローズを自分のほうへ振り向かせると、彼女の唇に自分の唇をそっと触れ合わせた。

エヴァンのキス。

それは甘くてやさしい口づけだった。心が浮き立つけれど、衝撃的ではない。心地よいが、人生を一変させる力はない。これでは物足りない。ローズはエヴァンの首に腕をまわして引き寄せ、唇を押しつけた。もしかすると、キャメロンとのキスをあれほど特別なものにしたのは、彼のほうではなかったのかもしれない。わたしはどんな男性とでも、あんなキスができるのではないかしら? これからそれを確かめよう。

エヴァンの口の中へ舌を差し入れ、なめらかな歯とやわらかな歯茎、あたたかな頬の内側に舌を滑らせる。エヴァンが反応し、喉の奥から小さなうめき声をもらした。こんなふうに彼にキスをしたことはなかった。エヴァンはこうされるのが好きらしい。

彼の下唇をそっと吸い、それから歯のあいだにはさんでやさしく噛んだ。厚みのある唇をゆっくりと舌でなぞり、小さなキスを顎に浴びせる。

「ローズ」エヴァンがかすれた声で言った。「いったいどうしたんだ?」

「わたしの耳にキスして、エヴァン」

彼はローズの耳の縁へ唇を移し、舌でかすめるようにたどってから、耳の上と耳たぶを軽く噛んだ。

「わたしの耳に舌を入れて」

彼は言われたとおりにしたが、ローズが求めるよりも力が入りすぎている。

「違うわ、そうじゃないの」彼女は言った。「そっと、やさしくよ」

彼はローズの耳の内側を舐め、小さなくぼみひとつひとつへ舌を差し入れた。彼女は身をよじった。すてきだけれど何かが違う。エヴァンは喉へ移動し、キスをして、甘く噛みながら、喉のくぼみへおりていった。

これでもまだ物足りない。ローズは彼の手をつかむと犬舎の横側へ向かい、かたい外壁に寄りかかった。犬舎の中で犬が吠え、クンクン鳴くが、うるさくても無視した。自分がなくしたものを見つけ出したかった。あの感覚は別の男性が相手でも、きっと味わえるはず。キヤメロンである必要はない。この空虚さは誰だって満たすことができる。

「わたしに触って」ローズはエヴァンの手を自分の胸へ導いた。

「ローズ……」

「触れたくないの?」

「触れたいに決まっているだろう、だが……きみが求めるとは……」

「だったら触って!」彼の手をドレスの襟ぐりへ押し込み、コルセットとシュミーズの下に隠れた胸を触らせる。

エヴァンが息をのんだ。手を動かそうとするが、コルセットがきつくて何もできない。

「脱がせてちょうだい」ローズは彼に背中を向けた。

エヴァンはドレスの背中のボタンをはずしはじめた。「きみは本当にこれを望んでいるのか?」

「ええ、あなたに触ってほしいの」

彼がコルセットの紐をゆるめ、ドレスが肩からおろされると、ローズは深く息を吸い込んだ。それからエヴァンに向き直る。月の光が彼の端整な顔に銀色の輝きを投げかけ、瞳には炎が燃えていた。エヴァンは異教の神ではないけれど、彼女をさらいに来た堕天使のようだ。

ローズはコルセットをゆっくりと引きおろし、彼のまなざしに胸をさらした。

「胸の先にキスして、エヴァン」

「ローズ」彼がごくりと息をのむ。「きみは美しい。きみの肌は月明かりの中で白い大理石のようだ。ぼくには……きみを拒む力はない」頭をさげ、ふくらみの先端をやわらかな舌で打つ。

ローズは小さくうめいた。「ああ、そう、そうよ」

彼の口は……快い。キャメロンに触れられたときのように魂が目覚めるほどの衝撃はないけれど、それでも快感だ。

エヴァンはとがった胸の頂を吸い、そのあと反対側にも同じようにしながら、もう一方を指で愛撫した。

ローズは彼の金色の髪に指を絡めた。「エヴァン」

返事はない。

「エヴァン」少し大きな声で呼びかける。

彼が胸から口を離して見あげる。「なんだい？」

「あなたが欲しいの……」

「えっ？」

「わたしを――」うなじでまとめていた髪がほどけ、むき出しになっている胸に金色の巻き毛がこぼれ落ちた。「のぼりつめさせて」声がかすれ、肌がぬくもりを帯びて輝いた。

エヴァンが目を大きく見開いてあとずさりした。「なんだって？」

ローズはいらだたしげに首を横に振った。「聞こえたでしょう」

「なぜそんな言葉を知っているんだ……？」

「わたしには結婚した姉がいるわ。知っているのよ……何もかも」

「だが、きみはレディじゃないか」

「レディでも、あなたを求めて――」

「やめてくれ」彼は自分の額を押さえた。「そういう言葉は二度と言わないでくれ、ローズ。なんてことだ」

「エヴァン、どうするのかは知っているんでしょう――」

「もちろん知っている。だが、だめだ。こんな形できみとすることは……。とにかくだめだ。間違っている」

ローズは眉をあげた。「でも、ほかの女性とはしたのね？」

「ああ」

「それならどうしてわたしとはだめなの？」

「きみは……違うからだ」

「どこが違うの？　わたしは目がふたつで、耳はふたつ、口はひとつよ」微笑んで、胸を少し揺らしてみせる。「胸もふたつ。そして悦びを感じる秘密の場所が――」

エヴァンはキスで彼女を黙らせた。「ローズ、そんなことを口にしてはいけない」

ローズは彼のズボンのふくらみに手をやった。「あなたはわたしを求めているわ」

「やめろ！」エヴァンが彼女の手を払いのける。「きみはいったいどうしたんだ？」

ローズはふたたび手を伸ばしたが、彼がそれを止めた。

「何が悪いの？　わたしはあなたがこれまで抱いた女性たちと何も変わらないわ」

「違う、きみは特別だ」

なんてばかばかしいのだろう。体験させてくれなければ、エヴァンとも魔法を感じることができるのか確かめられない。「どうして？」

「きみは貴族の令嬢だ。きみと……無責任に戯れ合うわけにはいかない」

「だけど、ほかの女性とならいいのね？」ローズの中で怒りがわき起こる。最初はキャメロンが彼女の地位に気兼ねした。そして今度はエヴァンだ。「少し偽善的な言い訳じゃないかしら？」

「そんなことはない。ただの女性とレディは違う」

ローズは冷笑した。「くだらないわ。どんな生まれであれ、女性は女性よ。生まれは誰も自分では決められない。わたしはアシュフォード伯爵家に生まれたいと頼んだわけではないわ。もしわたしが平民に生まれていたら、あなたはわたしが求めるものを与えてくれたんでしょう？」

「ローズ……」

彼女はコルセットを引きあげて背を向けた。「紐を締めて、ボタンを留めてちょうだい」

「きみを怒らせるつもりはないんだ」

「もしわたしが平民に生まれていたら――」そこで言葉が途切れた。もしわたしが平民に生まれていたら、キャメロンと結ばれていた。彼の妻になっていただろう。愛する男性の妻に。

もしくは、そうならなかったかもしれない。結局、キャメロンには拒絶されたのだから。

「きみは平民には生まれなかった、それはぼくも同じだ」エヴァンは最後のボタンを留めると、彼女を自分のほうへ向き直らせた。「きみは美しい。きみを求めていないと言えば嘘になる。だが、ぼくたちがこんなことをするのは正しくないんだ」

「そのとおりね」ローズは言った。「ずっとわかっていたことを、あなたはたったいま気づかせてくれた。人は自分が何者かを変えることはできない。世界中の黄金と引き換えにしても」ため息をつく。「ベッドへ行きたい」

「ぼくに一緒に行けと――」

「まさか、違うわ。わたしの寝室に来てほしいと頼もうなんて夢にも思わない。あなたの高い道徳観が、それを許すわけないでしょう」ローズはドレスを撫でつけた。「ただ、ひとつだけ尋ねさせて、エヴァン。わたしが同じ顔、同じ性格、同じ考え方、同じ体で、でも貴族の令嬢ではなくて使用人か農家の娘だったら、ベッドへの誘いに応じていた？」

「ローズ、ぼくは……その問いには答えない」

ローズはふんと鼻を鳴らした。「いま答えたでしょう。おやすみなさい、エヴァン」彼女は犬舎に背を向けて、母屋のほうへ歩み去った。

「ありがとうございます、閣下」アイリスは静かに言った。胸の中では心臓が暴れている。デイヴィッドがそっと笑った。「わたしのことはデイヴィッドと呼んでくれ」

「適切ではありませんわ。お互いに会うのは——」

こぼれ落ちた巻き毛を、デイヴィッドが彼女の耳にかける。

「二〇年ぶりですもの」

「わたしは六〇歳だ、アイリス。そして妻はもういない。人生もこの段階に入ると、礼節はどうでもよくなるものだ」

「伯爵夫人のことは本当にお気の毒でした」アイリスは言った。「あなたが……彼女を大切になさっていたのは存じています」

「ああ。恵まれた結婚だった。お互いに満ち足りていた」

「そうでしたわね」

「あなたの結婚生活はどうだった、わたしのアイリス？」

わたしのアイリス。彼女の胸は波打った。

「満ち足りた結婚生活ではなかった、そうだね？」

彼女は地面を見つめた。「残念ですけれど」

「あなたはロンガリー伯爵のことはほとんど口にしなかった」デイヴィッドが彼女の腕にそっと触れた。「やさしい夫ではないとだけしか。あのあと、わたしはいろいろと尋ねまわった。そして……不穏な話を耳にした」

「噂と中傷は鉄道よりも速いものです、閣下」

「お願いだ、デイヴィッドと呼んでほしい」

アイリスは目をつぶり、息を吐いた。「デイヴィッド」

「ご主人からひどい扱いを受けていたことを、なぜ教えてくれなかった？」

アイリスは自分の足元を見つめた。「そんなことをしてどうなったでしょう？」

「わたしなら、あなたを助けることができた」

「どうやって？　それにどうやって主人とのことを探り出したの？　誰にも言ったことがなかったのに。妹にさえも」

「アシュフォード伯爵夫人には詮索する理由はなかった。だが、わたしにはあった」

「いったいどんな理由が？」

「あなたを愛していたんだ、アイリス」

頬が紅潮した。「仮にそうだったとしても、あなたは奥様と別れるつもりはなかったでしょう。そしてわたしの夫も、絶対にわたしを自由にはしなかった」

「ああ、わたしがモーリーンのもとを去ることはなかった。でも……あなたを助けることはできたはずだ」

「いいえ、できなかったわ。夫がわたしを手放すはずはなかったと言っているじゃありませんか」

「ロンガリーに財政的な支援を持ちかければ、解決することは可能だっただろう」

「デイヴィッド、いったいどれだけご存じなの？」

「知る必要がある分だけだ。謝らせてほしい、アイリス」

「何を？」

「あなたを助けなかったことを」

「あなたにはできなかったわ」

「わたしは密偵を雇ってあなたを追跡させ、あなたの事情を探り出した。そして、そのことを妻に見つかってしまった」

「それで……あなたはどうされたの？」

「わたしは……何もしなかった。そのことはずっと後悔している。だが妻に対して、いくばくかの義理があると感じた。あなたには本当にすまなかった」

アイリスの肌の下で神経がひりひりした。「具体的に、あなたは何を探り出したの、デイヴィッド？」

「ロンガリー伯爵は破産寸前だということ、暴君として知られていること、妻子につらく当たっていること」

「ほかは？」

「それだけだ、わたしのアイリス」

「そう」よかった、虐待されていたことは知られていない。

「まだほかにも？」

「デイヴィッド、そのことについては、いまは話したくないわ」

彼は銀色のものが交じる長い金髪を指ですいた。「悪いことなんだね？」

アイリスはディナードレスのサッシュをいじった。「わたしたちは乗り越えたわ」

デイヴィッドは彼女の顎をあげさせて視線を合わせた。「話してくれ」

「いずれまた。夫のことは話したくないの。彼が存在したことさえ忘れようとしているほどよ」

「アイリス――」

「悪いことばかりでもなかったわ。彼は娘をふたり授けてくれた。どちらも美人でしょう、わたしの若い頃よりはるかにね」

「それは賛同しかねるな」デイヴィッドが微笑む。「ふたりとも美しいが、あなたほどではない」

「やさしいのね」

「本当のことを言っているだけだ」彼はアイリスの頬に触れると、ゆっくり顔を近づけた。

心臓が跳ねた。彼はキスしようとしている。ああ、キスをされるのはなんて久しぶりだろう。唇が触れ合った瞬間、アイリスは体の奥がうずくのを感じた。とうの昔に消え失せたと思っていた感覚だ。デイヴィッドは時間をかけて彼女の口を愛撫し、アイリスは唇を開いて、彼のなめらかな舌を迎え入れた。彼はアイリスの頬に、喉に、耳に口づけした。

デイヴィッドがささやく。「わたしが愛した女性はあなただけだ。気づいていたかい?」

息ができなかった。鼓動が乱れ、火がついたように肌が熱い。「頭が働かないわ、わたし――」

「あなたの部屋へ一緒に行ってもいいだろうか」彼はアイリスの腕を撫で、彼女のうなじに手をまわした。

「それは賢明だとは思えないわ」彼女の体はデイヴィッドの腕の中へ溶け落ちていった。

「わたしは気にしない」

「わたしもよ」アイリスは吐息とともにささやいた。

7

キャメロンは手伝い人用の小屋の裏手で樫の大木の下に腰をおろし、ギターをつまびいて曲想を練った。春風が大木の盾からまわり込み、彼の長い髪をとらえて左右にひるがえす。草が揺れ、花が躍る。母が育てているバラがつぼみをつけていた。ピンク色のバラ。ぼくのいとしい人の唇と同じ色。バラの茂みが風になびいたかと思うと、一輪が彼の目の前で花開き、黄みを帯びたピンクの花びらをあらわにした。花は風の中でリズムを取り、メロディを口ずさむかのようにゆっくりと揺れた。キャメロンは音を探してギターの弦を鳴らし、やがて花の歌に合わせて弾きはじめた。一陣の強い風が花を散らし、花びらがひらひらと空へ舞いあがる。いつの間にか花びらは姿を変え、彼のローズとなって踊っていた。足は裸足で、透けるほど薄いピンクのシルクをまとっているだけだ。彼女は優雅に空を滑り、シルクが風とともに動く。ローズは歌っていた。彼のために。心から愛するキャメロンのために。彼女の歌とキャメロンのギターの調べがひとつになり、喜びと安らぎを彼の心に注ぎ込む。これが幸福というものか。喜びというものか。ローズへの愛が作り出した歌。彼女はキャメロンの前で微笑み、踊り、彼を誘惑した。手を伸ばしてほっそりした指で彼の頬をかすめ、からかうようにすぐ逃げて、キャメロンにいっそう彼女を求めさせる。すべてがその旋律に表現されていた——ローズの美しさ、彼女がキャメロンに寄せる愛と彼がローズに寄せる愛、ためらい、誘惑、ふたりの体が結ばれたときの完全で純粋な安らぎ。ローズは踊り、空を滑り、離れていった。彼女の姿はふたたび花に返り、風が花びらを萼からむしって散らし、そして彼女はいなくなった。

キャメロンは冷たい汗をかいて目を覚ました。あの旋律。ローズ。真夜中だったが、ズボンを引きあげてランプに火を灯し、居間のピアノへ小走りで向かった。羽根ペンと紙をつかんで腰をおろし、旋律をたぐり寄せる。急げば、夢の記憶が逃げる前にすべてを楽譜に記すことができるだろう。

明くる朝、ローズは入浴すると手早く身支度を整えた。エヴァンに会うのは気が重い。みだらなふるまいを謝って彼の許しを求め、先へ進もう。貴重な教訓をひとつ学んだ。彼はキャメロンではない。キャメロンが目覚めさせた悦びを、ふたたびつかむことはできないのだ。わたしが求める男性はひとりだけ。そしてその人に抱かれることは、もう二度とない。

けれどもエヴァンに非はない。エヴァンは彼自身であるというだけだ。ゆうべは彼が止めてくれてよかった。相手がキャメロンでなければ、のぼりつめたくない。あいにくそれは、あの世界が砕けるような快感はおそらく二度と体験できないことを意味していた。

ローズは階段をおり、朝食のために応接室へ行った。エヴァンの姿はすでにそこにあり、ソフィーとアレクサンドラも着座していた。

「ごきげんよう」ローズはそわそわと挨拶した。

「ごきげんよう、ローズ」アレクサンドラが応える。「早起きなのね」

「ええ、目が覚めてしまって」ローズはエヴァンに顔を向けた。「閣下、少しよろしいかしら？　ふたりきりでお話があるんです」

「もちろんかまわない」エヴァンは立ちあがり、彼女をエスコートして廊下に出た。

「エヴァン」ローズは切り出した。「ゆうべの……わたしのふるまいを謝らせてほしいの。自分でも、いったいどうしてしまったのかわからないわ」

「謝る必要はない」

「いいえ、謝らせて。きっと――」なんと言い訳すればいいだろう？「きっと好奇心が先立ってしまったのね。姉から……いろいろ耳にしたせいで……」

「それ以上言わなくていい。きみの気持ちは理解できるよ」

「本当に？」

「ああ、本当だ。ぼくもきみが欲しい。はじめて見たときから欲しかった。だが、それは……適切ではない」

ローズは息を吐いた。エヴァンはわたしが彼を欲していると思っているのだ。そう考えて当然でしょう？　わたしは娼婦（しょうふ）のように、彼に身を投げ出したのだから。「ええ、そうよね。それはわかっているわ」

「きみのことはとても大切に思っている。ふたりの関係を台なしにしたくない。ぼくは……その……」

「何かしら、エヴァン？」

「これまで出会ったどんな女性よりも、きみを敬愛している」

「うれしいわ」

「だからちゃんとしたいんだ、わかるだろう？」

「ええ」

「よかった。では今日、乗馬にはいつ出かけようか？」

ローズはため息をついた。「いつでもあなたがお好きなときに。準備ができたら呼んでちょうだい。朝食におつき合いくださる？」

「すまないが、食べ終えたところだ。またあとで会おう」

「ええ、それではのちほど」


アイリスはデイヴィッドの腕の中で目を覚ました。はじめて安全だと感じた。二〇年前、彼に愛されたときはすばらしかった。現実からの逃避。けれどいまはロンガリーは亡く、妻の秘密を知ることは永遠にない。なんの危険もないのだ。かつてこれほど深い安心感に満たされたことがあっただろうか？　いいえ、一度もない。

デイヴィッドは愛情をこめて抱いてくれた。そしてアイリスは自分の体の反応に驚かされた。死に絶えたと思っていた感覚が息を吹き返し、忘れかけていた歓喜のきわみへ彼女を舞いあがらせた。アイリスは笑みを浮かべて身を乗り出し、デイヴィッドの唇にキスをした。彼のまぶたがぴくりと動いて開く。

「おはよう、アイリス」

「おはよう、デイヴィッド」

彼はアイリスを自分の胸に引き寄せた。「きみと愛を交わすことをこんなに求めていたとは、自分でも気づかなかった」

「あなたはベッドでの悦ばせ方をひとつも忘れていなかったわ」自分の言葉に体がほてった。でも、いまさら取り澄ましてどうするの？　こうしてふたりでベッドの中にいるのに。

「まだほかにもある」彼が頭をさげて、アイリスの胸をそっと噛んだ。

「ほかにも？」

「ああ。これからお見せするよ」デイヴィッドは彼女の体を持ちあげて自分の上にのせ、屹立しているものを滑り込ませた。「さあ、アイリス、今朝はわたしとともに駆けよう」お互いに飢えを満たし、疲れ果ててくずおれると、デイヴィッドは彼女の背中をやさしく撫でた。

「アイリス」

「なあに？」

「もうきみを失いたくない」

「失うことはないわ」

「そうだろうか？」

「だってそうでしょう。ふたりとも、縛られてはいないんですもの。好きなだけ関係を続けられるわ」

「きみはわたしとの関係を求めているのか？」

「え……ええ」アイリスの体が緊張する。彼はそうじゃなかったら？「あなたは違うの？」

「ああ、わたしは違う」デイヴィッドはきっぱりと否定した。

アイリスの心は沈んだ。彼はこの週末が終われば、わたしのもとから去るつもりなのだ。

「そう。ごめんなさい、てっきりあなたも――」

「わたしが求めているのはきみとの結婚だ」

彼女は息をのんだ。「な……なんですって？」

「聞こえただろう。きみを愛している、アイリス。結婚してほしい。わたしの伯爵夫人になってくれ」

全身が焦げそうなほど熱い。「デイヴィッド、ちょっと突然すぎない？」

「そんなことはない。ここまで二〇年かかっている」

「ああ、デイヴィッド」

「それはイエスかい？」

どれほど彼に抱きついて受け入れたいことか。だが、アイリスは言った。「考えることが山ほどあるわ。ひとつに、わたしの娘たちのこと。娘たちはわたしの人生で何より大切なものよ。わたしが独断でお返事することはできない……。それに、わたしはあなたに差し出せるものが何もないの。何ひとつ。夫はわたしたちに何も残さずに亡くなった。妹夫婦の支援がなければ、わたしたち親子は路頭に迷っていたわ」

「きみのご両親はどうしたんだ？」

「母は一〇年前に亡くなり、父は自分をロンドンにひとりで住んでいるの。妹もわたしも父とはまったく会っていないわ。わたしは自分をロンガリーへ嫁がせた父を永遠に許せない」

「つまり、アシュフォード伯爵夫人は事情をすべて知っているんだね」

「ええ、いまではね。妹はわたしが不幸せなのは知っていたけれど、すべての真相を知ったのはロンガリーが亡くなったあとのことよ」

「わたしにはいつすべてを聞かせてくれるんだい、わたしのアイリス？」

「デイヴィッド……いずれ話すわ。それでいい？」

彼はアイリスの頬をいとおしげに撫でた。「ああ、いいだろう。だが、どのみち関係ない。わたしはあくまできみを妻にもらいたいんだ」

「だけど娘たちが。アシュフォード伯爵が娘たちに持参金をつけてくださることになっているの。わたしには、それをお返しすることはとてもできないわ」

「持参金はわたしが持たせよう。これからはわたしがきみたち家族の面倒を見るよ」

「でも、ご自身の家族はどうなさるの？」

「わたしの子どもたちにはなんの影響もない。われわれは不自由のない暮らしを送っている。ジェイコブとエヴァンはどちらも毎年じゅうぶんな額の手当を受け取っているし、ミランダは良縁に恵まれてわたしの手を離れた。わたしには資産がある、それをきみと分かち合いたい」

涙で目がかすみ、アイリスは洟をすすった。「けれど、わたしには何もないのよ、デイヴィッド」

「なぜそんなことを言う？　きみにはきみ自身があるじゃないか。きみこそ、わたしがこの二〇年間、夢に見てきたすべてだ」

「わたしにはたくさんの……お荷物がついてくるわ」

「荷物など怖くない。わたしが怖いのは、きみをまた失うことだけだ」

アイリスは弱々しく微笑んだ。心臓が早鐘を打っている。「ああ、デイヴィッド。心からあなたを愛しているわ」

「では、わたしの妻に？」

「ええ、あなたの妻になります、なりますとも！」アイリスは彼の顔に、喉に、胸にキスをした。「わたし、自分は本物の幸福を知ることはないんだと思っていたわ」

「わたしもだよ、愛する人。だが、ふたりとも幸福になる。残りの人生はずっと」

アイリスは飛び起きてベッドを出た。「入浴して着替えましょう。階下へ行って、この知らせをみんなに伝えたいわ」

デイヴィッドがそっと笑った。「なんなりと、きみの好きなように」

キャメロンは紙に忙しく羽根ペンを走らせ、ローズへ捧げる曲の最後の音符を記した。曲の題名は《さすらうローズ》。夢の中でピンク色の薄衣をまとい、踊っていた彼女の思い出として。夜が明けてから数時間が経ち、パトリシアが自分の部屋で起き出している物音が聞こえた。キャメロンはもう何時間も起きていて、ピアノを鳴らして旋律を作り、音符と記号を書き留めた。あと少しで完成だ。これまで作曲した中で最も簡単であると同時に、最も難しい曲だった。

「お茶はいかが、兄さん？」パトリシアがナイトドレスのまま居間へ入ってきた。

「ああ、ありがとう」

「何をしてるの？」

「曲を作っているんだ。悪かったな、ゆうべはうるさかったろう」

「たまにピアノの音が聞こえたけど、うるさくはなかったわ。どちらにしても、あんまりよく眠れなかったの」

「ぼくもだよ」

「兄さん、今日キャットの様子を見に、バースまで馬で一緒に行けそう？」

彼は妹に微笑みかけた。「夜のあいだに仕事をがんばったからね、昼間キャットに会いに行く時間はあるだろう」

パトリシアは彼をさっと抱きしめた。「よかった。キャットがいなくて寂しいわ。病院にいれば安心だとわかってるけど、なんの病気かわからないのが不安なの」

「ああ、ぼくも同じだ」

「兄さん……」

「なんだい？」

「どうするつもりなの……？　その、キャットの治療にかかるお金はどうやって払うの？」

キャメロンは答える前に息を吸い込んだ。「心配しなくていい。ちゃんと払えるよ」

「どうやって？」

「次の仕事の依頼があったんだ。たったいま、できあがったところさ」紙を下におろす。「楽譜の最終稿を作成するのに新しい羽根ペンと紙がいるから、どのみちバースへ行く必要がある」彼はため息をついた。「これはぼくの最高傑作だ」妹にというより、自分に向かって言った。

「どなたからいただいた仕事なの？」パトリシアがきいた。

見えないナイフがキャメロンの腹に突き刺さる。「ただの偉ぶった貴族様だよ。未来の奥方への求婚に、ぼくの曲を使いたいそうだ」

パトリシアは彼に紅茶を持ってきた。「兄さん？」

「うん？」

「気になっていたんだけど……レディ・ローズと何があったの？」

キャメロンは紅茶をひと口飲んで咳払いした。一番持ち出されたくない話題だ。「どういう意味だ？」

「わたしは子どもじゃないのよ。ふたりのあいだに何かあるのは見ればわかるわ」

「おまえの思い過ごしだよ」

「そうかしら」

「彼女は貴族のご令嬢だ。ぼくにはなんの関心もないし、ぼくも彼女に関心はない。さあ、これでいいだろう？」

「彼女がうちに泊まった夜、キャットの病気は猩紅熱だと思われていたとき、わたしは夜中に用を足しに起きたの。途中でキャットの様子を見に行ったわ。お母さんはキャットのそばで寝入っていて、キャットは目を覚ましてた。兄さんはどこってきかれて、部屋まで行ったけど、兄さんはいなかった。キャットのもとへ戻ったときには、あの子はもう寝ちゃってた」

「トリシャ……」

「そのときは何も考えなかったけど、レディ・ローズが帰ってから、兄さんはとても……途方に暮れてるように見えるわ」

「おまえと同じで、キャットが心配なだけだ」

「兄さんはどうして結婚しないの？」

結婚？　トリシャにキャット、それに母さんの面倒を見る責任があるのに、どうして結婚できる？　ローズに出会うまで考えたことすらなかった。いまとなっては……もはや結婚することはないだろう。愛する女性を自分のものにできないなら、代わりなど欲しくない。

「おまえには関係ない」

「兄さんはもてるのに、かわいい女の子たちには見向きもしない。でも、兄さんがレディ・ローズを見る目は……」

「トリシャ、もう一度だけ言うぞ。ぼくとローズの――その、レディ・ローズのあいだには何もない。それにおまえはまだ一五だろう！　大人のことに口出しするな」

パトリシアがにっこりする。「一五で結婚する子も大勢いるわ」

「でも、おまえは違う」ぼくが生きている限りは。

「してもいいでしょう。わたしの気を引こうとする男の子はたくさんいるし、わたしが結婚すれば口減らしになるわ」

「おまえはあまりに若すぎる」

「わたしが裕福な若い貴族のお世話になって、家族全員の面倒を見てもらうのはどうかしら。たとえばレディ・ローズのお兄様とか。すてきな方だわ」パトリシアはうっとりと目をつぶった。

「何を言いだすんだ、ぼくぐらいの年じゃないか！」キャメロンは首を横に振った。「それに、いったいいつ彼に会った？」

「公爵閣下の結婚式の数日前よ。馬を走らせていたら、閣下とレディ・リリーに会ったの。

閣下の馬はそれは美しい黒馬なのよ。とにかく、レディ・ローズとジェムソン卿――それが彼の名前なんだけど、そのおふたりも一緒にいて、レディ・リリーがわたしのことを覚えていて紹介してくれたわ」

「彼が既婚者でないとなぜわかる？」

「レディ・リリーがそうじゃないと言っていたから」

キャメロンはうんざりして天井を仰いだ。「おまえは結婚するには若すぎる。大人にもならないうちに結婚のくびきにつながれるなんて、ぼくが許さないぞ。それに事実を受け入れろ。おまえは貴族と結婚することはない、ぼくたちの誰もだ。貴族の世界はぼくたちの場所ではないんだ」

「わたしたちにはここより――」パトリシアは自分たちの小さな住まいを身ぶりで示した。「もっといい暮らしがあるはずだって、わたしが考えているとしたら？」

「おまえの考えはどうでもいい」

「どうでもよくないわ。兄さんは現代のどんな作曲家にも負けない才能を持ってる。それ以上と言えるわ、だって正式な教育を受けてないんですもの。兄さんが貴族の家に生まれていたら、それからせめてうちがもっと裕福だったら――」

「だが、そうじゃなかった。これがぼくの人生だ。ここがぼくの居場所だ」

「ううん、違う。それにここはわたしの居場所でもない。わたしは学びたいの。わたしは頭がいいのよ。兄さんはそれに気づいてる？」

「もちろんさ」

「キャットもそうよ。かけ算を教えたら、キャットは二日で九九を暗記したわ。頭の中で複雑な暗算だってできる。まだ六歳なのに！」

「残念だが、それがぼくたちにかけられた呪いなんだ」

「頭がいいことが呪いなの？」

「身分のせいで成し遂げられるものが限られている場合、そうだな、頭がいいことは呪いだ」

パトリシアが首を横に振る。「わたしは絶対に信じない」

「自分の知性をそんなに使いたいのなら、なぜその若さで嫁ぎたがるのか説明してくれ」

「本気で言ったんじゃないわ。わたしが結婚して家を出たほうが、兄さんは楽だと思っただけ」

「ばかばかしい」

「そんなことない。兄さんはロンドンに出て、作曲の仕事をするんでしょう？」

「ああ」

「お父さんが死んで、兄さんは家に残り、わたしたちの面倒を見なきゃいけなくなった。それがなければ、いま頃兄さんは有名になってたかもしれない」

心をさいなむこの会話はいつまで続くんだ？「そうなる運命ではなかったんだ」

「まだ可能性はあるじゃない。レディ・ローズと兄さんが一緒になれば」

「そうはならない」

「だけど、もしそうなれば、レディ・ローズが力になってくれるわ。兄さんを社交界の人たちに紹介してくれる」

「ぼくは囲われ者になる気はない。そもそも、どうしてこんな話をしてるんだ?」キャメロンは冷笑した。「おまえはぼくの妹だろう、そんな考えを持つには早すぎるぞ」

パトリシアは目をつぶった。「もしそうなれば、わたしはジェムソン卿にもう一度紹介してもらえるわ。そうしたら、彼はひと目でわたしと熱烈な恋に落ちて――」

「この話は終わりだ、トリシャ」キャメロンは紅茶を飲み終え、小さなテーブルに音をたてカップを置いた。「ぼくは父親ではないが、これは兄としておまえに与えられる最善の助言だ。人生における自分の立場を受け入れ、それを変えようとするな。そんなことをしても自分が傷つくだけだ」咳払いをする。「じゃあ失礼して、ぼくは体を洗ってくる。そのあとキャットの見舞いに行こう」


「アイリス、いったいどうしたの?」ルーシーは尋ねた。

アイリスは彼女を応接室へ引っ張り込んでいた。ソフィーとアレクサンドラは寝椅子に腰かけ、ローズはその向かいでウィングチェアに座り、エヴァンは彼女のうしろに立っている。公爵未亡人は長椅子に座って紅茶を口へ運んでいた。

ブライトン伯爵が立ちあがり、アイリスの腕を取った。

「お待たせしてごめんなさい、デイヴィッド。ルーシーがなかなか見つからなくて。彼女は厨房に隠れて、料理人が昼餐の準備をするのを手伝っていたの」

「わたしはよく料理を手伝っているの。楽しいのよ」

「妹はすばらしい料理人なんです」公爵未亡人が言う。

「昔はあれほど仲がよかったのに、まったく知らなかったわ」アイリスは言った。「あなたの姿が見えないときは、どこを探せばいいかこれでわかったわね」

「それで、いったい何があるの？」ルーシーが尋ねる。

「そうよ、お母様、どうしてみんなをここに集めたの？」アレクサンドラはスカートを撫でつけた。

「デイヴィッドと――つまりブライトン伯爵とわたしから……ちょっとしたお知らせがあるの」

ルーシーの美しい唇が弧を描く。「アイリス、まさか……」

デイヴィッドが咳払いをした。「この愛らしい女性はわたしの妻になることを受け入れてくれました。わたしにとって、これ以上の幸せはありません」

「父上？」エヴァンが歩み出る。「本気ですか？」

「本気も本気だ、エヴァン。アイリスとわたしは結婚する」

「ですが少し……唐突ではありませんか？」

「おまえの母親が亡くなってから二年になる」

「しかし、レディ・ロンガリーとは知り合ったばかりでしょう」

「そうよ、お母様」アレクサンドラが同意する。「いったいどうしたの?」

「唐突に見えるのはわかっている」デイヴィッドは言った。「だが、アイリスとわたしは古くから知っている仲だ。再会したことを、ともに心から喜んでいる」

「まさか昔から……」エヴァンが顔をしかめた。

「はっきり言って、わたしたちがどうやって知り合ったのかはおまえには関係のないことだし、詳しく話すつもりもない。お互いに愛し合っていると言えばじゅうぶんだろう。そしていまはどちらも独り身なので、残りの人生をふたりで幸せに暮らすことにした」

ソフィーが立ちあがり、母親をさっと抱きしめた。「少なくともわたしはとてもうれしく思うわ、お母様」

アイリスは肩をすくめた。ソフィーの声音はうれしそうではないけれど、努力はしてくれたのだ。「ありがとう、ソフィー。この結婚は必ず、あなたたちにとってもすばらしいものになるわ」

「そのとおりだ」デイヴィッドが言う。「きみたち三人はブライトン伯爵邸に移り、そこで暮らすことになる。ローレル・リッジほど広くはないが、美しい屋敷だ。きみたちも気に入ると思うよ」

「そこがわたしたちのお屋敷になるの?」アレクサンドラが息をのんだ。「すばらしいわ!」

「いいや、きみの屋敷になるわけではない」エヴァンが口をはさんだ。

「もちろん彼女たちの屋敷になるんだ、エヴァン」デイヴィッドが告げる。「アイリスはブライトン伯爵夫人となり、お嬢さんたちも伯爵家の一員になる。ふたりのことは、わたしがすべて面倒を見る」

「父上、ジェイコブとぼくはどうなるんです？」

「何を騒いでいるんだ、エヴァン？　おまえはわたしの息子で、ジェイコブは跡継ぎだ。おまえたちに不自由はさせない。これまでもそうだったろう？」

「ええ、そうでした。すみません、父上。すべてを受け入れるのには時間がかかりそうだ」

「早く受け入れることだな。わたしたちは明日、結婚する」

「デイヴィッド！」アイリスは叫んだ。

「きみを二〇年待ったんだ。これ以上は待てない」

「でも、わたしは妹夫婦にも立ち会ってほしいわ。リリーと公爵だって、夏至まで戻ってこないのだし」

「アイリス――」

「お願いよ、デイヴィッド。最初のときは顔も知らない相手にさっさと嫁がされたわ。今度は家族と友人たちに見守ってほしいの」

「ええ、姉とわたしとで準備をするから、ここローレル・リッジで式を挙げればいいわ」ルーシーが言った。

「まあ、なんてすばらしい考えかしら、ルーシー」公爵未亡人が賛同する。

アイリスは首を横に振った。「ご迷惑はかけられないわ」

「水くさいことを言わないで」公爵未亡人が懇願する。「お互いに赤ん坊の頃からのおつき合いよ。妹とわたしに、ぜひともお手伝いさせてちょうだい」

「おふたりのご親切には言葉もないわ」アイリスは自分の婚約者に向き直った。「デイヴィッド、お願い。本物の結婚式を挙げましょう」

デイヴィッドは微笑むと彼女の手を取り、手のひらにキスをした。「なんなりときみの好きなように、わたしのアイリス」

ローズは立ちあがり、アイリスを抱きしめた。「本当におめでとう、おば様」それからデイヴィッドに顔を向ける。「おめでとうございます、閣下」

「これからはデイヴィッドおじ様だ」

「まあ、そうですわね」

エヴァンが咳払いをする。「おめでとうございます、父上、マイ・レディ」そう言うと、彼は静かに部屋を出ていった。

「デイヴィッド……」アイリスは唇を噛んだ。

「心配しなくていい」デイヴィッドが応える。「エヴァンは末っ子で、誰よりも母親と仲がよかった。父親の再婚を受け入れるには、しばらく時間がかかるだろう。だが、あの子には分別がある。いずれわかってくれるよ」

「わたしが話してみます」ローズは申し出た。

「いや、一時間ほどそっとして、話すのはそれからにしてやってほしい」

「それが最善だとお考えなら――」ローズは微笑んだ。「デイヴィッドおじ様」

「ああ、何もかもわくわくするわ」アレクサンドラが声をあげる。「お母様にぴったりのドレスを見つけなくちゃ。リリーの裁縫師にすぐ来てもらいましょう。ルーシーおば様、マギーおば様、準備をお手伝いしてもよろしくって？」

「もちろんですよ」ルーシーが言う。

「弦楽四重奏団がいるわね。きっとすてきよ」アレクサンドラが続ける。「ローズ、お母様の結婚式のために、ミスター・プライスに曲を作ってもらえないかしら」

「下の妹さんがまだ入院しているのよ。いまはほかのことにかかりきりだと思うわ」

「それもそうね。じゃあ、モーツァルトでいいかしら、お母様。そうだわ、夏至の日に結婚なんてどう？ ああ、やっぱりだめ。それではお祭りに行けなくなるわ。リリーと公爵閣下はいつ戻ってくるの？」

「明確な日にちは聞いていないけれど、夏至にはこちらにいると話していたわ」公爵未亡人が答えた。

「それならみんなでお祭りへ行って、結婚式は翌日ね。それでどうかしら？」

「アリー、お母様に息をつく暇ぐらい与えてあげて」ソフィーがたしなめる。

胸があたたかくなり、アイリスは笑みを浮かべた。「いいのよ、ソフィー。アレクサンドラが張りきっているんですもの、わたしもうれしいわ」

「ええ、大張りきりよ。お姉様とローズも手を貸してね。もちろん、お母様とマギーおば様、それにルーシーおば様も」

「みんなで力を合わせましょう」ローズは言った。「公爵夫妻の結婚式のすぐまたあとに結婚式だなんて、おめでたいこと続きだわ！」

「公爵夫妻の結婚式ほど華やかなものにはなりませんよ」アイリスは指摘した。

「きみが華やかな結婚式を望んでいるなら、もちろんそうしよう」デイヴィッドが言う。

「いいえ、わたしが求めているのはただひとつ、家族と友人が出席する本物の結婚式よ。大がかりな結婚式ではないわ」

「だが、アイリス――」

「本気で言っているの、デイヴィッド。わたしが求めるのは妹夫妻と甥のトーマス、リリーと公爵、あなたのお子さんたち、そしてここにいるみんな。それにもちろん、あなたがお呼びになりたいほかのご親戚やご友人のみなさん。それですべてよ」

「きみがそれでいいのなら」

「ええ、いいわ。お互いに二度目の結婚ですもの。派手な式は似つかわしくない。それに、ろくに知りもしない参列者のお相手をするのはごめんよ」

「身内だけでお祝いするのはすてきな考えだと思うわ、アイリス」ルーシーが言った。「姉とわたし、それにここにいる若いお嬢さんたちとで、お楽しみをたっぷり用意しましょう。いいわね、みなさん？」

「わたし、やりたいことがたくさんあるの、ルーシーおば様」アレクサンドラが意気込んで言う。「さっそく計画を立てましょう！」

「はいはい、わかりました」ルーシーは笑った。

キャメロンとパトリシアはバースで小さな商店に立ち寄り、羽根ペンと紙を買ってから病院へ馬を進めた。若い看護婦がカトリーナの部屋へ案内してくれた。末の妹はベッドの上で体を起こし、母にスープを飲ませてもらっていた。

「お兄ちゃん！」カトリーナが叫ぶ。

「かわいいキティ・キャット」キャメロンは言った。「元気になったようだな！」

「とってもよくなったわ」

「母さん？」パトリシアがためらいながら問いかける。

「今朝、知らせを送ったところだったのよ」母は顔を輝かせて言った。「着くのは明日かあさってになるとわかっていたけれど。あなたたちがこんなに早く来るとは思っていなかったわ」

「トリシャが来たがったんだ。ぼくも新しい仕事が終わったから。何があったんだい？」

「昨日は大変だったの。キャットは四〇度を超える高熱がなかなかさがらなくて。ドクターも看護婦のみなさんもあわてていたわ」

「まあ、なんてこと」パトリシアが言う。

「そのあと、またひきつけを起こしたのよ」

「わたしね、がくがく震えてよだれを垂らしたの。それでベッドに縛りつけられたのよ！」カトリーナは笑っている。

「母さん？」キャメロンは確かめた。

「キャットの言ったとおりよ。本当に恐ろしかった」母は末っ子に目を向けた。「キャット、笑い事じゃないわ！」

「ごめんなさい。でも、わたしもあのときの自分を見てみたかったな」

キャメロンはいたずらっ子の妹に微笑みかけた。「まったく困ったやつだ、キティ・キャット」

「ドクターが言ったことも話して、お母さん」キャットがせかす。

「ドクター・ブレイクは、こんなに激しいひきつけは見たことがないって。いろんな種類の注射を何本も打って、ようやくおさまったわ。先生がおっしゃるには――」母は目元をぬぐった。「ここにいなければ、入院していなければ、とても助からなかったそうよ」

パトリシアがあえぐように息をのんだ。

カトリーナは笑いつづけている。「ね、わたし死にかけたのよ、お兄ちゃん！」

「それは本当に笑えないぞ、キャット」キャメロンは妹を叱った。「母さん、病院に入れて本当によかったね」

「ええ、ええ、ずっと神様に感謝してるわ。でもね、キャム、治療費が跳ねあがってしまったのよ。すでに一五〇ポンドを超えているわ。注射に薬に専門医の診察料で。それにドクター・ブレイクは、あと数日は病院で経過を見る必要があるとおっしゃるの」

「費用の心配はいらないよ。ぼくがちゃんとする。でも、どうしてまだ入院の必要が？　キャットはもう元気なんだろう？」

「ええ。熱はさがって、見てのとおり、もう意識もはっきりしてるわ。だけど病気の原因がわからない以上、また悪化する恐れがないとは言えないそうなの。ドクターたちは、ひきつけが二度も起きたのをとりわけ心配されていて」

「そうか」キャメロンは不安で胸が締めつけられた。「もちろん、それなら引きつづき入院したほうがいい。あと何日だって？」

「三日か四日ですって」

「だったら問題ない。ぼくらはキティ・キャットのために最善を望むだけだ」キャメロンはベッドに腰をおろすと、末の妹を抱きしめて頬にキスをした。「トリシャもぼくも、おまえがいなくて本当に寂しいよ」

「お兄ちゃん、わたしも寂しかった。来てくれてすごくうれしい。もっとたくさんお見舞いに来てくれないかな。レディ・リリーとレディ・ローズにも、お見舞いに来てってお願いしてくれる？」

　ローズの名前に、キャメロンは身じろぎした。「キャット、レディ・リリーはいまでは公爵夫人で、新婚旅行中だ。お屋敷に戻られる頃には、おまえも家に帰っているだろう」

「じゃあ、レディ・ローズは？」

母が咳払いをした。「キャメロン……」

「母さん、キャット、ぼくは一階へ行って支払いをしてくるよ。おまえはここにいろ、トリシャ。それほど時間はかからないはずだ」

「でも、お兄ちゃん……」

「すぐに戻るよ、キティ・キャット」

「ねえ、いつレディ・ローズを連れてきてくれるの？」

「静かになさい、キャット」母がたしなめた。「レディ・ローズは貴族のご令嬢でお忙しいのよ。見舞いに来る時間はないわ」

「お兄ちゃんが言えば、絶対に来てくれるもの」

「ちょっと行ってくる」胸を引き裂く会話をそれ以上耳にする前に、キャメロンはドアの外に出た。一階におりて会計の場所を尋ねる。示された部屋に入ると、書類が山積みされたマホガニー材の机の奥に若い男が座っていた。キャメロンは咳払いをした。

「なんでしょうか？」男が問いかける。

「入院費の支払いに来ました」

「それはどうも。お名前は？」

「カトリーナ・プライスです」

「少々お待ちください」若い男はキャメロンに目を向けた。「お父さんでいらっしゃいますか?」

「いえ、父はいません。ぼくは兄です」

「なるほど」男は書類をぱらぱらとめくった。「ああ、見つかりました。現在までのご請求額は五六ポンドです」

「失礼ですが、それは間違っています」キャメロンは言った。「先ほど母に聞いたところでは、一五〇ポンドを超えているということでしたから」

「カトリーナ・プライスとおっしゃいましたよね?」

「そうです」

「請求書のお名前は合っています。五六ポンドですよ」

「内訳はどうなっていますか?」

「カトリーナとお母様の部屋代と食事代、ドクター・ブレイクの診察費、専門医の診察費、看護費、薬代、洗濯費、その他の雑費。ご覧になりたければ、ここにすべて記載されています」

「拝見していいですか」キャメロンは書類を受け取った。「ちょっと待ってください」男に書類を戻す。「ここに前金で一〇〇ポンドとある。これはどういう意味です?」

若い男は眼鏡をかけ直した。「二日前に一〇〇ポンドお預けになっていますね。書いてあるとおりですよ」

「しかし、ぼくはまだなんの支払いもしていません」

「では、おそらくお母様が――」

「母に持たせたのは三〇ポンドだけです」どうなっているんだ？　「手違いがあったのでしょう。別の患者の会計とごっちゃになっていませんか？」

「まさか。そんな間違いはしたことがありません」

「何事にもはじめてはあると言いますよ」

「調べてみますが、どうでしょうか」若い男は鼻を鳴らした。「とにかく、いまお受け取りできるのは五六ポンドだけです」

「わかりました」キャメロンは紙幣を数えて男に支払った。

「どうも。間違いが見つかったらご連絡します」

「お願いします。では、失礼」

「ありがとうございました、ミスター・プライス」

キャメロンはカトリーナの病室へ引き返した。末の妹は相変わらず陽気に、笑っておしゃべりをしている。

「お兄ちゃんが戻ってきた！」

「ぼくがどこかへ行くとでも思ったのか？」

「いつまでいられるの？」

「トリシャとぼくは、もうそろそろ帰らなきゃいけない。馬でも遠い道のりだ。日が暮れる前に家に着きたいからな」

「明日も来てくれる？」

「キャット」母が口をはさむ。「また来るのは大変でしょう。あと何日かすれば家に戻れるわよ」

「だって、次はレディ・ローズと一緒に来るんでしょ」

母は困り果てた顔をした。

「母さん」キャメロンは声をかけた。話題を変えることができてほっとした。「会計で言われたんだが、数日前に誰かが一〇〇ポンド前払いしたそうなんだ。心当たりはないかな？」

「いいえ。きっと何かの間違いでしょう」

「ああ、ぼくもそう思う。いま会計で調べてもらっているよ」キャメロンは札入れから紙幣を取り出して数えた。「ここに一〇〇ポンドあるから、母さんに預けていく。会計が間違いを見つけて、明日にはやってくるはずだ。支払いを待たせたくない。それから――」さらに紙幣を勘定する。「ここにもう三〇ポンド。これで、これから数日の費用と帰りの馬車代をまかなえるだろう。退院するときに支払いをすませてくれたら、あとで送金する手間が省ける」

「でも、それではあなたとトリシャの手元に何も残らないんじゃない？」

「大丈夫、まだいくらか残っている。アーノルドには来月末の分まで労賃を払ってあるし、金の心配はいらないよ。それに次に頼まれていた曲ができあがったから、その報酬がじきに入る」

「わかったわ。あなたがそう言うのなら、キャム」

「ところで、今日はドクター・ブレイクの回診はまだかかな?」

「あなたとトリシャが来る少し前にいらっしゃったばかりよ。たぶん次は夕方にならないとお見えにならないわね」

「話を聞いておきたかったんだが」キャメロンは立ちあがった。「ドクターからの話は母さんが全部教えてくれたんだね?」

「ええ」

「だったらいいだろう」キャメロンは腰をかがめてカトリーナの額にキスをした。「おまえが元気になって本当によかった。今夜はトリシャもぼくもぐっすり眠れそうだ」

「ええ、本当に」パトリシアも相づちを打ち、妹の手をぎゅっと握った。

「二、三日したらまた会えるわね」母が言う。「来てくれてありがとう。おかげでキャットもわたしも励まされたわ」

「それはぼくたちも同じだよ」キャメロンは言った。「行こう、トリシャ」

キャメロンとパトリシアは日暮れに帰宅し、紅茶とサンドイッチで夕食をすませた。パトリシアは本を読むために部屋へさがったが、キャメロンは夜ふけまで曲を仕上げ、ていねいに楽譜にした。今週末、エヴァン・ゼイヴィアがローズに会うためにローレル・リッジを訪れていることは知っている。明日の朝早くに使いをやり、曲の完成を伝えよう。

キャメロンはため息をついた。これで契約完了だ。ぼくは金と引き換えにローズを譲った。魂の片割れを、かけがえのない愛を、二〇〇ポンドで売ったのだ。

日曜の朝、キャメロンは自分を呪い、ベッドの上にどさりと倒れ込んだ。

8

父親の差し迫った結婚について、エヴァンとふたりだけで話す機会をローズは見つけられなかった。週末、ブライトン伯爵と乗馬には行かずじまいだったし、伯爵のためにローズがピアノを弾くこともなかった。そのあとずっと、エヴァンは不機嫌な様子だった。ローズは何度かふたりで話そうとしたが、彼が心を打ち明けることはなかった。

「息子には分別がある」ブライトン伯爵は、ローズに繰り返しそう告げた。「来週末になったら、また一緒に来る。その頃には、あの子も自分の気持ちを話す心の準備ができているだろう」

日曜の午後、紳士ふたりがブライトン家の馬車に乗り込んでローレル・リッジを走り去ると、ローズはエヴァンを思ってかすかに胸が痛んだ。愛することはなくとも、エヴァンはやはり大切な人だ。彼が不幸せそうにしているのを見るのはつらい。屋敷を去る前に、エヴァンは音楽室に来てローズにさよならのキスをし、またすぐ会いに来ると言った。ローズは彼の頬を撫で、あなたが必要なとき、わたしはここにいるわと告げた。

明くる日、ルーシーと公爵未亡人は領民たちのもとをまわり、彼らに必要なものを配る準備をした。使用人たちは、食事やその他の品々を数台の荷馬車に詰め込んだ。アイリスも同行を決めた。彼女もじきにブライトン伯爵領の領民の世話をすることになるからだ。ロンガリー伯爵領では、数少ない領民たちはほったらかしにされていた。ロンガリー家は自分たちさえ生活に事欠くありさまだったのだ。ましてや領民のことなど顧みる余裕はなかった。ソフィーとアレクサンドラもついていくことにした。ローズはひとりで屋敷に残りたかったものの、一緒に行こうといとこたちに請われた。キャメロンと鉢合わせするのが怖いけれど、キャットに関する知らせは聞きたい。この数日ドクター・ブレイクからはなんの連絡もなく、幼い少女のことがまだ気がかりだった。

領民に接する公爵未亡人とルーシーの態度にローズは感心した。ふたりとも謙虚で思いやりがあり、ものを与えるときは、公爵家の余剰品を受け取ってもらうのがありがたいかのようにふるまった。ローズは微笑んだ。もうじき姉のリリーはライブルック公爵夫人として、この務めを引き継ぐことになる。ほとんどの領民は親切ないい人たちで、清潔にしており、食事もちゃんとできているようだった。ライブルック家がきちんと領民の世話をしているのが見て取れる。この手の責任がローズにゆだねられることはないだろう。次男のエヴァンには自分の領地はない。ブライトン伯爵領の領民の世話は、次の代にはエヴァンの兄嫁の責任となる。

プライス家の小さな住居に到着したとき、パトリシアは正面のポーチを掃いていた。ローズと目を合わせてにっこりする。「レディ・ローズ、ようこそおいでくださいました！」

「こんにちは、トリシャ」ローズは少女のもとへ駆け寄った。ほかの女性たちが馬車からおり立つ。「キャットのことをとても心配していたの。この前聞いたときにはなんの変化もなかったわ。新しい知らせはあって？」

パトリシアは笑った。「すばらしい知らせです、マイ・レディ。二日前に兄とお見舞いに行ったら、熱はすっかりさがっていたの！」

ローズは安堵の息を吐いた。「ああ、それを聞いて安心したわ。心配で気が気じゃなかったから。キャットのことを本当に愛しているの」

「知ってます。どうぞ家の中へ。お茶をいれますね。兄もきっと喜ぶわ」

いいえ、彼は喜びはしない。ローズは深く息を吸い、笑みをつくろった。「ごめんなさい、お邪魔する時間はないのよ。でも、わたしのおばといとこを紹介させてちょうだい」

ローズに引き合わされて、パトリシアは礼儀正しくお辞儀をした。公爵未亡人にカトリーナのことを尋ねられ、これまでの経過を教える。

「まあ、それはうれしい知らせね」ルーシーが言った。「みんなで心配していたのよ」

「家に戻ってくるのはいつかしら？」ローズはきいた。

「たぶん明日かあさってになると思います」パトリシアが答える。「病気の原因がはっきりしないから、ドクターは様子を見るためにもう二、三日入院させたいとおっしゃったんです。また悪くなることがないのを確かめたいって」

「賢明な判断ね」公爵未亡人が言った。「わたくしたちで力になれることがあれば教えてちょうだい。入院の費用はとても高くつくものでしょう」

「ありがとうございます。でも、お金は兄が工面してくれました。また曲の依頼があったんです」

「まあ、本当に？」ローズはわきあがる喜びを隠そうとした。「すばらしいことだわ」

「はい。兄はできあがった作品にとても満足してます。自分の最高傑作だって」

「どなたの依頼かしら？」

「それは聞いてません。貴族の方だとしか」

「そう、それならいいのよ」ローズは言った。「彼のために本当によかったわね」心からそう思う。

「本当に、どうぞお茶を召しあがっていってください」パトリシアがもう一度言った。

「マギーおば様、よろしいでしょう？」アレクサンドラが頼む。「喉がからからになってしまったわ」

「それぐらいの時間はあるわね」公爵未亡人が応じた。それからパトリシアに尋ねる。「お兄様はご在宅かしら？」

「家の近くにいると思います」

「どうぞ先に行っててちょうだい」ローズは言った。「わたしはトリシャのために持ってきた荷物を馬車からおろしてくるわ」

早足で馬車へ引き返し、小説をしまった箱を見つけると、レティキュールから一〇ポンド紙幣を一枚引っ張り出して本の中にはさんだ。馬車をおりる途中で、つかのま足を止める。小さな住居はローズを手招きしているかのようだった。小さな家、キャメロンの家だ。涙がひと粒、そっと頬にこぼれた。使用人がいなくても、七品の食事がなくても、最新式の水道設備がなくても、わたしはここで幸せに暮らしただろう――キャメロンさえ一緒にいてくれたら。彼が本当に愛してくれていたら。

キャメロンは愛する人を厩舎から見つめていた。金色の髪は三つ編みにして頭の上で簡素にまとめられている。ふだんの髪型とはずいぶん異なるが、今日は領民を訪問しているのだ――貴族の淑女にとって骨の折れる一日だろう。黄褐色のモーニングドレスに丸みのある体を包んだローズは、本が入っているらしい箱を抱えている。キャメロンは厩舎からゆっくり外に出た。彼女から目を離すことができない。ローズ、歩きだしてくれ、と心の中で静かに念じる。けれども彼女は立ち尽くしたまま、風景に見入っていた。彼女に見つからないよう厩舎へ引き返さなくては。そう思いながらも、キャメロンは足を動かせなかった。

ローズが振り返り、はっとして口を開けた。本の入った箱を下におろし、彼のほうへゆっくりと近づいてくる。キャメロンは逃げ出したいという衝動にあらがった。心臓が早鐘を打つ。

「ミスター・プライス」二メートルぐらいまで近づいたところで、彼女が呼びかけた。

「マイ・レディ」

「わたし……キャットのことを聞いて本当にうれしいの。もう大丈夫だとトリシャから聞いたわ。とても心配していたのよ」

「ああ、キャットはもとのとおり元気になる」

ローズはため息をついた。「じゃあ……あなたはどうぞお仕事に戻って」背中を向ける。

「あなたのことをきかれた」そう口にするなり、キャメロンは無言で自分を呪った。最近はいつもそうしてばかりだ。思わず声をかけたのは、あとほんの少しだけローズを引き止めたいからだった。

彼女が振り返った。「キャットから?」

「ああ、あなたに来てもらいたがっていた」

「どうして呼んでくれなかったの?」

「あなたにそんな時間があるとは――」

「わたしがキャットの望みを拒むはずがないでしょう?」ローズは首を横に振った。サファイア色の瞳の中で炎が燃えている。「わたしはあの子を愛しているのよ」

「あなたに来てほしいと願うのは身のほど知らずだ」

「わたしは来ないと本当に思ったのね。信じられない」彼女はほつれた髪を耳にかけた。

「わたしはキャットの望みならなんだって応じたわ。これからも応じるつもりよ。わたしはキャットを見捨てたりしない、あの子の兄がわたしを……ごみのように捨てたからといって!」涙が目に浮かぶ。

「ローズ……」キャメロンの心臓が喉までせりあがった。

「わたしはあの子を愛しているの。わたしは誰かと違って、愛を告白しておきながら、次の瞬間には否定したりしない。あの子を愛している、そしてこれからも愛しつづけるわ。あなたのことも――」彼女は足元の土を蹴った。「三日後にまた来ます、ミスター・プライス、キャットが帰宅した頃に。わたしの姿を見るのがいやなら、あなたは留守にすることね」向きを変えて家のほうへ向かいはじめ、ふいに首をめぐらせる。「トリシャからお茶に招かれたの。あなたはもう少し厩舎にいらっしゃればいいわ」ローズは本の箱を持って家の中へ入っていった。

ローズの姿を見るのは残酷な拷問だった。彼女のそばにいたい、触れることはできなくとも。キャメロンは厩舎をあとにし、手伝い人用の小屋の裏手にある小川へ走ると、冷たい水に飛び込んだ。

ローズが小さな家の中へ入ると、ほかのみなは居間で紅茶を飲んでいた。「お待たせしてごめんなさい」彼女は言った。「あなたに本を持ってきたのよ、トリシャ。この前わたしがここへ来たときに、わたしが持ってきたディケンズの小説を夢中になって読んでいたでしょう」

パトリシアが箱を受け取る。「まあ、こんなに！　ありがとうございます！」

「どういたしまして。同じものをもう一冊持っているものがあるから、それはあなたにあげるわ。ほかはあなたが気に入りそうなものを選んできたの。都合のいいときに返してね」

「ああ、本当にうれしい！」

「あなたの部屋へ持っていきましょう」ローズは言った。「あなたにあげる本を見せるわ。少しのあいだ、席をはずしていいかしら？」

「かまわないわ」公爵未亡人が答える。

ローズはパトリシアのあとから部屋に入ると、彼女にあげる本五冊を引っ張り出し、一冊を開いて一〇ポンド紙幣を見せた。「お兄さんには言わないで。キャットのために、あなたが持っていてちょうだい」

「いけません、マイ・レディ」

「いいのよ。わたしは力になりたいの。キャメロンからは拒まれたけれど、あなたはそんなことはしないでしょう。たいした金額ではないわ。何か必要なときは、わたしに相談すると約束して。どんなことでもいいから」

「どうしてこんなによくしてくださるんですか？」パトリシアがきいた。

「キャットを愛しているからよ」

「愛してるのは……キャットだけですか？」

「まあ、もちろんあなたのことも大切に思っているわ、トリシャ」

パトリシアが微笑む。「わたしのことを尋ねたんじゃありません」

体がかっとほてった。「ごめんなさい、よくわからないわ」

「兄を愛してるんでしょう？」

そこまであからさまに感情が表に出ているの？　「トリシャ、いったいどこからそんな考えが出てきたの？」

「だってふたりは……。わたしは子どもじゃありません。ふたりが愛し合っているのは見ればわかります」

「あなたのお兄さんは、わたしを愛してなどいないわ」その言葉はローズの内側を切り裂いた。

「愛しているに決まってます。どんな間抜けにだってわかるわ」

「あなたの思い違いよ」

「そんなことありません。あなたが来るたびに、兄の顔はぱっと明るくなるもの」

「わたしはいまここにいるけれど、お兄さんはどこにいるの？」

「それは……わかりません。たぶん用事で出かけたんだと思います」

「あなたに何も言わずに？」

「言い忘れたのかも」

「それは大いに疑わしいわね」

「マイ・レディ、お願い、教えてください。兄を愛しているんですか？」

「わたしがミスター・プライスをどう思っているかはどうでもいいことよ。わたしたちは異なるふたつの世界に住んでいるの」

「お願いです。兄はずっとつらそうにしていて。兄に愛してると言ってあげてください」

「ああ、トリシャ」ローズは少女の手を取った。「あなたがもう少し年上なら、わたしたちは親友になれたかもしれない」ため息をつく。「これから話すことは誰にも言ってはだめよ。キャメロンにも言わないで。約束できる？」

「はい、必ず秘密にします」

「彼を愛しているわ、そのことは彼も知っているの。だけど彼はわたしを求めていない。わたしを追い返したのよ」

パトリシアの目が大きく見開かれた。「そんなの信じられません」

「事実なの。彼と一緒にいられるなら……わたしはなんでもするわ」

信じられないとばかりに、パトリシアが頭を振る。「なんてあんぽんたんなの」

「なんですって？」

「あなたのことではありません。わたしの大好きな兄のことです。兄さんは世界一の大ばかだわ！」

ローズは笑わずにはいられなかった。「わたしを愛していないのは彼のせいではないでしょう」

「でも、兄はあなたを愛してる。それが何よりばかばかしいところなんです。わたしがなんとかしなきゃ」

「トリシャ、誰にも言わないと約束したわよね」ローズは釘を刺した。

「ええ、絶対に言いません。別の方法を考えます。またすぐに訪ねてきてくれますか?」

「ええ、三日後にキャットの様子を見に来るつもりよ」

「よかった」パトリシアの目がいたずらっぽくきらめいた。「ちょうどいいわ」

なんてうれしそうな顔だろう。パトリシアを傷つけてしまいそうで、何をしても無駄だと言う気にはなれなかった。事実が変わらないことは、じきに彼女にもわかるはずだ。キャメロンはわたしを愛していないし、愛してくれたこともなかった。

9

週末が近づいたある日、ローズは砂糖菓子を入れた袋とさらに数冊の本をまとめ、リリーの馬車を出してもらって、カトリーナに会うためにプライス家へ向かった。アレクサンドラとソフィーはアイリスとともに、リリーの裁縫師、マダム・ルルーと結婚式のドレスを選ぶのに忙しく、ローズは心ひそかにそれを喜んだ。ひとりで出かけたかった。馬車のうしろにはベゴニアをつながせてある。カトリーナが元気なら乗馬に連れ出してあげよう。キャメロンと顔を合わせる心配はない。きっとどこかへ姿を消しているはずだ。

馬車が到着すると、パトリシアが迎え出た。「マイ・レディ」走り寄って挨拶する。「キャットが大喜びで待ってます！　だけど、ごめんなさい、残念なお知らせがあるの」

「何かあったの？」

「いいえ、そんなんじゃありません。残念なのは……兄が朝から出かけてしまったことです。用事があって、夕方まで戻らないって」

「わたしが来ることになっていたからでしょうね」

「ごめんなさい、そうなんだと思います。兄さんったら、ラバみたいに頑固なんだから」

ローズは笑みをこしらえ、それが本物に見えるように願った。「前に言ったとおりでしょう。彼はわたしに会いたくないのよ。でもだからって、わたしはあなたとキャットに会いに来るのをやめないわ」

「はい、マイ・レディ」

「このあいだ持ってきた本はおもしろかった？」

「はい、とっても。もう二冊も読んじゃいました」

ローズは笑い声をあげた。「わたしの姉並みに読むのが速いのね。姉は何時間でも読書に没頭するのよ」少女と腕を組む。「さあ、あなたのかわいい妹さんに会いに行きましょう」

ローズが屋内に入ると、カトリーナは目を輝かせた。「レディ・ローズ！」叫びながら彼女の腕に飛び込む。

「ああ、キャット。あなたがまた走りまわるのを見ることができて本当によかった」

「わたし、死にかけたの！」

「まあ、なんてこと」

「キャット、レディ・ローズを脅かしてはだめよ」母親が台所から出てきてたしなめた。

「ごきげんよろしく、レディ・ローズ」

「こんにちは、ミセス・プライス。キャットがすっかり元気になって安心しました」

「ええ、わたしたちもみんなほっとしています」

「高熱が出た原因ははっきりしたんですか？」

「いいえ、それがわからずじまいで。でもいったん熱がさがってしまうと、あとはなんの症状も出ることはなかったので、退院になったんです」

「ドクターは完治したとお考えでした？」

「はい、いまのところは。けれどこれからしばらくは、また熱を出すんじゃないかとひやひやしそうです」

「お気持ちはわかります。でも、ほら。こうして以前と変わりないキャットをまた見られてよかった」

「ええ、本当に」

「何かわたしにできることはないかしら、ミセス・プライス？　こちらの土地はわたしの姉がお世話をすることになりますし、公爵家のみなさんはどんなことでもお力になるでしょう」

「いいえ、結構です。施しを受けたら息子に叱られます」

「施しなどではありません。隣人は助け合うものですわ、ミセス・プライス」

「いまは援助は必要ないと申しあげているんです」ミセス・プライスは素っ気ない口調で言った。

「わかりました。もし事情が変わったら、遠慮なくわたしに言ってください」

「そういたします」

「それじゃあ」ローズはカトリーナに向き直った。「今日は何をしましょうか？」

「したいことを全部考えておいたの」カトリーナが言う。「まずはね、レディ・ローズのピアノを聴くの。それから本を読むのよ。その次は外に出て遊ぶの」

「キャット、レディ・ローズは貴族のお嬢様なのよ。外で遊んだりしないの」ミセス・プライスが言った。

「そんなことないわ！　外で一緒に遊びましょう、キャット。なんでもあなたが好きなことでいいわよ。もう思いきり遊ばせても大丈夫ですよね、ミセス・プライス？」

「まだ走りまわらせるのはやめさせてください」

「お母さん！」カトリーナがだだをこねる。

「心配しないで、キャット。別の考えがあるの」ローズは言った。「姉の馬を連れてきたから乗馬に出かけられるわ。どうかしら？」

「それならいいでしょ、お母さん？」

「そうねえ。ご一緒に乗せてくださるんですね、マイ・レディ？」

「ええ」

「お姉ちゃんも行っていい？」カトリーナが尋ねる。

「もちろんよ。トリシャも誘うつもりでいたわ」

「あまり遠くへ行かないでくださいね」ミセス・プライスが警告した。

「トリシャに道を先導してもらいます」ローズは言った。

「わあい」

「それじゃあ、まずは何を弾きましょうか？」ローズはピアノの前に座った。

「なんでも」カトリーナが言う。「レディ・ローズは何を弾いても、とってもすてきだもの」

「あら、これは何かしら？」ローズの指が椅子の上にあった楽譜に触れた。彼女は順番どおりに並べ、ピアノで弾きはじめた。バラッドだ。「この曲はミスター・プライスが書かれたの？」

「はい、マイ・レディ」パトリシアが答えた。「兄が依頼を受けて、キャットの入院中に作った曲の下書きです」

「じゃあ、これはまだ草稿なの？」ローズの指は鍵盤の上で躍った。「すてきな曲だわ」

「ええ」パトリシアが同意する。「自分の最高傑作だって、兄は言ってました」

「そうだったわ、前に話していたわね」ローズは曲を弾きつづけた。

甘くやさしい曲調に、彼女の目に涙が浮かぶ。その調べは、やさしく愛してくれたキャメロンの姿を、湯浴みのために水を運んでくれた彼の姿を、愛をはじめて知った体を大切にいたわってくれた彼の姿を、ローズのまぶたによみがえらせた。彼女は唐突に手を止めた。

「どうかしましたか？」パトリシアが問いかける。

「いいえ。何かもうちょっと元気な曲にしましょう」

ローズは陽気な民謡に切り替え、声を合わせて全員で歌った。ミセス・プライスさえも歌に加わる。一時間ほどしたところでミセス・プライスが紅茶をいれ、みんなでお茶にした。

「さて、お話は何がいいかしら、キャット？」ローズはきいた。

「退院してうちへ戻ったときに、お兄ちゃんが新しい本をくれたの。それでもいい？」

「もちろんよ。持ってきてちょうだい」

ローズはカトリーナを膝にのせて本を読んだ。話は短く、最後の言葉を読み終えたあと、ローズは膝の上の少女を少しのあいだ抱きしめて、濃い茶色の髪を撫でた。「乗馬へ行く準備はできてる？」カトリーナに尋ねる。

「うん、行こう」

「じゃあ、ベゴニアの用意をしましょうね。トリシャ、あなたも来るでしょう？」

「はい、メアリーに鞍をのせてきます」

ローズは笑い声をたてた。「自分の馬にメアリーと名づけたの？」

「似合ってると思って」パトリシアもくすくす笑う。

「ええ、いい名前よ。キャットが高熱を出したときに乗っていた馬ね？」

「はい」

「とても美しい馬だったわ」

二頭の馬の準備ができると、ローズは横鞍の上でキャットを抱きかかえ、パトリシアに先導されてライブルック公爵の領地をめぐった。木々は緑の葉を生い茂らせ、午後のそよ風に若葉を揺らしている。野の花が咲きはじめ、野原はピンクや黄色に彩られていた。リスやウサギがあちこちで顔をのぞかせる。小動物が走り去るたびに、カトリーナはそれを指さし、声をあげて笑った。

「レディ・ローズ、みんなわたしたちから逃げちゃうわ。どうしてなの？　わたしたちは怖くないのに」

「ええ、でも動物たちにはわからないのでしょう」

「わたし、動物はみんな大好きなの。絶対に傷つけたりしない。どうしたらそれをわかってもらえるのかな？」

「残念だけれど、無理でしょうね。動物は別の世界の生き物よ。こちらに傷つけるつもりがないことを、彼らは理解できないわ」

「それって、とっても悲しいことね」カトリーナは言った。「わたしは動物たちと一緒にいたいだけなのに」

「あなたの気持ちはよくわかるわ、キャット」ローズはささやいた。「痛いほどよくわかる」


キャメロンが用をすませて帰宅すると、家の前にはまだライブルック家の馬車が停まっていた。「くそっ」声に出して罵る。

彼は厩舎にアポロを戻した。パトリシアの馬がいない。もう一度悪態をつき、静かに家の中へ入った。

「母さん、みんなはどこへ出かけたんだ？」

「乗馬よ」母ははぎ合わせていたキルトをおろした。「どうなっているのか、いつになったら話してくれるの？」

「どういう意味だい？」

「あなたとレディ・ローズのことよ。この前聞いたときは、あなたは彼女を愛していて結婚すると言っていたのに、いまでは彼女を見るのも耐えられないようじゃないの」

「彼女が……ぼくを求めなかったんだよ」キャメロンは嘘をついた。「彼女を責めることはできないだろう？」

「彼女もあなたを愛していると話していたでしょう」

「だから、ぼくの思い違いだったんだ」

「それは、彼女から愛しているとは言われなかったってことなの？」

「ぼくが彼女の言葉を深読みしすぎたってことだ」こんな嘘をついて、ぼくは地獄で火あぶりにされるに違いない。

「具体的には彼女はなんと言ったの、キャメロン？」

「どうでもいいだろう？　母さんの言ったとおりだ。彼女とぼくでは未来はない」

「かわいそうに、キャム」母がソファをぽんと叩いて座るように促した。「彼女に傷つけられたのね」

いいや、ぼくがローズを傷つけたのだ。「ぼくは大丈夫だ。悪いが、ぼくは……外にいるよ。みんなが戻ってきたとき、ここにいるのは気まずい」

キャメロンは裏口を出て手伝い人用の小屋へと歩いた。ローズが帰るまでは、ここに身を隠していよう。

そう考えたのは間違いだった。

小屋に入るのは、運命のあの日、ローズと愛を交わし、そのあと彼女を追い返して以来だった。上掛けは乱れたままだ。母親はここへは来ていないらしく、部屋の掃除はされていない。あのあと誰も来ていないのだ。

ベッドに腰をおろし、枕をつかんで胸に抱きしめた。まだローズの香りがする。ストロベリーとクリーム、それに女性の香りを混ぜ合わせた魅惑的な芳香。彼女を腕に抱く様が想像できるかのようだった。キャメロンはベッド上の上掛けを放って横になり、眠ったまますり寄せられる彼女の体のぬくもりを思い起こした。愛を交わしたときの麝香を思わせる残り香が、鼻孔に流れ込んでくる。それは上掛けの下に二週間近くもとらわれていたのだ。

なぜだ？　なぜこんな結末になった？　ぼくは最初から彼女に関わるべきではなかったのだ。

だが、ふたりのあいだに起きたことをどれかひとつでも変えたいか？　ローズを愛さなければよかったか？　ふたりの体が結ばれたときの悦びを知ることなしに、遠くから想いを寄せていればよかったか？

ああ、やはり何もすべきではなかったのだ。自分は彼女の貞操だけ奪って、何も返さなかった。愛らしい乙女を穢して放り捨て、計り知れないほど深く傷つけた。ぼくは最低のろくでなしだ。

一生、結婚はするまい。ぼくの心にいるローズの代わりになる者はいない。

キャメロンはベッドの上にあぐらをかいて座り、両手に顔をうずめた。

乗馬から戻ると、ローズはカトリーナとパトリシアを家に入らせて、自分は馬たちの世話をした。メアリーの隣の空いている馬房にベゴニアを入れて家へ向かう。手伝い人用の小屋は遠くに立っていた。ローズは考えることなく向きを変え、小屋へ行った。少し開いているドアを、さらに開けた。キャメロンがベッドの上に座り、頭を抱え込んでいる。人が入る気配にも気づく様子はなかった。

「嘘をつく必要はなかったのに」

キャメロンが顔をあげた。目は落ちくぼみ、濡れている。「なんだって?」彼はしゃがれた声で問いかけた。

「愛しているなんて言う必要はなかったのよ」ローズは言った。「そんなことを言われなくても、わたしはあなたとベッドをともにしていたわ」その言葉は真実だ。胸にずきりと痛みが走った。彼女はゆっくりと進み出て、涙を流すキャメロンの美しい顔を見つめた。「何かあったの？ドクターから連絡が？」隣に腰をおろし、ためらいながら彼の腕に触れる。

返事はない。

「キャメロン、どうして何も言わないの？」

「出ていってくれ」

「いいえ。キャットのことなら、わたしも知っておきたいわ」

「キャットは大丈夫だ」

「ああ、よかった」ローズは自分を止めることができずに、彼のつややかな黒髪を撫でた。

「じゃあ、どうしたの？」

「なんでもない」

「何かあったんでしょう。脳みそがある人なら、誰だって見ればわかるわ」

「ぼくは……ぼくは……」キャメロンが顔を振り向けて彼女の瞳をのぞき込んだ。「あなたはあんな仕打ちをしたぼくを慰めてくれるのか？」

「わたしのことを冷淡な女だと思っているようね。そんなふるまいをしたかしら。わたしは慰めを必要としている人には、誰にでも手を差し伸べるわ」

彼は黙っている。数分が経ち、ローズは立ちあがって洗面台へ行くと、濡らした布を手に戻った。「ちょっとお水が古いけれど、これできれいになるわ」キャメロンの顔から涙と埃（ほこり）をやさしく拭き取り、そのあと彼の両手もきれいにぬぐった。「今日はいったい何をしていたの？　土の上で寝転がった？」

またもやキャメロンは何も言わない。ローズは腰をあげて布をすすぐと、戻ってきてもう一度彼の顔を拭いた。髪を耳にかけてやり、布を喉に滑らせる。それからシャツの胸元からのぞいている部分に濡れた布を当て、汗と汚れを拭き取った。「これでいいわ」布をナイトテーブルに置く。「あら、まだ残ってる」ふたたび布を取って、顎の汚れを落とした。キャメロンが顎に沿って動く彼女の手に自分の手を重ねた。

「ぼくが悪かった、ローズ」

「悪かったって、なんのこと？」

「あなたに……ひどい仕打ちをした」

「さっきわたしが言ったとおりよ。わたしに嘘をつく必要はなかったわ」

「ぼくがあなたにしたことは許されない。あなたの貞操を奪い、自分は何も差し出さなかった」

「ばかなことを言わないで。あなたは何も奪っていない。わたしからあなたに与えたの。そしてわたしはあなたと過ごした時間を一分たりとも変えようとは思わないわ、キャメロン」

その言葉もまた真実なのに、ふたたび胸が痛んだ。

「キャムだ。キャムと呼んでくれ」

「適切ではないわ、わたしたちは――」

「お願いだ」彼はローズの手から布を奪って床に捨てると、彼女の頬にそっと指を広げた。

彼はキスしようとしている。ローズはそれを目にしていた、肌で感じていた、心で求めていた。「やめて」涙で目がかすむ。「やめてちょうだい」

「一度だけ」キャメロンが彼女の唇に唇を寄せた。

ふたりの口が重なり、ローズは涙にむせびそうになった。体を引き離そうとするが、キャメロンは彼女の背中に両腕をまわして乱暴に引き寄せ、なめらかな舌で唇を開かせた。ローズは目をつぶり、考えるのをやめて、そこから先は自分の心にゆだねた。キスに応え、彼を探索し、味わい、刺激的な甘さを楽しむ。舌を彼の歯から唇へと滑らせ、下唇を歯でとらえてそっと噛んだ。キャメロンはうめき、彼女に押しつけた体をぶるりと震わせて、彼女の首に、喉に、耳に、甘く歯を立てた。

「ローズ」そっとささやく。「ぼくのローズ」

その言葉に彼女ははっとした。力任せに抱擁を解く。「こんなことはしないで。卑怯（ひきょう）よ。わたしはあなたのローズではないわ」

涙がひと粒、彼女の頬をゆっくり流れ落ちた。キャメロンの指がそれをそっとぬぐう。

「本当に悪かった」

「あなたはわたしを求めていないんでしょう？　わたしは自分のすべてをあなたに差し出した、なんの条件もなしに。それをあなたは拒んだのよ」

「ローズ……」

「わたしはあなたに貞操を捧げたわ、キャメロン、そしてもっと大切な、わたしの愛をあなたに捧げた。それを後悔はしない、だけどあなたに傷つけられるのは二度とごめんよ」

ローズは小屋から走り出た。涙で何も見えず、やがて壁にぶつかった。

彼女は涙を指でぬぐった。壁だと思ったものはキャメロンの母親だった。「ミセス・プライス。ごめんなさい。わたし、どうかしてしまって。あなたの姿が見えなかったわ」

「小屋にキャムがいるんですね」ミセス・プライスが言う。

「えっ？」

「息子と一緒にいたんでしょう?」

「わたし……ええ、彼は中にいます」

「マイ・レディ」ミセス・プライスの声は小さいが厳しい。「あなたが公爵夫人の妹君だということも、わたしたちはライブルック公爵領に住んでいることも承知しています。ですが、もうこの家にはいらっしゃらないでください」

「なんですって?」

「キャットはあなたになついているし、あなたがあの子をかわいがってくださっているのは知っています。でも、あなたがここにいるのは……息子にとって毒です。あなたはキャメロンを傷つけています。こんなことを続けさせることはできません」

「わ、わたしが彼を傷つけている?」

「そうです。息子はあなたにのぼせあがっています。じきに熱は冷めるでしょうけれど、あなたがこうたびたびいらして息子の感情を刺激されては、そうもいきません」

「だけどわたしは――」

「申し訳ありませんが、この件について話し合うことはもうありません。どうぞいますぐお屋敷に戻られてください。キャットとトリシャには、わたしからうまく説明しておきますから」

「そんな――」

「お帰りください、マイ・レディ。わたしは息子の様子を見てまいります」ミセス・プライスは足早に歩み去った。

キャメロンは小屋に入ってきた母親を見あげた。母はベッドで息子の隣に腰をおろし、彼の髪を撫でた。

「彼女は帰ったわ、キャメロン。もう戻ってくることはないでしょう」

彼は洟をすすった。粉々に砕けたこの心が癒えることはあるのだろうか？「母さんが帰らせたのかい？」

「そうよ。これ以上あなたが傷つけられるのを見ていられないわ」

「余計なことだ、母さん」母は彼の嘘を信じたのだ。「ぼくは大丈夫だよ」

「大丈夫ではないでしょう。わたしはあなたの母親よ。わたしの前で強がりはよしなさい」

キャメロンは口を開けてしゃべろうとしたが、母は身ぶりで黙らせた。

「お父さんが死んでしまったせいで、あなたにばかり苦労をかけてしまったわ。あなたは音楽家よ、キャム、それも立派な音楽家。ちゃんとした教育さえ受けていればね。それはないものねだりとはいえ、お父さんが生きていたら、あなたは自分の力で道を切り開いていたでしょう」

「父さんのことは恨んでいない、母さんのことも」それは本心だった。家族のことは愛している。どうして恨んだりできるだろう？

「それはわかっているわ。あなたは立派な息子よ、キャム、それに立派な男性でもある。あなたと結ばれる女性は幸運だわ。けれど、レディ・ローズはあなたにふさわしくない」

キャメロンは切れ切れに笑いをもらした。「母さんはそこを間違えている。彼女にふさわしくないのはぼくのほうだ。彼女は……すばらしい女性だよ。一部の貴族とは違う。人の生まれではなく、人そのものを見てくれる」

母は首を横に振った。「本当に大切に思っているなら、あなたを拒絶したりしないわ。あんな仕打ちをされたのに、どうして彼女の肩を持つの？」

「どっちもどっちだったんだ」キャメロンは嘘をついた。「片方だけが、より悪いというわけじゃない」

「わたしにはそうは思えないわ」

「身分違いの恋なんて、こんなものだろう」

「そんなことはないわよ。彼女があなたを本気で愛していたなら……」母が目をつぶる。

「愛していたなら？」

「キャム」母は目を開けると、両方の手で息子の手を握った。「あなたに話さなくてはいけないことがあるわ。ずっと前に話しておくべきだったのかもしれない」

「なんのことだい？」

「ずっと隠していたのを許してちょうだい」母は息を吐いた。「わたしの両親――あなたの祖父母は亡くなったと話したわよね」

「ああ」

「それは実際にそうかもしれないし、違っているのかもしれない。実を言うと、わたしは親から勘当されたの」

キャメロンは目を見開いた。「なんだって？　どうして？」

「あなたのお父さんと結婚したから」

「話がわからないよ」

「わたしの父は準男爵だったの。サー・レクスフォード・リトルトン。紳士階級の一員よ。そしてあなたの父親は、うちの厩舎の馬丁だった」

キャメロンは身を乗り出した。母のまなざしに嘘偽りはない。

「彼が父に雇われたとき、わたしはまだ一〇歳で、彼は一一歳だったわ。コレラで亡くなった地元の女性の婚外子だったのよ。あなたのお父さん、コルトンは自分の父親が誰かは知らなかったけど、若い伯爵だということだけは知っていた。あなたの祖母は貴族の屋敷でメイドをしていたの。伯爵の父親は、彼女が息子の子を身ごもったと知ると、屋敷から追い出したわ。彼女の名前はジョイ、まだ一六歳だったそうよ」

キャメロンは混乱して頭を振った。一気に明かされた真実が頭の中をぐるぐるとめぐる。

「つまり、ぼくは準男爵の孫で、伯爵の孫でもあると？」

「そう、まさにそのとおりなの」

この新たな事実を彼は理解しようとした。「そしてぼくの曾祖父は息子の子をはらんだからと屋敷のメイドを追い出し、ぼくの祖父は、使用人と恋仲になったからと実の娘を追い出した？」

「ええ」母はうなずいた。

「それが貴族や紳士階級のやることなのか」キャメロンはもう一度頭を振った。「なんて横暴なんだ。先を続けてくれ」

「わたしの父は母親を亡くしたコルトンを引き取り、ハンプシャーにあった準男爵家の小さな地所に連れてきたの。コルトンは最初はただの馬屋番だったけれど、そこから馬丁にまでなった。馬の扱いがとてもうまかったのよ。本当に聡明（そうめい）な人で。馬と意思疎通ができるかのようだったわ」

キャメロンの頭の中はまわりつづけた。いまの話はどれも納得がいかない。父はやさしく、愛情深い親だったが、自分なら父を表すのに〝聡明〟という言葉は使わない。

「わたしは恥じることもなく、彼のあとをついてまわった」母は続けた。「若い頃の彼はちょっとしたものだったのよ。あなたによく似ていたわ、キャム、髪だけはあなたみたいな黒髪ではなかったけれど。彼は濃い茶色の髪だった。でも、目はあなたと同じ。あなたが記憶しているお父さんの目は暗い灰色だろうけど、若い時分にはあなたと同じ青みがかった銀灰色をしていたの。あなたの音楽の才能も父親譲りだわ。コルトンは日が暮れると、厩舎の屋根裏でギターとハーモニカを同時に演奏したものだった。自分で曲を作ってね。わたしは彼の演奏を聴きたくて、夜は自分の部屋から抜け出したわ」

「母さん、父さんは音楽を演奏したことなんてないだろう。ぼくの音楽にだって、まったく興味を示さなかった」

母が顔を曇らせる。「それには理由があるのよ」

「理由って？」

「そのことはあとで話すわ。とにかく、わたしが一六になると、コルトンもようやく異性としてわたしを見るようになってくれた。わたしたちは人目につかない場所でこっそり落ち合い、キスを交わすようになった」母の目が明るく輝いた。「コルトンのことが大好きだったわ。どこまでも彼についていこうと思っていた」

「母さんは実際にそうしたんだろう」

「ええ。わたしは彼を見捨てはしなかった。あんなことになったあとでさえ……」

「あんなこと？」

「一七のとき、わたしはあなたを身ごもったわ」

「結婚する前に？」

「そうよ。誇れることではないけれど、そうなってしまったんだし、その結果があなたなのだから、後悔したことは一度たりともないわ。わたしの妊娠を知った父は、わたしたちふたりを追放したうえに、ごろつきどもの一団に金をやり、コルトンを半殺しの目に遭わせたの」母は深い息を何度か吸い込んだ。「それ以来、あなたのお父さんが以前の姿に戻ることはなかった。わたしはできる限りコルトンを看病したわ。けれど、医者に診せようにもそのお金はなかった。屋敷にいた使用人たちはわたしたちの苦境を哀れみ、コルトンが動けるようになるまで使用人の居住区にかくまってくれた。コルトンは棍棒(こんぼう)で頭を強打されて、そのせいで脳がどうかなってしまったに違いないわ。あの夜のあとは、あなたの瞳が放つのと同じ美しい銀灰色の輝きが、彼の目に戻ることはなかった。曲を作ることもなくなった。それどころか簡単な計算さえできなくなって、文字を読むのもやっとだったの。でも、わたしのことは覚えていてくれたのよ。彼はまだわたしを愛していて、わたしも彼を愛した。コルトンがああなってしまったのはわたしへの愛ゆえだったから、わたしには彼を見捨てることはできなかった。見捨てたくもなかったわ。だけど生計を立てるにも、彼が知性を要する仕事に就くのはとうてい無理だった。彼が動けるようになると、使用人たちはハンプシャーから出られるようお金を工面してくれたわ。コルトンはあなたと同じで筋肉質でたくましく、肉体労働ならできたし、それをいとわなかった。わたしたちはあちこちをさまよい、やがてライブルック公爵領で働く機会にめぐり合ったのよ」母はため息をついた。「それ以後、ずっとここに住んでいるわ」

「じゃあ、母さんたちは最初からこんな暮らしをしていたわけではないんだね？」

「ええ、違うわ、キャム。でも、わたしが言いたいのは——」

「この前トリシャと話していたんだ」キャメロンはさえぎった。「トリシャもキャットも、とても頭がいい。心の奥ではずっとわかっていた気がするよ、ぼくたちはまわりと違うんだと」

「ええ、あなたたちは三人とも、とても優秀だわ。ちゃんとした教育さえ受けられていたら」

　キャメロンの頭はめまぐるしく回転した。「ぼくには遅すぎる、トリシャにも遅すぎるかもしれない、だがキャットはまだ間に合う」

「でも、どうするの？」

「この地を離れよう。とうの昔にそうしているべきだった。ぼくは週が明けたらバースへ行って、仕事を探すよ。あそこで何も見つからなければロンドンへ行こう」

「だけど、お金が」

「金ならじゅうぶんにある。新しく依頼された曲が完成したのは話しただろう？　急にまた医療費が必要になることはないとして、それで数カ月以上はもつ」

　母は息子の腕に触れた。「わたしはまだ、この話の大事な点を話していないわ」

「大事な点は、ぼくたちはこんな暮らしをしなくていいということだ。それがわかったんだから、ここを出よう」

「いいでしょう、キャメロン。あなたはこれまでここでがんばってきた。別の場所でもっといい暮らしができるとあなたが思うのなら、行きましょう。でも、わたしがここまで話をしたのはそのためではないの」

「わかったよ。母さんの言いたいことはなんだい？」

「わたしはあなたの父親を決して見捨てなかったわ、キャム。わたしより身分は下だったけれど、彼を拒んだことはなかった。頭に損傷を負って肉体労働しかできなくなってからも。

わたしは彼とともにいて、彼の子どもを産み、彼のために家庭を築いた。彼を愛していたからよ」

「ああ、母さんは立派だ」

「だからわたしは、レディ・ローズはあなたにふさわしくないと思うの。彼女はあなたのためにすべてを捧げようとはしなかった」

キャメロンは首を横に振った。「母さんはぼくたちの話をすべて知っているわけじゃない」

「判断できるくらいには知っているわ。彼女の話をするのは、もうやめにしましょう」

「ああ、そうしよう」ローズの名前が出るだけで、果てしない切望に胸が苦しくなるのは神のみが知っている。いま頃はもう、彼女はゼイヴィアと婚約を交わしたに違いない。彼女のことは忘れなければ。「来週のうちにバースで仕事が見つかったら、街屋敷を借りるよ。だめだったときは、汽車に乗って一家でロンドンに出よう」

「本気で言っているのね」

「単発の仕事なら、どこにいても引き受けられる。ぼくは作曲家として名をなしてみせるよ。必ず成功する。母さんと父さんが誇りに思う息子になる」

「お父さんはいつもあなたを誇りに思っていたわ。コルトンにとって、あなたは人生の光だった。暴行事件のことは、決してあなたに知られたくなかったのよ。自分が弱い男としてあなたの目に映るのを恐れて。あなたはそんなふうに受け取らない、音楽の才能は父親から受け継いだと知ったら喜ぶと、わたしは何度も言ったんだけど、コルトンは聞き入れなかった。

子どもたちには絶対に真実を明かさないと、死の床でわたしに約束させたの。ああ、神様、夫との約束を破ったわたしを地獄の業火からお救いください」

「母さんは正しいことをしたんだ」

「正しかったかどうかは、まだわからないわ。もっとお金がありさえすれば。ああ！」母が息をのんだ。「お金よ！　すっかり忘れていたわ。病院の費用を払うのにあなたから預かっていた一〇〇ポンドが、そのまま残っているの」

「病院側の間違いは見つからなかったのかい？」

「会計がすべて調べ直しても間違いはなかったそうよ」

「じゃあ、誰が支払ったんだろう？」

「会計の男性は知らなかったわ。どうやら昼食で席をはずしていたときに届けられたようね。お金は無記名の封筒に入っていて、キャットの治療費に当てるよう手紙が添えられていたんですって」

「どうも変だな」

「たしかに少し変だけれど、このままいただいてもいいんじゃないかしら」

「これは施しだ」

「施しかどうかはわからないわ。わたしたちに運が向いてきたのかもしれない。本当に、なんと長いこと運に見放されつづけたことか」

「母さん――」

「あなたの才能を開花させるのにふさわしい場所を探すあいだ、この一〇〇ポンドがあれば大いに助かるのは事実よ」

「たしかにそうだが——」

「だったら、今回だけはよしとしましょう。これまでこういう援助を受けたことは一度もなかったわ。どこから来たお金かもわからないから、返しようもないし。これは天からの贈り物だと思いましょうよ」

キャメロンは微笑んだ。「わかったよ、母さん。今回だけはそうしよう」彼は母親をさっと抱擁した。

10

バースでの最初の一日は、キャメロンにとって失望の日となった。彼を雇おうとする者、つまりピアノとギターの演奏ができるだけで正規の音楽教育を受けていない作曲家を雇おうとする者は、誰ひとりとしていなかった。次の日、彼はふと思い立ち、最近完成したばかりのリーガル劇場を訪れた。バースでは一八四一年にロンドンとのあいだの鉄道が開通して以降、一八〇五年にできた王立劇場が栄えてきた。その王立劇場で最も成功した俳優のひとり、ザカリー・ニューランドが独立して建設した新劇場がリーガルだ。ニューランドはここを拠点に劇団を設立し、ロンドンからブリストルまでの人々を呼び込もうとしているところだった。

キャメロンはリーガル劇場についていろいろと読み知っていた。大きさは王立劇場と似たようなものだが、より快適な空間を売りにしている。ニューランドはみずからの劇団で質の高い劇とミュージカルを上演し、やがてはロンドンの名だたる劇場に呼ばれるくらいの全国的な舞台を作りあげることを目指しているそうだ。そのニューランドの事務所のドアをキャメロンが叩いたのは、もう仕事の時間帯も終わろうかという頃だった。

赤褐色の髪をした背の高い男がドアを開けた。「何か？」

キャメロンは咳払いをして答えた。「ミスター・ザカリー・ニューランド？」

「そうだ」

「こんにちは」手を差し出し、単刀直入に切り出す。「仕事を探しているのです」

「きみは役者かい？」

「いいえ、作曲家です」

「ふむ。実績は？」

「あります。ロンドンで二曲、作品が出版されました。民謡とワルツです」

「劇場で使う楽曲を作った経験は？」

「残念ながらありません。ですが、やれる自信はあります」

「どこで作曲を学んだ？」

キャメロンの口からため息がもれた。恐れていた質問だ。「独学です」

「そうか」ニューランドはポケットから時計を出して時刻を確かめ、眉をひそめた。「もう出るところなんだ。名刺を置いていってくれたら、またあとでこちらから連絡するかもしれない。ただし、申し訳ないが約束はしかねるな」

「わかりました」キャメロンはポケットから名前と住所を記した紙を出し、目の前の紳士に手渡した。「これです。時間を割いていただいて感謝します」きびすを返してドアへと向かう。

「待ってくれ」ニューランドの声が背後から追いかけてきた。「きみの名はキャメロン・プライス？」

「はい」

「聞いたことのある名前だ。曲が出版されたと言ったな？」

「はい」

「きみの曲を知っているかもしれない」

「それほど流行したわけでもないですが、可能性はありますね。曲が出版された頃はまだ若くて、不運にも楽曲の売り込み方を知らなかったんです。小さな出版社を選んでしまったので、たいした金にもなりませんでした」

「そうか……」ニューランドは頭をかきながら、謎解きに挑むような表情でキャメロンをじろじろと見て、やがて突然目を見開いた。「ちょっと待っていてくれ。いいね？」急いで別の部屋に行った彼は、楽譜を手に戻ってきた。「これを作曲したのはきみか？」

キャメロンは楽譜を手にした。《リリーのワルツ》だ。「ええ。でも、どこでこの楽譜を？この曲はライブルック公爵から私的に依頼されて作ったものです」

ニューランドが声をあげて笑う。「その公爵が送ってくれたんだ。劇場への多額の寄付と一緒にね。公爵のお父上は芸術の偉大な後援者(パトロン)で、王立劇場最大の支援者のひとりでもあった」

「なるほど。ですが、なぜライブルック公爵がぼくのワルツをあなたに送ったのでしょう？」

「興味がわくかもしれないとのことだったな」

「それで、どうだったのですか？」キャメロンは期待をこめて尋ねた。

「たしかに興味深かった。美しい曲だよ。きみには才能がある。正規の音楽教育を受けていないとは思いもしなかったな」

「ありがとうございます、ミスター・ニューランド」

「どうだろう、リーガル劇場の劇場付き作曲家の仕事に関心はあるかい？」

キャメロンは、危うく皮膚から意識だけが飛び出しそうになるほど驚いた。「もちろんあります。ただ……もし公爵から楽譜を受け取っていなかったら、ぼくへの見方を考え直そうと思わなかったのでは？」

ニューランドが大きく笑う。「思わなかったな、当然ながら」

あっさりと返ってきた答えに、キャメロンは眉をひそめた。「残念ですが、施しを受けるわけにはいきません。では、これで失礼します」

追いかけてきたニューランドがドアをふさいだ。「ばかを言うなよ、プライス。わたしはきみに二度とないかもしれない機会を提供しているんだぞ」

「もちろんそれには感謝しています。ですが、あなたの頭の片隅には、ぼくを雇えばライブルック公爵からの支援を引きつづき得られるという期待がある」

「だから、ばかを言うなって」ニューランドがまたしても声をあげて笑う。「片隅じゃない。頭のど真ん中で期待しているさ」彼の手がキャメロンの背中を陽気にばんばんと叩いた。

言い返そうと口を開いたキャメロンを、ニューランドが制する。

「いいか、プライス、きみの誇りは理解できるし、尊重もする。しかしだ、パトロンの支援なしに芸術の徒が成功するのはほぼ不可能と言っていい。かくいうわたしだって、デンビー侯爵未亡人に見いだされた。一五年前、ロンドン郊外の薄汚い小劇場に出演していたときのことだ。わたしはまだ一九歳で、きみと同じく正規の演技教育は受けていなかった。侯爵未亡人はそんなわたしの将来性を見込んでくれて、このバースに移る資金を提供し、王立劇場にも紹介してくれたんだ。それからのことは、きみも知っていると思う」

「しかし、ぼくは――」

「トーマス・アトウッドは知っているだろう？」

「作曲家の？　もちろん知っています」

「彼だって皇太子殿下その人に注目されて、外国への留学費用を出してもらった。そこでモーツァルトの指導を受けたあと、イングランドに戻って大成功をおさめたんだ」

「それはわかりますが――」

「裕福なパトロンのなんらかの援助を受けたからこそ成功した作曲家や俳優、芸術家の名ならいくらでも挙げられる。それだけじゃないぞ、わたしはきみの作品を――」ニューランドがワルツの楽譜を指さす。「ちゃんと聴いて、才能があると判断したんだ。理由もなしに、ただ雇おうとしているわけじゃない」

「ええ、その点についてはそう思います」

「きみに機会を与えると言っているんだ。たしかにわたしを見いだして王立劇場に紹介してくれたのはレディ・デンビーだが、わたしに才能がなかったら、いまのように名が売れてはいないはずだろう？　もしきみの作品の出来が悪かったら、公爵のお気に入りだろうと首にするよ。そう言えば安心できるかな？」

キャメロンは笑わずにはいられなかった。「いい指摘ですね」

「では、どうする？　やってみるか？」

笑顔のまま、キャメロンは答えた。「ええ、やってみます」

「すばらしい。きみも知ってのとおり、わたしたちはできたばかりの劇場で、いま最初の劇の準備を進めている。初演は夏至の夜になる予定で、演目はもちろん《真夏の夜の夢》だ」

「どんな曲をお望みですか？」

「劇の前後と場面変転換のときに流す劇場オリジナルの曲だ。それから特定の場面に流す曲も必要になるかもしれない」

「夏至まで二週間しかありませんよ」

「わかっているさ。それは問題かな？」

「曲によりますね。楽団用の楽曲だと、もっと日数が必要です」

「楽団はまだない。ピアノと弦楽四重奏のための曲が欲しい」

「それならできると思います」言葉がすぎないよう、キャメロンは慎重に言った。「でも、ひとつ教えてください。上演まであと二週間しかなくて、ぼくが現れなかったら、いったいどうするつもりだったんですか？」

ニューランドがくすくすと笑う。「いつもやっているようにするまでさ、プライス。演じるんだよ。自分のしていることをよくわかっているふうに演技をする。うちのピアニストにクラシックの楽曲をあちこち変えさせて、素知らぬ顔で演奏させるんだ」

「そのやり方なら、いまからでもできますね」

「ああ。だが、劇場独自の曲のほうがずっといい。わたしたちの最初の舞台に威厳と優美さを与えてくれる」

「なるほど」

「プライス、こうしよう。これからの二週間で様子を見るんだ。その間は個人的な仕事の依頼として、そうだな……五〇ポンド出そう。それなら公平だろう？」

「そうですね、じゅうぶんです」

「この仕事がうまくいったら、きみを専属で雇うための地位を用意する。報酬は年三五〇ポンドだ。それでいいかい？」

キャメロンは歓喜したいのをひたすら我慢した。たぶん、あまりうまくできていなかったはずだ。わが身が一気に大きくなったように感じられる。「いいでしょう」

「劇場内に部屋を用意するよ。家で仕事をしてもいい。きみしだいだ」

「職場で作曲したことなんて、一度もありません」

「なら家ですればいい」

「でも、職場でやってみたい気持ちもあります」劇場の中に自分の部屋が持てる。キャメロンは顔がほころんでいくのをこらえられなかった。

「それでもいいよ。仕事さえきっちりやってくれれば、両方だってかまわない」

「そのほかの仕事を個人的に受けることはできますか？」

「きみが自分の時間で何をしようと、そいつはきみの自由だ。ここの仕事に支障がないなら、個人的な仕事を何件受けてもわたしは気にしない。では、握手といくかい？」

キャメロンはニューランドの手をがっちりと握った。「あなたにはいくら感謝してもしきれません、ミスター・ニューランド」

「ニューランドでいい」

「わかりました。あなたの信頼に感謝します」

「では、明日は午前一〇時頃に来てくれ。新しい舞台に必要なものを確認したい。《真夏の夜の夢》を読んだことは？」

「あります。ですが、もう何年も前です」

「これを」ニューランドがキャメロンに劇の台本を手渡した。「明日の午前中に必要な音楽について話し合いたいから、今晩のうちに目を通しておいてくれ」

「わかりました。では、明日の一〇時ということで、今日は帰ります」

「ああ。外まで送ろう」

「ありがとうございます。そうだ、このあたりで借りられる家を探しているのですが、何かご存じありませんか？」

「ひとりで住むのか？」

「いいえ。ぼくと母、それから妹ふたりで住むつもりです。父がもう他界しているので、ぼくが面倒を見なくては」

「そうか、あるぞ。ちょうどいい家がある。ここからそう遠くないところに、わたしが所有する屋敷があってね。寝室が四つに使用人用の部屋もあるから、きみも気に入るだろう。もしよかったら、いまから案内しよう」

「家賃をうかがってもいいですか？」

「月に五ポンドだ」

「いいですね。時間がおありなら、ぜひ見てみたいです」

屋敷は完璧で、キャメロンはさっそく二カ月分の賃料をニューランドに支払った。時刻はもう午後六時近くになっていたが、運送会社にも立ち寄り、数日後に一家がバースへ移る手配もすませた。アポロを駆って長い家路についたのはそのあとで、自宅の厩舎に着いたときには一〇時になっていた。これからシェイクスピアを読み、明日は午前一〇時に劇場へ着くために早起きをしなくてはならない。彼としてはそんな生活を続ける気はなく、この小さな家で夜を過ごすのは最後にするつもりだった。

家の中では、母親が起きてキャメロンの帰りを待っていた。「今日はどうだった？」

彼は母を抱き、くるりと体を回転させた。「よかったよ、母さん。ここを出ることになったから、荷物をまとめてくれ。業者が二日後に来る。母さんたちもバースの屋敷に移るんだ」

「なんですって？」

「聞こえただろう？　仕事が見つかったんだよ。新しくできたリーガル劇場の作曲家になるんだ」

「キャム、いったい……」

「もう屋敷も借りてきた。寝室が四つに応接室がふたつ、それにちゃんとした食堂もある家だ。妹たちが勉強する部屋もある。厨房も楽しみにしていてよ。使用人用の部屋だってあるんだ」

「そんな立派なお屋敷、お金は大丈夫なの？」

「家の中にトイレだってある！」

「わたしの質問に答えてちょうだい、キャム」

「もちろん大丈夫さ。いま手元には二〇〇ポンドあるし、これからは劇場の専属作曲家として、年に三五〇ポンドの報酬が入ってくる。そのほかに、個人で仕事を受けることだってできるんだよ」

「すごいわ、キャム、とうとうわたしたちが報われるときが来たのね！」

「そうだとも。父さんのことを、もっと早く話してくれればよかったんだ」

「そうね。あなたの言うとおりよ。あんな約束を律儀に守っていたのが間違いだったわ」

「でも、もうそれもどうだっていい。ようやくすべてがうまくいきはじめたんだ。引っ越しがすんだら、母さんはメイドと妹たちの家庭教師、それから料理人を選んで――」

「料理はわたしがするわ」

「そんな必要はない」

「いいえ、わたしは真剣よ。お金の無駄づかいはしたくないの」

「金ならあるんだよ」

「そうね。たしかに作曲の仕事が何件かあったおかげで、いまはお金があるわ。だけど、これからもうまくいきつづけるという保証はないのよ」

「実は今度の仕事が決まったのも、そのうちの一件のおかげなんだ。ライブルック公爵閣下がリーガル劇場の所有者に送ったワルツの楽譜が気に入られたみたいでね。今日劇場を訪ねたら、ぼくの名前を覚えていたその人が雇ってくれた。もちろん、自力で得た仕事じゃないのはいささか気になったが、彼が納得のいく説明をしてくれたよ」

母が微笑む。「あなたがいいというなら、わたしもそれでいいわ」

「ああ、これでいい。母さんとトリシャ、それにキャットをここから連れ出せるなら文句はないさ。もっと早くこうできていたらと思うだけだよ」

「わかるわ。わたしも、もっと早くあなたに真実を話すべきだったわね」

「母さんが自分を責めることはない。ぼくがもっと自分を信じられたらよかったんだ。自分の立場を気にしすぎていた。でも、ぼくも自分を責めるのはやめるよ。いまは先へ進むときだ、母さん。ぼくたちはやっと先に進める！」キャメロンは母を抱いたまま、もう一度体をくるりと回転させた。

「やめて、キャム。めまいがしてしまうわ！」

彼は母の頬にキスをした。「もう寝たほうがいいよ、母さん。明日は引っ越しの準備やら何やらで忙しいからね。ここの土地を明け渡すという手紙を公爵家に送らなくてはいけないし、それとアーノルドに仕事がなくなることを教えてやらないといけない。もう渡してある来月分の給金は、餞別として受け取ってほしいと伝えてくれ」

「アーノルドにはあなたから話してくれない？　人に悪い知らせを伝えるのは苦手なの」

「無理だよ。ぼくは明日、午前一〇時までにバースへ戻って、仕事を始めないといけないんだ」

「あら、だったら夜明けに起きなくてはだめね。あなたこそ、もう眠らなくちゃ」

「そうもいかない。これを読んでしまわないと」キャメロンは母にシェイクスピアの台本を見せた。「リーガル劇場の最初の劇だよ。夏至に上演が始まる舞台で、劇場独自の曲も必要なんだ」

「あと二週間しかないのね」

「ああ、でもミスター・ニューランドにはできると言った。必ずやってみせるよ」キャメロンは笑顔で言った。体中に生気がみなぎり、徹夜も問題なくできそうな気がしてくる。

「キャム……」

「心配ない。この機会は絶対に逃さないから」

「ええ、あなたならできるわ」

「ぼくの荷物を鞄にまとめてもらっていいかな？　明日からは戻れそうもないんだ。ここから通うのは難しいからね。だから母さんたちにも、今週中にバースへ移ってほしい」

「わかったわ。どうしましょう、急に考えることが増えてしまったわね」

「考えすぎはよくないよ。ぼくの鞄の用意ができたら、今夜はもうやすんでくれ。ぼくもこの台本を読み終わったらすぐに寝る。明日、バースへ戻る前に少しでも眠っておきたいから」キャメロンは小さな家の中を見まわした。「これがここでの最後の夜になるなんて、ちょっと信じられないな」

「ええ、わかるわ。あなたは生まれてからずっとこの家にいたんですもの」

「新しい屋敷を楽しみにしていてくれ。きっと母さんも気に入るよ」

「そうでしょうね。お茶はいる？」

「いいや、大丈夫。一時間か二時間もあれば読めると思うから、終わったらぼくもそのまま寝るよ」


　午前中のニューランドとの話し合いはうまくいった。キャメロンは絶対に作曲の調子を落とすまいとかたく決意し、自分の部屋の席についた。机はがっしりした桜材で作られていて、そのうしろにある贅沢（ぜいたく）な革張りの椅子は座り心地もいい。室内にはニューランドがキャメロンのために運ばせたピアノが置かれ、彼自身が持ち込んだギターもあった。じきに頭に音符と和音が浮かびはじめ、数時間後にまずまずの出だしだと実感できたところで、昼食のための休憩を取り、街をしばらく散策することにした。その途中でふと思い立って家具店に入り、貴重な金のうち一〇ポンドを使って、寝室に置く家具をひとそろえ買い込んだ。今夜、床で眠るわけにもいかないので、このくらいの出費はしかたない。買ったのは四柱式のなかなか豪華なマホガニー材のベッドと、その脇に置く小さなテーブルがふたつ、背の高い戸棚とテーブル型の戸棚、そしてサテンのシーツに上掛けだ。夜、屋敷へ戻る前にすべての品が届くよう手配し、それから近くの食堂でローストチキンを食べて劇場に戻った。仕事を再開してから一時間ほどすると、ニューランドが部屋にやってきた。

「プライス、舞台で通し稽古を始めるぞ。見ておけば、きみの仕事に役立つはずだ」

「いいですね。こちらの出だしもいい感じだと思います。舞台で実際の演出を見れば、方向性が正しいかどうか確認できる」

「よし、行こう」

キャメロンはニューランドのあとに続いて客席に入り、最前列に座っていた演出担当のミルトン・トレントンの隣に腰をおろした。通し稽古のあいだ、トレントンがずっと何かを紙に書きつづけていて、はじめのうちこそ気になってしかたなかったが、じきにキャメロンはシェイクスピアの神秘的な森で繰り広げられる幻想的な世界に入り込んでいった。ニューランドの役は妖精のパックだ。彼は赤褐色の髪に茶色の目をした長身の二枚目にもかかわらず、その演技力でもって、いたずら好きなロビン・グッドフェローを問題なく演じきっている。このひとときは、それまで劇場に足を踏み入れたことのないキャメロンにとって、とても楽しいものだった。あくまでも通し稽古であり、衣装を着て行うリハーサルですらなかったが、それでも舞台上の役者たちの演技は彼を存分に魅了した。

この仕事を好きになれそうだ。

ニューランドのひとり語りで劇が終了すると、キャメロンは大きな拍手を送り、それから客席を出て自分の部屋に戻った。たったいま見てきた劇の印象にもとづいて、曲にいくつかの変更を加えなくてはならない。椅子に座って楽譜を書き、その合間にギターをつまびいて音を確かめる。

数時間後、ニューランドがドアからひょっこり顔を出した。「まだいたのか」

「はい。そういえば、何時になりました？」

「七時前だ。今日はどうだった？」

「よかったと思います。ここまでにできた分を聴きますか？」

「明日にしよう。わたしも疲れた。家まで送っていこうか？」

「もう少し仕事を進めたいのですが」

「根を詰めすぎだ。まだ初日だぞ。さあ、行こう。今夜はこっちの屋敷に泊まるんだろう？」

「ええ、母と妹たちも今週中にこちらへ来ます」

「食べるものはちゃんと用意したか？」

「自分の寝室に置く家具だけは買いましたが、あとはまだです。時間がなくて」

「では、厨房にはまだ何もないんだな？」

「残念ながら。昼食も外ですませました」

「それなら、わたしの家で夕食をとっていけばいい。うちの料理人は一流なんだ」

「そんなご迷惑はかけられませんよ」

「何が迷惑なものか。プライス、実はわたしの妹が来ているんだ。きっと楽しいぞ」

なんと、ニューランドは妹を紹介するつもりだ。キャメロンは気が進まなかったが、雇われの身で、雇い主の招待を無下にできない。

「では、お邪魔させてもらいます、ニューランド。お宅はここから遠いのですか？」

「馬車で三〇分といったところだ。きみの家から数ブロックしか離れていないよ。その気になれば歩いて帰れる」

「わかりました。では、行きましょう」

ニューランドの屋敷は、広さがキャメロンの借りた屋敷の三倍ほどもあった。「ここにはどれくらい住んでいるんですか？」彼は尋ねた。

「おおよそ五年になる。その前はきみに貸した屋敷に住んでいた。移る余裕ができたあとも、ずいぶん長いあいだあそこで暮らしていたよ。金は慎重に使うべきだと思っていたからね。わたしは貧しい環境で育ったんだ。身についた習慣は、ちょっとやそっとで消えるものではない」

「わかります。あの屋敷はずっと空いたままだったんですか？」

「空いていたのはひと月くらいかな。きみの前に貸していた一家がブリストルに移ってね」

「ちょうど借りられて幸運でした」

「そうだな。ときに、時機がすべてを決してしまうこともある」ニューランドが帽子を執事に渡しながら同意する。「ちょうどイヴリンが来た。イヴリン、ミスター・キャメロン・プライスを紹介しよう。話していた新しい作曲家だ。プライス、こちらはわたしの妹で、イヴリン・ニューランド」

「はじめまして、ミス・ニューランド」キャメロンはお辞儀をした。

「はじめまして」イヴリンが輝くばかりの笑みを浮かべる。赤褐色の髪と濃い茶色の目をした、とても魅力的な女性だ。

イヴリンの背丈はふつうだろうが、キャメロンの目には低すぎるように映った。もちろん、背の高いローズと比べてしまったからだ。この先に出会う女性は、みなローズと比較して物足りなさを感じるに違いない。これはきっと永遠に解けない呪いのようなものなのだろう。このまま一生、独身でいつづけるのがぼくの運命なのかもしれない。

「今夜は料理人が得意料理のコッコーヴァンを作りましたのよ」イヴリンが話している。

「きっとお気に召していただけるわ、ミスター・プライス」

キャメロンは咳払いをした。コッコーヴァン？　たぶんフランスの料理だ。「そうでしょうね」脳や胃を調理したものでないよう祈りつつ、相づちを打った。フランス人というのは、とかく変わったものを食べたがる。

結局、コッコーヴァンはチキンを赤ワインで煮込んだ料理で、たしかにすばらしい味だった。一緒に出てきたのはバターであえたインゲン豆とクリームをかけたペポカボチャ、そしてパセリを添えたジャガイモだ。そのあとには果物とチーズをのせたトレイがやってきて、さらにデザートにはココナッツケーキが出た。ニューランドの妹はとても話好きで、キャメロンもしばらくぶりに笑顔を見せ、声をあげて笑った。最後まで残っていたデザートの皿がさげられたところで、ニューランドが立ちあがった。

「ワインはどうだ、プライス?」

「もちろんです」キャメロンも立ちあがる。

「ご両人、わたしもこれでさがらせていただくわ」

「すてきな方ですね」イヴリンが退出したあと、キャメロンは言った。

「ああ、イヴィーはすばらしい女性だよ。さあ、喫煙室でワインをいただくとしよう」

ニューランドがキャメロンの前を歩き、明らかに男性的な装飾が施された贅沢な部屋の中へといざなっていく。

「狩りをするのですか?」暖炉の上の壁に飾られたシカの頭に気づき、キャメロンはきいた。

「まさか」ニューランドが答える。「そんな時間がどこにある? ただの飾りだよ。狩猟は貴族がするものだ」

キャメロンはうなずいた。考えてみれば当然だ。もう愚かなまねはするまいと決意をかため、これまで葉巻など吸ったこともなかったが、ニューランドが差し出した葉巻入れから一本手にする。ニューランドにならって先端を噛みちぎり、火をつけてもらって小さく煙を吐き出すと、苦い味が口の中に広がった。煙が喉に入ってゴホゴホと咳き込んでしまい、世の男たちがなぜこんなものを吸いたがるのかといぶかった。

「プライス、大丈夫か？」ニューランドが尋ねる。

「もちろん大丈夫です」

「葉巻を吸うのははじめてか？」

「違いますとも」キャメロンは見栄を張ったが、すぐに言い直した。「ええ、実はそうなんです」

ニューランドが大声で笑う。「わたしも最初はそうだった。そのうち慣れるよ。劇場の客とうまくやりたければ、慣れるしかない」

「〝劇場の客〟とはどういう意味です？」

「劇場はそれだけでは立ちゆかない。わたしは劇団を成功させたいと思っているが、いい評価と入場券の売り上げだけではとても足りないんだ。わたしたちはパトロンに依存せざるをえない」

キャメロンはうなずいた。「結局のところ、ぼくを雇ったのもライブルック公爵の機嫌を取るためだったのですね」

「それもある。だが、きみの才能を認めたからでもあるぞ」

「劇場の客に関するぼくの責任は、どんなものになるんです?」

「きみの責任は、劇団のためにすばらしい、記憶に残る音楽を作ることにある」

「それから?」

「それだけさ。とはいえ、わたしがパトロンたちのために開く集まりには顔を出してもらいたい。たくさんの人がきみに会いたがるだろうからね」

「パトロンの大半は女性なのでは?」

「女性もいる」ニューランドが答える。「そうか、きみの言いたいことがわかったぞ」彼はくっくっと笑い、さらに言葉を続けた。「きみの男性的な魅力を劇場の利益のために使えとは言わないよ。もっとも、支援してくれるレディたちの魅力を目の当たりにすれば、そんなささいな考えは意識から消し飛ぶかもしれないが」

キャメロンは微笑んだ。「あなたの気分を害するつもりできいたわけではありません。わかってください、ニューランド」

「気にしてないよ。わたしの最初のパトロン、レディ・デンビーはそうしたことをいっさい求めなかった。信じるかどうかは勝手だが、あの方の関心は純粋に他人のために何ができるかという一点にあったんだ」ニューランドが声をあげて笑う。「それに当時すでに六〇歳を超えていて、わたしは一九歳だったということもあるかな。いくらわたしがその方面で血気盛んだといっても、さすがに年の差が大きすぎた」

キャメロンの口からも笑いがもれる。「なるほど」

「わたしは聖人とはほど遠い人間だ。だが、劇場への寄付を引き出そうとして裕福なご婦人方に――どう言えばいいかな、奉仕することを習慣にはしなかった。それは信じてくれていい」ニューランドが含み笑いをはさんで続ける。「いつも、まったく違う目的のために奉仕しているだけだ」

ふたりはそれからも笑い話を続けた。ワインは極上で、葉巻も一本吸い終わる頃までには、キャメロンもいい味かもしれないと思えるようになった。もしこれが上流社会の生活だというなら、彼としてはまったくやぶさかでない。

「お邪魔いたします、ミスター・ラーソンが面会を求めておいでです」

「くそったれが」ドーランス・アダムスはベッドをともにしている娼婦から身を離し、使用人の声がしたほうへ顔を向けた。「少し待っていられなかったのか？　それにノックくらいはするものだ」まだ高ぶっている男性の象徴をズボンに押し込み、うめくように言う。

「申し訳ございません。ドアは叩いたのですが、お返事がなかったもので。それにミスター・ラーソンが重要だと判断したお話であれば、何を置いても呼びに来るようにと常々おっしゃられているではありませんか。本日の用件はとても重要だそうです」

「ああ、わかった」ドーランスは身ぶりで娼婦を追い払った。「すぐ階下に行く」ズボンを直したが、分身は依然として満足せずにかたいままだ。意志の力で落ち着かさねば……少なくとも、落ち着かせようとするくらいはしなくてはならない。

数分後、ドーランスは居間で、もう数十年にわたって彼から賄賂を受け取っている警官のラーソンと会った。

「いったいなんの用だ、ラーソン？」

「すまないな、アダムス。だが、きみが興味を持ちそうな情報がある」

ドーランスは椅子に座り、ラーソンにも座るよう身ぶりで示した。「では聞こうか」

「昨日、バースで一日中仕事を探している男がいたと情報屋から連絡があった。手当たりしだいに名刺を残していたそうだ」ラーソンが一枚の名刺をドーランスに手渡す。

「いったいなんだって、このわたしがそんなことに――」ドーランスは目を大きく見開き、ぐっと身を乗り出した。名刺にはたしかに〝キャメロン・プライス〟と書かれている。だが、彼はすぐに自分を取り戻し、首を横に振った。「ありふれた名前だ。これだけでは何もわからん」

「わたしも最初はそう思った。だがその若い男の特徴は、例の婚外子とその父親に合致している。黒髪と銀灰色の目だ」

「ありえない。あの婚外子はもう何十年も前に殺されたはずだ」

ラーソンが咳払いをする。「たしかに、あれだけの暴行を受けて生きていたとは思えないな」

「では、なんだというんだ？」

「断言はできないが、彼に子どもがいたかもしれないということさ。できる限り調べてみるよ。きみに知らせておこうと思ってね」ラーソンはうなずいて部屋から出ていった。

「なんてことだ」ドーランスは押し殺した声でつぶやいた。「まったく、どいつもこいつも地獄に落ちればいい」

11

週の終わりも近いその日、ローズは真実を知ろうと決意し、リリーの馬車を用意させてプライスの家へ向かった。一週間は距離を置いていたのだが、キャメロンの母親の言葉がどうしても頭から離れない。近づくなという彼女の意思を尊重するつもりであっても、やはり知らずにはいられなかった。わたしはキャメロンに愛されているのだろうか？　ミセス・プライスはそうだと言ったも同然だけれど、彼自身ははっきりと否定している。

ただキャメロンは先週、彼女に愛と情熱のこもったキスをした。一方で、エヴァンはいつ結婚を申し込んできてもおかしくはない。求婚されたときの態度を決める前に、キャメロンの本当の気持ちを確かめなくては。

馬車がキャメロンの小さな家の前に停まると、ローズの胸の中で心臓が暴れはじめた。強くなるよう自分に言い聞かせながら、リリーの御者の手を借りて馬車からおりる。彼女は大きく深呼吸し、もう来ないでほしいときっぱり告げたキャメロンの母親との対決に備えた。ドアの前に立ち、ためらいがちにノックする。

返事がない。さらに強くドアを叩いた。

またしても返事はなかった。ドアが少しだけ開いていたので、思いきって押し開き、ローズは家の中に入った。「ミセス・プライス？　キャメロン？」

狭い玄関から居間へ入り、衝撃にはっと息をのむ。家はもぬけの殻だった。居間の隅にあった壊れかけの椅子も、使い古した錦織の布張りのソファも、古いピアノもなくなっている。あわててほかの部屋も確かめたが、すべてがなくなっていた。裏口のドアから外に出て、手伝い人用の小屋へと向かう。浴槽も、ベッド脇の小さなテーブルも、メインのテーブルと椅子もみんな消えていた。けれどもローズとキャメロンが体を重ねたベッドだけは、上掛けが乱れたまま放置されている。

ローズはベッドに歩み寄って腰をおろした。上掛けを顔に押し当てて息を吸い込むと、キャメロンのにおいがまだ残っていた。ゆっくりとベッドに横たわって、彼の香りに身を浸す。彼はこのベッドだけを持っていかずに置き去りにした。

キャメロンはわたしを置き去りにしたのだ。

枕に顔をうずめ、ローズは泣いた。

何分か経ったあと、ベッドから立ちあがり、上掛けをていねいにたたんだ。キャメロンとともに過ごした時間の思い出に、持って帰るのもいいだろう。でもキャメロンがこのベッドを望まなかったのは、ローズ自身も彼にとってはなんの意味もなかったという証拠だ。彼の母親は間違っていた。ローズはたたんだ上掛けをベッドに放り投げて目と鼻をぬぐい、大きなため息をついた。

やはり置いていこう。キャメロンと、彼と分かち合った思い出に別れを告げるときがやってきたのだ。これから先は自分の人生を生きていかなくてはならない。

エヴァンに求婚されたら受け入れよう。ローズはそう心を決めた。


驚いたことに、ローズがローレル・リッジへ戻ると、そこにはエヴァンの馬車が停まっていた。たしかに今日は金曜日だが、エヴァンと彼の父親がやってくるのは午後遅くのはずだ。彼女は馬車をおり、屋敷内へと急いだ。目が赤く腫れ、頬に涙の跡が残っているのがわかっていたからだ。エヴァンに会わないように願いつつ階段の近くまで走ったところで、ルーシーにぶつかってしまった。

「あら、ローズ。何をそんなに急いでいるの？」ルーシーが目を見開く。「何かあったの？」

「失礼しました、ルーシーおば様。ちゃんと前を見ていなくて」そう答えたローズの目から、涙がぽろぽろとこぼれ落ちた。

「ローズ、わたしと一緒に来なさい」ルーシーは彼女を北棟の三階にある自室へと連れていった。呼び鈴を鳴らして紅茶の用意をさせてからローズを上等なヴェルヴェット張りのソファに座らせ、彼女の手を取る。

「さて、いったい何が起きているのかしら？」

むせび泣いていたローズはしゃくりあげた。「誰かに……話したい」なおもしくしくと泣きながら、言葉をつないでいく。「いつもはリリーに話すんですけど、いまはいなくて……

わたし……もうどうしていいかわからない！」

「かわいそうに」

ルーシーが立ちあがった。大きなハンカチと濡らした布を持ってきて、やさしくローズの顔をぬぐう。けれどもキャメロンの顔をぬぐったことを思い出してしまったローズは、いっそう涙に暮れるばかりだった。

「大丈夫よ。話ならわたしが聞いてあげる。それともアイリスかいとこたちを呼んでくる？」

「いいえ、呼ばないで。この話はルーシーおば様に聞いていただくのが一番いいかもしれません」

「わたしにできることならなんでもするわ」ルーシーがふたたびローズの鼻にハンカチをあてがった。

ドアをノックする音がして、紅茶のトレイが運ばれてきた。

「あなたは甘くしたほうがいいのかしら？」

「はい、少しだけ」ローズは洟をすすって答えた。

ルーシーがローズの紅茶をいれる。「はい、どうぞ」続けて自分の分を注ぎながら、彼女は言った。「どうしてそんなに動揺しているの？」

「何から話せばいいのかもわかりません」

「最初から話してくれればいいわ」

「わたしは……わたしは……恋に落ちてしまったんです、ルーシーおば様」

「エヴァン卿に？」

「いいえ、エヴァンではありません。そうならどれだけよかったか。相手がエヴァンなら、わたしの人生はずっと簡単でした」

ルーシーが穏やかに微笑んだ。「愛が簡単だなんてことはめったにないわ。信じてくれて結構よ。わたしにはわかるの」

ローズは咳払いをし、音をたててハンカチで洟をかんだ。「その……詮索するつもりはないんですけれど……ルーシーおば様は昔、スコットランドの船乗りと恋に落ちたとアイリスおば様から聞きました」

「彼はアイルランドの人だったわ。ええ、そうね、わたしは彼と真剣な恋をした」

「どうやって出会ったんですか？」

「わたしがまだ一七歳だった頃、彼は陸での休暇中で、ロンドンにあるわたしたちの屋敷の隣に住んでいたおじ夫婦のもとを訪ねていたの。ああ、本当にすてきだったのよ。豊かな赤い髪に、彫刻が嫉妬するのではないかと思うくらい精悍な顔をしていてね。わたしたちはすぐにお互いを意識するようになって、彼の休暇の一カ月間というもの、ほぼ毎日一緒にいたわ」

「すてきなお話ですね」

「そうですとも。もちろん両親はわたしたちの関係を喜んではくれなかったわ。うちの家族は貴族ではないの。わたしの父は立身出世し、この国と外国で事業を展開する商売人だった。

たくさんの貴族の領地管理を手伝って、忠告を当てにされてもいたのよ。そんな父だったから、娘たちには貴族との結婚を望んでいたわ。そしてマギーはその望みをかなえたの」

「おば様の想い人の身にいったい何があったんですか？　おば様の――彼の名前は？」

「ノーランよ。ノーラン・オブライエン」ルーシーの顔に笑みが浮かぶ。「父は悔しがっていたけれど、結局、彼とわたしは婚約したの。それからノーランは海に戻っていった。わたしは一日おきに彼へ手紙を書いたわ」彼女は立ちあがって別の部屋に行き、赤いリボンで束ねてある手紙を持って戻ってきた。いかにも古そうな手紙で、羊皮紙は色あせて茶色くなっている。「彼からもらった手紙は全部取ってあるのよ。いまでもたまに読み返すわ」ため息をつき、さらに言葉を続ける。「数カ月後、わたしが一八になってすぐ、彼が海で亡くなったという知らせが届いたの」ルーシーの目の端にはうっすらと涙がにじんでいる。

「悲しいお話ですね。お気の毒に、ルーシーおば様」

「もう三五年も前の出来事よ」

「どうしてそのあと結婚なさらなかったの？　おば様ほど美しい方なら、何度も求婚されたでしょうに」

「何度かはあるわ。ノーランが亡くなってひと月ほど経った頃にマギーが公爵と婚約して、その一週間後に結婚したの。わたしのノーランへの思いを知っている父とは、一緒に暮らしたくなかった。そこでマギーがわたしをここに連れてきてくれたのよ。マギーの子どもたちが小さかった最初の何年かは、公爵夫妻はよく祝い事をしたり、ハウスパーティーを開いたりしていたわ。わたしも互いに想いを寄せ合える若い伯爵と出会ったりもした。彼と結婚しようかとも思ったけれど、結局はできなかったわ。ノーランに感じたような気持ちになれなかったから。その数年後には、奥方と死に別れた子爵におつき合いを申し込まれた。とてもすばらしい紳士で、わたしにとっても大切な人だったのよ。でも愛してはいなかったから、うまくいかなかったわ」ルーシーが目を閉じる。「過去を振り返るなんて、愚かなことなのかもしれないわね。ふたりのうち、どちらとでも幸せな人生を送れたかもしれないのに。子どもだって持てたかもしれないわ」

「どうして結婚してみようと思わなかったんですか？」

「ノーランに対して感じた気持ちに届かない相手とは、どうしても結婚できなかったの」

「わかります」ローズはすぐに返した。「ええ、本当に」

「それでも、わたしは恵まれた人生だと思っているわ。マギーも公爵もわたしを家族として扱ってくれるし、ダニエルやモーガンともすばらしい関係を築けたんですもの。ふたりはわたしにとって、わが子も同然よ」

ローズは隣に座る美しい女性に微笑みかけた。五二歳になったいまも、ゆっくりと白に変わりつつある淡い金色の髪と、きらきら輝く緑色の瞳をしたルシンダ・ランドンの美貌は衰えていない。そして人を安心させる資質という点では、ほかに並ぶ者が思いつかないほどだった。一瞬、ローズの頭にいまから三〇年後、ルーシーと同じ立場になった自分の姿が浮かんだ。永遠にたったひとつの真実の恋に焦がれ、独り者のローズおば様としてリリーとダニエルと一緒に暮らしている姿だ。

もちろん、ふたりの状況には大きな違いがある。ノーランはルーシーとの別離を望んではいなかった。亡くなってしまったのだ。一方で、キャメロンはわざとローズを置いて去った。彼女が慰めとなる恋文の束を手にすることもないだろう。

「つらいのね」ルーシーがローズを抱きしめた。「何があったのか話したい?」

「ええ」ローズは泣きながら言った。「誰かに話さないと」言葉を切って、もう一度洟をかむ。「でも、絶対に誰にも言わないでください」

「もちろん言わないわ。それはあなたもわかっているでしょう」

「おば様も――」洟をすすりながら切り出す。「ミスター・プライスをご存じですよね?《リリーのワルツ》を作曲した人です」

「ええ、知っていますとも。とても感じのいい魅力的な男性だと思うわ」

「そうなんです。それとも、そう見えたと言ったほうがいいのかしら? わたしにはわかりません。彼は平民だから、わたしとは身分が違います。一緒にリリーのためのワルツに取り組んでいたとき、向こうからはっきりと言われました。わたしは彼より身分が上の、お高くとまった上流階級のお嬢様だと。それでもわたしたちは惹かれ合っていたんです。リリーたちの結婚を祝う舞踏会のときに、彼の気持ちを知りました。あの人は少しお酒を飲んでいて、わたしと踊りたがっていた。彼の腕に抱かれる感触は、いままでに体験した何よりもすばらしかったわ」

「続けて」

「彼とわたしは……その……ああ、もう耐えられない！」

ルーシーがローズを抱く腕に力をこめ、背中を撫でた。「いいのよ。何も心配はいらないわ」

「わたし……彼を愛しているんです。あの人もわたしを愛してくれていると思っていました。少なくとも、彼はそう言ってくれた。でも嘘だったんです、ルーシーおば様。嘘だったから、わたし……わたしは……」

「いい子ね、もうそれ以上は言わなくてもいいわ」

ローズは激しくむせび泣いた。「愛していると言ったのに……」

「残念だこと」

「わたしはあの人にすべてを捧げたんです。体も、愛も、魂も。彼と一緒なら、どこで暮らしてもやっていける。どんなみすぼらしいところだって平気です。平民でも領民でも、なんでもいい。料理も掃除も全部覚えて、彼の面倒を見たかった。わたしは……」ルーシーに抱かれたローズの体はぶるぶると震えた。

「ああ、かわいそうに」ルーシーが慰めの言葉をかける。「キャメロンがあなたにこんなことをするなんて信じられないわ。わたしはあの子を赤ん坊の頃から知っているの。父親はよく働く立派な人だったし、母親は頭がよくて強い女性よ。いい両親なの。その息子にこんなことができるなんて……。いいえ、わたしにだって人を見誤った経験はあったわね。ローズ、彼にはあなたが思い悩むほどの価値はないわ」

「ああ、それがあるんです。彼は本当にすばらしい人なの。彼の作る音楽はわたしの心に深く入り込んできます。ピアノで弾くと、彼の魂が指から流れ込んでくるのが感じられるの。ものすごい才能です。彼となら、どこへでも行きます。一緒にいるためなら、なんだってするわ」

「ええ、わかるわ」

「ルーシーおば様、おば様とノーランは、その……わかるでしょう？」

ルーシーが穏やかな笑みを浮かべた。「これは誰にも、マギーにも話したことはないけれど、ええ、あるわよ。二回ね」

「後悔しました？」

「いいえ」

「わたしも後悔はしていません。自分で選んだことだし、彼が欲しいと思ったのだから」またしても涙が目からあふれた。「彼に会いたい。いつになったら、この傷が痛まなくなるのかしら？」

「痛みはじきに消えるわ。そういうものよ」

「ただ……彼は真剣だと、誓ってもいいほどに思ったんです。口にした言葉も、言い方も……いいえ、見通せなかったわたしが初心(うぶ)で単純だったのね。きっとそうだわ」

「あなたのせいじゃないわ」

「わたしもそう思います。だから自分を責めるつもりはありません。彼を責めるつもりもない。ただ……まだ愛しているの」

「わかっているわ」

「わたし、心からあの人を愛しているんです。すべてを捧げたのに——」頭がくらくらしてきて、ローズは胃のあたりを押さえた。「だめだわ。気分が悪くなってきたみたい」

ルーシーがあわてて洗面器を取ってきて、ローズはその中にもどした。ルーシーが彼女の髪を整え、濡れた布でやさしく口をぬぐう。

「かわいそうに」ルーシーは洗面器を片づけ、戻ってきて言った。「気分はよくなった?」

「はい。わたし、いったいどうしてしまったのかしら」

「動揺しているのよ。誰だって見ればわかるわ。感情というのはね、体に影響を及ぼすものなの。落ち着きなさい。きっと大丈夫だから」

ローズはうなずいた。「でも、エヴァンのこともあるんです。彼は親切でやさしくて、わたしを気にかけてくれている。わたしも彼を大切に思っています。彼はきっとわたしに結婚を申し込むつもりだわ。だけど、わたしは彼を愛してはいないし、彼もわたしを愛しているかどうか疑問です」

「うまくいっている結婚だって、愛情以外の美徳の上に成立している場合は多いのよ」

「わかっています。でも、おば様はそれをよしとしなかったのでしょう?」

「わたしがそうでも、そんな結婚をしている人はたくさんいるわ。それで後悔していない人もね」

「ええ、そうですね」ローズはいったん黙り込み、それから続けた。「キャメロンはわたしを愛していません。現に、わたしを置いてどこかへ行ってしまいました。一家でこの土地から出ていってしまった。今日、彼のところに行ってみたんです。彼のお母様にキャメロンがわたしを愛していると言われたから、本当かどうか確かめたくて。でも、誰もいなかった。どこへ行ってしまったのか見当もつかないわ。こんな扱いを受けたというのに、それでも彼に二度と会えないと思うと、もう耐えられない気持ちになるんです」

「わかるわ」

「でも、エヴァンが……ああ、どうしたらいいの？　彼がここに来ているんです、おば様。戻ってきたときに馬車を見かけました」

「ええ、少し前に到着したわ。ブライトン卿は晩餐の時間にいらっしゃるそうよ」

「つまり、わたしは何もなかったふりをしてエヴァンに会わないといけないんですね。それに……彼を受け入れる気になっていたのに、おば様とノーランの話を聞いたら、どうしたらいいかわからなくなってしまって」

ルーシーが両腕に抱いたローズの体をやさしく揺すった。「いまはエヴァンのことも心配しなくていいわ。わたしがあなたの面倒を見てあげるから。しばらくここで横になって、休みなさい。それからわたしのメイドを呼んで、髪を整えてもらいましょう。その気になるまで、エヴァンに会う必要はないのよ」

「その気になれるかどうか、わかりません」

「なれるわよ。痛みは時間が経てば消えていくものなの。誓ってもいいわ。さあ、行きましょう」ルーシーが立ちあがり、ローズが立つのに手を貸す。それから彼女を自分の寝室へといざない、ドレスとコルセットをゆるめてくれた。「さあ、横になりなさい。二時間後にメイドが来るよう指示しておくわ」


ローズは昼寝を終えて着替えをすませたあと応接室へおりていき、エヴァンに会った。

「ごきげんよう、ローズ」

「エヴァン、早かったのね。お出迎えできなくてごめんなさい。お父様とご一緒なの?」

「いいや。父は仕事があってね。でも、晩餐には間に合うはずだ」

「お父様の結婚に対して気持ちの整理はついた?」

「目下、努力中だよ。ともあれ、その話をしに来たわけじゃないんだ。いま、少しいいかな?」

「もちろん」

エヴァンはローズを音楽室へ連れていき、そこに置いてあった赤いバラの花束を渡した。

「まあ、すてきだわ」彼女はいくらか大げさに言った。

「バラはまだ手始めだよ。こっちに来てくれ」エヴァンは彼女をグランドピアノの前へといざなった。「ぼくのために弾いてもらいたい曲があるんだ」

ローズはクッション付きの椅子に腰かけ、開いて置いてある楽譜に目をやった。見覚えのある音符の並びだ。演奏を始めてすぐ、心地よい旋律が頭によみがえってきた。キャメロンの家で楽譜を見つけ、少し調子がはずれたピアノで弾いたのと同じ曲。完成した曲はすばらしく、グランドピアノで紡ぎ出される音の流れはこのうえなく美しい。弾いているうちに、鍵盤の上で指を躍らせる彼女の目は涙でかすんでいった。

それはローズのための曲だった。彼女とキャメロンが愛を交わす姿が、鍵盤から浮かびあがってくるかのようだ。あまりにも明瞭なその姿がエヴァンの目にも見えている気がして、ローズは頰を赤らめた。

「とてもきれいな曲ね、エヴァン」

「ああ。《さすらうローズ》という名だよ。きみのために書かせた」

ローズは目をつむって涙を押しとどめた。キャメロンが彼女のために書いた曲だ。いいえ、違う。キャメロンはエヴァンに依頼されて彼女のための曲を作り、お金を受け取ったのだ。

それでもキャメロンが彼女の中に入り込んで魂から旋律を引き出したかのように、音楽が直接語りかけてくる。ローズは目を開けた。そんなものは幻想だ。彼は贈る対象と恋に落ちなくても曲を作れる。その証拠がリリーのために作曲したワルツだ。キャメロンは自分が恋に落ちることなく、この曲と同じくらいすてきで、リリーと彼女の愛するダニエルの心に訴える曲を書いた。

この曲だって、それと変わらない。ローズはすべてをのみ込んで心を閉ざした。

「とてもいい曲だわ、エヴァン。すてきな贈り物をありがとう」

「こっちに来てくれ」

エヴァンに手を引かれてピアノの椅子から立ちあがり、サテンの布張りのソファへと移る。腰をおろしたローズの前でエヴァンが膝をつき、彼女はため息をついた。次に何が起きるのかは明らかだ。

「ローズ、きみと知り合って二カ月、ぼくはきみを大切に思うようになった。もしきみがぼくの妻になってくれるなら、これほど名誉なことはない」エヴァンがポケットからダイヤモンドの指輪を取り出し、彼女の左手の薬指にはめる。

「エヴァン、光栄だわ。本当よ」ローズは指輪を見つめながら言った。少なくとも三カラットはありそうな、美しい指輪だ。

「それはつまり、承諾してくれたと思っていいのかな？」

「わたしは……その……あなたのことが好きよ」しどろもどろになりつつ、どうにか答える。

「でも、ひとつ知りたいの。あなたはわたしを……愛しているの？」

片膝をついていたエヴァンが立ちあがり、彼女の隣に腰をおろした。右手を握り、やさしく指をなぞりながら言う。「ぼくはきみをとても大切に思っているよ、ローズ。でも、愛しているかって？　きみに嘘はつきたくないからはっきり言おう。正直に言って、愛しているかどうかはわからない。もしかしたらそうなのかもしれないとは思うがね。とにかく、ぼくはきみをいままでに出会った誰よりも大切に思っている」

ローズはため息をついた。「わたしを愛しているなら、そうとわかるはずだわ」

「きみはぼくを愛しているのかい？」

「いいえ、エヴァン。愛していればいいのに、と心から思っているわ」

「きみだってあいまいじゃないか。なぜ、ぼくがきみを愛していれば、そうとわかると断言できるんだ？」

わたしはほかの人を愛しているからよ。ローズはそう内心でつぶやき、それから嘘を告げた。「姉が言っていたの。はっきりと言葉にできるようなものではないけれど、それが起きればわかるって。あなたはきっと、まだ誰も愛したことがないのよ」

「たしかにそうかもしれない」エヴァンがローズの手をもてあそぶ。「だが、きみのことは大切に思っている。魅力を感じるし、きみが欲しいとも思う。そんなふうに思えない相手と結婚している人たちだって、世の中にはたくさんいるよ」

「そうね、知っているわ」

「だから、ぼくはきみに結婚を申し込んでいるんだ。ぼくたちはうまくいくよ、ローズ。きっと満足のいく生活が送れるに違いない。きみの望みはなんでもかなえると約束するし、きみと子どもたちに対して誠実でありつづけると誓う」

ローズは微笑んだ。エヴァンは本当に善良な人だ。だからこそ、傷つけたくない。

「わたしもうまくいくと思うわ。あなたが誠実でありつづけることも信じてる。あなたはとても魅力的で、頭のいい男性よ。あなたと一緒にいると、すごく楽しいの」

「だったら、このまま結婚してみるのが一番だと思わないか？」

「わたしもそうしようかと考えたわ。でもね、エヴァン、わたしは思ったの。わたしたちにはお互いに……もっとふさわしい道があるって」

「ふさわしいというと？」

ローズは彼の手をぎゅっと握りしめた。「愛を探すのよ、エヴァン」

エヴァンが彼女の手のひらを親指でなぞる。「そんなものは見つからないかもしれない」

「そうね、そうかもしれない。でもわたしたちのうち、どちらかが見つけたら？　たとえばわたしたちが結婚したとして、五年後にあなたが自分の半身のような女性と出会って、わたしのせいで一緒になれないとしたら、どう感じるかしら？　あなたは誠実な人だから、きっとわたしと別れられないわ」

「もちろん別れないさ」

「でも、心では別れを願うのよ」

「いいや、ぼくは――」

「あなたのご両親の結婚を考えてみて」

その言葉を聞いて、エヴァンは目をそらした。「ぼくの両親はいい結婚生活を送っていた」

「ええ。でも……考えてみてちょうだい。あなたはお父様とわたしのおばの関係について、どこまで知っているの？」

「何年も前に出会って……友人になった」

「ふたりが出会ったのは二〇年前よ、エヴァン。それにお友だちになったわけじゃない。恋に落ちたの。でもふたりとも愛していない相手と結婚していたから、一緒にはなれなかった」

「ぼくの母は立派な女性だったよ、ローズ。父にとっても、よき妻だった」

「わたしが聞いた話から察するに、すばらしい女性だったのでしょうね」ローズは同意した。

「あなたみたいな立派な息子を育ててあげたんですもの、その点は疑っていないわ」笑みを浮かべて、エヴァンの手を軽く叩く。「でも、あなたのお父様はお母様を愛してはいなかった。あなたも知っていたはずよ」

「ああ」彼がため息をつく。「たぶん知っていた」

「何年も前にアイリスおば様と出会って恋に落ちたとき、お父様はおば様と一緒になる自由はなかったし、おば様も同じ状況だったのよ。悲しい話だと思わない？」

「それでも、いまは一緒にいる」

「ええ、二〇年経ってやっと！」ローズはくすりと笑った。「あなたは真実の愛を成就させるまで、二〇年ものあいだ待ちたいと思う？」

「時間をかけて、きみとぼくのあいだで愛を育てていくのも可能だ。そういう形の結婚だってある」

「ええ、そうね。マギーおば様と先代の公爵閣下がそうだったと思うわ。わたしたちにも起きるかもしれない。わたしはあなたを尊敬しているし、一緒に過ごす時間も……キスだって喜んで受け入れた。だけど、それならお互いの愛が確認できるまで結婚を待つべきではないかしら？」

「ぼくはいまが結婚するときだと思っているんだよ、ローズ」

「あなたはまだ二六歳よ。わたしの兄は二八歳だけれど、まだ結婚していないわ。公爵閣下だって三二歳でついこのあいだ結婚したばかりだし、あなたも急ぐ必要はないんじゃないかしら」

「父もぼくは結婚すべきだと思っている」

「本当に？　あなたのお父様こそ、愛を見つけるまで待つべきだと思っていそうだけれど」

「わかったよ」エヴァンが力ない笑い声をあげた。「父は何も言っていない。いまのは嘘だ」

「どうしてそんな嘘を？」

「どうしてかな。ぼくは自分が知る女性たちの中で、きみを一番気にかけている。真実の愛とは違うかもしれないが、それだって何かではあるはずだ」

「そうね。とてもすてきな何かだと思う。でも、わたしたちはまだ若いわ。焦る必要なんてないのよ」

「きみの言うとおりかもしれない」

ローズは薬指の指輪をはずし、エヴァンの手のひらに置いて握らせた。その手を上からそっと握る。「待ちましょう。もしあなたが望むなら、これからもふたりで会えるし、少し距離を置いて完璧な相手が現れるかどうか様子を見てもいいわ」

「きみは賢いな、ローズ」エヴァンが彼女の頰にキスをした。「きみと愛し合っていたら、どれだけよかったか」

「ああ、エヴァン。わたしもまったく同じ気持ちよ」ローズはそっと彼と唇を重ねた。心の中では、これがふたりの最後のキスになるとわかっていた。「あなたはいつか、誰かをとても幸せにするわ。その女性は本当に幸運だと思う」

「きみの愛を勝ち取る男が、いまからうらやましいよ」エヴァンは立ちあがり、彼女が立つのに手を貸した。「一緒にいられて楽しかった」

「わたしもよ」ローズは心から言った。「あなたはいつまでも大切なお友だちだわ、閣下」

「応接室で食前酒が出されているはずだ。エスコートさせてもらってもいいかな？」

「もちろんよ。喜んでご一緒するわ」

「あとで父に話すよ」エヴァンが歩きながら言う。「きみとぼくが結婚を……急がずにしばらく時間を置くことにしたと言っておく」

「ありがとう。あなたが気まずい立場にならないといいのだけれど」

「いいや。実際のところ、気分は……いいんだ」

「よかった。本当によかったわ」ローズは笑顔で、彼の端整な顔を見つめた。「あなたを傷つけたりしたら、わたしは自分が許せないもの」

エヴァンが笑みを返す。「ぼくなら大丈夫。寂しさは感じているがね」

「わたしも寂しいわ」彼女は本音をそのまま口にした。

ふたりは応接室に入り、ソフィーとアレクサンドラの姿を見つけた。

「レディ・ロンガリーがどこにいるか、きいてもいいかな？」エヴァンが尋ねる。

「あら、どうして？」答えたのはアレクサンドラだ。「また無礼なまねをするおつもり？」

「アリー！」ソフィーがアレクサンドラの腕をつかんだ。「閣下、母なら裏のテラスにいますわ」

「ありがとう」エヴァンが一礼してその場を去っていく。

「ローズ」アレクサンドラが声をかけた。「顔色がよくないわよ。気分でも悪いの？」

「今日は大変な一日だったの」ローズは答えた。「さっきまでは吐き気もあったわ。ただの気疲れよ」

「気疲れですって　何かあったの？」ソフィーがきいた。

ローズは深く息を吸い込んだ。いとこたちはキャメロンのことを知らないし、少なくともいまの段階では話したくない。でも、エヴァンの件については話さなくてはならないだろう。

「エヴァン卿とわたしは、おつき合いをやめることにしたの」

「ひどい人！」アレクサンドラが声をあげた。「この前はお母様の婚約に対してひどい態度を取って、今度はこれ？　いったいあの男は何をしたというの？」

「彼は何もしていないわ、アリー」ローズは言った。「ふたりでそう決めたの」

「ああ、ローズ、強がらなくていいのよ。あんな男をかばう必要もないわ」

「かばってなどいないわ。本当にふたりで出した結論なの。わたしたちは愛し合っていない。それだけよ」

「なんて愚かな人なのかしら」

「彼が愚かなら、わたしも愚かよ。ちゃんとふたりで話をして、わたしたちはまだ若いし、この先ほかに愛する人を見つけたときに互いを縛っている状態を作るのは間違いだという答えに達したの。彼のお父様とあなたたちのお母様を見ればわかるわ。ふたりは二〇年前に恋に落ちたのに、互いに相手がいたから一緒になれなかったのよ」

「あの方はそれを理解したの？」ソフィーが尋ねる。

「ええ、理解して同意してくれたわ」

「それなら、お母様への態度も少しは改めるのかしら」アレクサンドラが横から言う。「もっとも、わたしはそれを固唾をのんで見守るつもりもないけれど」

「アリー、あの方はわたしたちのお兄様になるのよ。軽く見るような言い方はいけないわ」ソフィーが戒めた。

「義理の兄よ、ソフィー。血のつながりはない。わたしに言わせれば、彼は無礼で不快なけだものよ。巨大な猛獣ね。たしかに見た目はいいけれど……」

「いいえ、彼は猛獣なんかじゃない」ローズは反論した。「とても名誉を重んじる人よ。わたしにはやさしくて親切だったし、これから寂しくなるわ」

「そんなにあの人が好きだと言うなら、あなたの決断はまるでわけがわからないわ」アレクサンドラがなおも食いさがる。「二番目の息子でしかないけれど、お金で苦労するようなことはないはずよ。猛獣とはいえ腹が立つくらい二枚目だし、あなたはあの人が好きなのよね？　結婚にそれ以上の何を望んでいるの？」

「わたしは愛が欲しいのよ、アリー」ローズはため息をついた。

「ローズ、リリーが愛する人を引き当てたからといって、わたしたち全員に同じカードがまわってくるとは限らないのよ？　むしろ、そんなことはめったに起こらないわ」

「じゃあ、あなたのお母様とブライトン卿は？」

「老いらくの恋というやつね」アレクサンドラはあきれ顔で、目をぐるりとまわしてみせた。

「まったく、結構なことだわ」

「アリー！」ソフィーが頭を振る。「お母様もブライトン卿も、人生で一番充実したときを迎えているのよ」

「一番充実したとき？　何を言っているのよ、ソフィー」アレクサンドラがくすくす笑う。

「あのふたりが夜に何をするか、想像すらできないわ」

「よしてちょうだい、アリー」ローズもつられて笑いながら言った。「そんなこと、誰のだって想像してはいけないわ」

「リリーと公爵閣下のほうが、ずっと想像しやすいわね」

「アレクサンドラ、いいかげんになさい」ソフィーがまたしてもたしなめた。

「ごめんなさい。でも、公爵閣下はたしかにとても魅力的ですもの。じきにわたしたちの義理の兄になる例の人も、傲慢な猛獣みたいだけれど魅力はあるわ。そこは認めざるをえないわね」

「アリー」ソフィーがさらに声をとがらせる。

「ブライトン卿だって魅力的だと思わない?」ローズはアレクサンドラに尋ねた。「実際、エヴァンによく似ていると思うわ。とてもすてきな年上の紳士という感じかしら」

「昔は宝石みたいにすてきな紳士だったに違いないわ」アレクサンドラが応える。「でも、もう六〇歳なのよ!」

「わたしたちだって、いずれそうなるのよ」ローズはやんわりと言い返した。「それでもブライトン卿はやっぱり魅力的だし、アイリスおば様だって、いまでもじゅうぶんすてきな女性だわ」

「わたしもそう思う」ソフィーが賛成した。「慣れるまでに何日か必要だったけれど、いまではふたりの結婚に心からわくわくしているわ」

「あら、それはわたしも同じよ」アレクサンドラが応じる。「何より、自分たちの土地に住めるようになるんですもの。エヴァンがいるにしても、いいことには変わりないわ。あの人の人柄は受けつけないけれど、少なくとも見ていて苦痛は感じないしね。なんといっても、外見は極上だから」

アイリスは近づいてくる足音のほうに顔を向けた。

「ごきげんよう」エヴァンが歩きながら言う。「いま、少しお話ができますか？」

「もちろんよ」アイリスは彼を部屋の隅へといざなった。「なんの話かしら？」

「先週末、あなたと父が婚約を発表したあとのぼくのふるまいを謝罪したいのです」

彼女はにっこりした。「そんな、謝る必要なんてないわ」

「いいえ、謝らせてください。ぼくは、父のあなたに対する思いの……深さに気づいていなかった。ぼくと母はとても親しくて……その……両親が生活に満足しているのは知っていましたが……一方で気づいてもいたのです。ふたりが……」エヴァンはうつむき、自分の靴を見つめた。「とにかく、すみませんでした、伯爵未亡人」

「アイリスと呼んでくれるとうれしいわ」

「そうですね……アイリス」

「エヴァン」彼女は切り出した。「わたしは、あなたのお母様の居場所を奪うつもりはこれっぽっちもないわ。あなたの心からも、お父様の心からもね。わたしはただ、あなたのお父様をとても愛していて、彼を幸せにするためにこの先の人生を生きていきたいだけなの」

「あなたはもう父を幸せにしていますよ」エヴァンが言った。「ぼくみたいな愚か者でも、そのくらいはわかります。ただ、あなたと父が分かち合っているものが、父と母のあいだにもあればよかったのにと思わずにいられないんです。母は愛されるに値する女性でした」

「そうね。でも、お父様はお母様を深く気にかけていたわ。傷つけることは決してなかった」

「わかっています」

「何より、お母様はお父様にあなたを授けたわ。お父様はあなたたちきょうだいを心から慈しんでいる。あなたたち三人の話ばかりしているときだって、よくあるのよ」

「それが本当なら、ぼくは父を失望させてしまうかもしれませんね」

「失望ですって？　どういうこと？」

「レディ・ローズとぼくは交際を……続けないことにしたのです」

「まあ。どうして？」

「ぼくたちは愛し合っていませんから」

「そうなの。でも、なぜそれがお父様を失望させると思うの？」

「ローズは……何よりアシュフォード家の娘なので」

「エヴァン、お父様が望んでいるのはあなたの幸せだけよ。あなたたちが愛し合っていないのなら、結婚しないという決断を誰よりも理解してくれるわ。そう思わない？」

「ローズも父ならわかってくれると言っていました」

「必ずわかってくれるわよ」アイリスは微笑んだ。

「ぶしつけなことを言ってすみませんが、その……アイリス、いまではぼくも父があなたを慕う理由がわかっているつもりです。この状況を完全に受け入れられるかどうかはわかりませんが、あなた方ふたりの幸せを心から願っています」

　アイリスはエヴァンの腕に触れた。「それ以上の望みなんてないわ。晩餐の前に少し歩きたい気分だし、そろそろ到着するデイヴィッドを正面のテラスで出迎えたいの。じきに継母になる女性を、そこまでエスコートしてくれるかしら？」

「喜んで」エヴァンが答え、ふたりは歩きだした。

12

キャメロンがザカリー――ザック・ニューランドの下で働きはじめて一週間が経った。キャメロンは初演の夜に必要な音楽を完成させ、ピアノのための複写も書き終えて、いまは客席に座り、役者と裏方たちが音楽と衣装のそろったはじめてのリハーサルを行う準備をしているのを眺めている。

初演の夜まで残すところあと一週間、彼にはまだやるべき仕事があった。今日のリハーサルが終われば演出と合わない楽譜の箇所を修正しなくてはいけないし、弦楽器のための複写も終わらせなくてはならない。そんなことを考えているうちに、つい大きなあくびが出た。絶対にニューランドを満足させると決意したキャメロンは、真夜中過ぎまで働き、夜明けとともに起きるという生活を続けている。この先の一週間、まったく眠れない日々が続こうとも、ようやく手にした機会を無駄にするわけにはいかなかった。

家族が屋敷に越してきたときには、キャメロンも報われた気がした。自分の部屋と、パトリシアと一緒に使う浴室を見たカトリーナなど、眼球が飛び出してしまうのではないかと心配になるほど目を見開いていたものだ。

その翌日には昼休みのあいだに劇場を出て、三人の寝室と応接室の家具、それから古いものと置き換えるピアノを買い、自分が着る新しい服もそろえた。農民の身なりでは、リーガル劇場の作曲家は務まらないからだ。多少の罪の意識を覚えたので、そのあとで母親に一〇ポンドを渡し、母自身と妹たちのために新しい服を買うようにと伝えた。手元の金は一〇〇ポンドを割ってしまったが、家賃は二カ月分払ってあるし、じきに二週間の仕事の報酬として五〇ポンド入ってくるはずだから、問題はないだろう。ニューランドはいまのところキャメロンの働きぶりに満足しているらしく、作曲家として劇場に残り、月々の収入が得られるようになることを疑う理由はなさそうだった。

その日の朝、キャメロンはメイドと家庭教師を今日中に決めるよう、母に強く伝えて屋敷を出た。料理は任せてほしいという母の意見は認めたものの、初演がすんだら母には内緒で料理人を雇うつもりだった。母はこれまで働きづめだったのだ。せめて残りの人生はゆったりと楽しんでほしい。

やがてキャメロンはリハーサルを見ることに没頭し、音楽の修正すべき点などを記していった。全体的にはわれながら満足のいく仕事ぶりだと思ったが、それでもリハーサルを終えたニューランドが近づいてきたときには、不安で胸がどきどきした。

「プライス」ニューランドが呼びかける。「どうだった？」

「いいと思います。ただ、第二幕の曲は旋律を少し修正するつもりです」

「わたしも全体としては劇によく合っていると思った。第二幕の修正についても、きみと同意見だな。あと、わたしの最後の独白の場面の曲を、もう少し弾むようにしてほしい。軽く空を跳ねる感じにしたほうがいいと思うんだ」

キャメロンはニューランドの意見を書き取った。「すぐにかかります。修正は明日には終わらせたいですね。今夜は弦楽器用の楽譜を完成させないといけないので、遅くなってしまいそうですが」

「今夜は仕事はなしだ、プライス。前もって言っておかなかったのは申し訳ないが、わたしの家で開く集まりにきみも参加してもらいたい。大金持ちのパトロンも何人か来るから、きみと引き合わせたいんだ」

キャメロンの胃がぐっと締めつけられた。仕事はまだたくさん残っている。パーティーで浮かれ騒ぐ気分になどなれるはずもない。「どうしても今日中に片づけたい作業なんです。上演まで、あと一週間しかないんですよ。早く曲が仕上がったほうが稽古も進みます」

「作曲はもうほぼ終わっているし、きみはすばらしい仕事をしてくれていると思っているよ。やはりきみを雇ったのは正解だった」

「ありがとうございます。満足してもらえてよかった。曲が完成すれば――」

「今夜はきみが必要なんだ、プライス。支援のために機嫌を取る必要のある大物が数人いるんだよ。もうひとり二枚目がいてくれると……助かる」

「その手の奉仕は不要だと言ったのはあなたですよ」

「ああ、言ったとも。ただし、集まりにはきみも顔を出してもらうとも言ったはずだ」

キャメロンはため息をついた。「ええ、たしかに言いましたね」

「では、わかってくれるな。仕事を切りあげて屋敷に帰るんだ。風呂に入って着替えてくるといい。九時きっかりにわたしの屋敷で会おう」

夜に出かけることを母親に謝ったあと、キャメロンはどこで音楽の教育を受けたのかときかれたらどう答えるかを自問しつつ、落ち着かない心境でザカリー・ニューランドの大きな屋敷までの三ブロックを歩いた。ニューランドは学歴について気にしていないらしく、少なくとも何も言わなかったが、キャメロンにとっては気が重くなる問題だ。

屋敷を出る前に、キャメロンは母に頼んで髪を切ってもらった。流行とは無関係に伸ばし放題だった長い髪は、いまや肩に触れる程度のつややかな黒髪に変貌している。夜会用の正装でかためた姿はいっぱしの劇場付きの作曲家のようで、実際そう見えることを祈るばかりだった。何しろ劇場のパトロンたちを感心させられなかったら、ようやく見つけた職を失うかもしれない身だ。

出迎えのニューランドの執事がキャメロンを大きな声で紹介すると、イヴリン・ニューランドが駆け寄ってきて、彼の腕を取った。

「ミスター・プライス」イヴリンが熱のこもった声で言う。「ザックもわたしも、あなたがいらしてとても喜んでいるのよ。お仕事の邪魔になっていないといいのだけれど……ザックが言っていたわ、あなたは懸命に仕事に打ち込んでいるって」

「邪魔だなんてとんでもないですよ、ミス・ニューランド。こちらこそ、来られてよかった」

「イヴィーよ。みんな、わたしをそう呼ぶわ」

「わかりました……イヴィー」

「一緒に来て。あなたに会いたがっている人がたくさんいるの」

会いたがっている人？　イヴリンに連れられて大きな応接室に入ると、そこではすでに到着していた客たちが集まって食前酒を飲んだり、給仕が持ってまわっているトレイから食べ物を取ったりしていた。「パメラ！　こっちよ！」イヴリンはそう言うと、キャメロンを魅力的な赤毛の女性の前へと連れていった。「このあいだから話している殿方をお連れしたわ。こちらがザックの新しい作曲家のキャメロン・プライス。ミスター・プライス、彼女はわたしの無二の親友、ミス・パメラ・ローズよ」

キャメロンは礼儀正しくお辞儀をしてから、パメラの手を取った。「お会いできて光栄です」

「まあ」パメラが大げさにまばたきをしながら言う。「あなたの言っていたとおりね。すてきな方だわ」

「わたし、見る目があるでしょう？」イヴリンが応えた。

首に巻いたクラヴァットが縛り首の縄のように感じられる。このふたりの女性は、彼を牛肉か何かみたいに値踏みしているのだ。数秒後、ニューランドがやってきて、キャメロンは心から安堵した。

「プライス」ニューランドがさっそく切り出す。「一緒に来てくれ、会わせたい人たちがいるんだ」

やれやれ。キャメロンはニューランドのうしろに続き、何人かの男女が集まる部屋の隅へと向かった。「連れてきました。いま話題の男です」ニューランドが集まっている全員に告げる。「リーガル劇場の新しい作曲家、ミスター・キャメロン・プライスを紹介します。プライス、マイヤーソン伯爵夫妻と、ホーミントン子爵夫妻だ」

「お会いできて光栄です」キャメロンは言った。

そのまま話題が作曲の話に移り、彼も会話に引き込まれた。幸い、キャメロンの学歴について触れてくる者はひとりもいない。その後もニューランドから客たちを紹介され、晩餐の準備が整うまでには、これまでの人生で見知ったよりも多くの人々の名を覚える――もちろん忘れてしまった名もある――ことになっていた。晩餐であてがわれた席はイヴリン・ニューランドとマイヤーソン伯爵夫人にはさまれていて、キャメロンはふたりが何を欲しているのかを察することに集中した。ありがたいことに、ふたりの女性がそれぞれ彼の歓心を買おうとやっきになっているおかげで、無理に自分から会話を続ける必要はない。とはいえ、このふたりを同時に相手にするのはさすがに骨が折れることだった。ほかの男性たちと一緒に喫煙室へ退出する頃には、心底ほっとしたものだ。だがそれもつかのま、すぐにコーヒーとデザートの時間が来て、ふたたび客たちが応接室に集まった。やがて時間も遅くなり、客たちは帰りはじめたが、リーガル劇場の役者や裏方たちが残っていたので、キャメロンもその場にとどまった。最後の客がドアに案内されて、ようやく安堵のため息をついた。

ニューランドが小道具の担当者たちに別れを告げ、それからキャメロンに近づいた。「プライス、来てくれてありがとう」

「とんでもないですよ、ニューランド。楽しい夜でした」

「そう思ってくれたのならうれしいよ。レディ・マイヤーソンにいたく気に入られたみたいだな」

「とても社交的な方ですね。話していて楽しかったです」

「それはよかった。明日の夜、きみを自宅での食事に招きたいと言っていたぞ」

「伯爵夫人が？」

「そうだ」

「奇妙ですね。ぼくを食事に招きたいなら、なぜぼくに言わないんです？」

「ああ、こういう状況ではよくあることだよ、プライス。もちろん招待は受けるだろう？」

「断る理由はないですね。夫人も伯爵もいい方々でしたし」

「よし。明日の夜、八時に屋敷へ来てほしいそうだ。夫人の名刺を渡しておこう」

「わかりました」

「ではまた明日、劇場で」

「ええ、おやすみなさい」

六月の心地よい空気の中、家路を急ぐ。疲れきったキャメロンは屋敷に戻ると、また遅くなるであろう明日の夜のことなど考えもせず、ベッドに倒れ込んだ。

翌日、マイヤーソン夫妻との食事に備えて着替えのために屋敷へ戻らなくてはいけないということもあり、キャメロンはその前に楽譜を完成させようと根気強く仕事に取り組んだ。ぎりぎりでどうにか終わらせ、屋敷に戻って着替えをすませると、驚いたことに迎えの馬車がやってきた。もちろん伯爵夫妻がよこしたものだ。

不意の来訪者を見ようと、カトリーナが窓際でぴょんぴょん飛び跳ねている。「馬車よ！レディ・ローズのとそっくり！」

キャメロンは妹に向かって笑ってみせたが、内心ではローズの名前にたじろいでいた。

「じきにぼくたちの馬車も手に入るぞ、キャット。そうしたら、トリシャと母さんと一緒に街をまわろう」

「本当なの、キャム？」

「本当だとも」

「すごく楽しそう！　レディ・ローズとレディ・リリーのところにも行けるわね」

「もしかしたらな」

「どうしてまたお出かけするの？」カトリーナの小さな手がキャメロンの手を握った。

「お仕事なんだ」

「でも、寂しい」

「ぼくだって寂しいさ。でも、毎晩じゃない。約束する。さあ、寝る準備をして。母さんを困らせてはいけないよ」

「わかった。おやすみ、キャム」

「おやすみ、キャット」

マイヤーソン家の屋敷にはすぐに到着し、キャメロンは中に招き入れられた。到着の知らせを聞いたレディ・マイヤーソンが急いでやってきて、彼を出迎える。

「ミスター・プライス、あなたをわが家に迎えられて本当にうれしいわ」

キャメロンはお辞儀をした。「お招きいただいて感謝します、マイ・レディ。越してきて、まだ間がないものですから、あまり人と会う機会もなくて」

「そのあたりは顔の広いミスター・ニューランドに任せておけば大丈夫よ。さあ、入ってちょうだい。応接室に食前酒を運ばせるわ」

彼女がキャメロンを長椅子に座らせて隣に腰をおろすと、メイドが飲み物を持ってきた。伯爵の姿はどこにも見当たらない。

「マイヤーソン卿はあとからおいでになるのですか?」キャメロンは尋ねた。

「いいえ、残念だけれど来ないわ。今夜はどうしてもはずせない用事があって」

「そうですか」ここへきて、キャメロンも状況を理解しはじめた。支援と奉仕を引き換えにする必要はないというニューランドの約束は、当てにしてはいけないのかもしれない。「教えてください、マイ・レディ。なぜぼくをお招きになったのですか?」

「まあ、驚いた。まわりくどいのがよほど嫌いなのね。そういうこと？」レディ・マイヤーソンが妖艶な笑みを浮かべる。

淡い黄褐色の髪と目をした彼女は、活発そうな丸顔に女性らしいなめらかな線を描く引きしまった体つきも魅力的で、とても美しい。見た目の印象だと、年齢は三〇代前半くらいだろうか。キャメロンの関心を一番誘うのは、間違いなくその口だった。珊瑚のようなピンク色の唇は上のほうが下よりも少しだけ厚く、なんとも個性的で……そそる表情を作っている。一瞬、彼はその唇にキスするところを思い描いた。

「見つめていますわよ、ミスター・プライス」

「なんですって？　失礼しました。少し考え事をしていて」

「何を考えていたのか、わかる気がするわ」

キャメロンは所在なさげに笑った。「初演まであと一週間もないですから、ここ数日はどうにも音楽以外のことに集中できないんです」

「あなたにはすごい才能があるとザカリーが言っていたわ。作曲に関して心配することなんてないと思うけれど？」

「それでも不安です。ちゃんとした地位について仕事をするのは、これがはじめてなので。だからこそ、力の及ぶ限り最高の仕事をしたいんです」

「ザカリーはあなたのことを、すごく真面目だとも言っていたわ」

「そうだと思います」

「お仕事の話をするのが楽しみね。食堂に移りましょうか？」

「はい」キャメロンは立ちあがり、彼女に向かって腕を差し出した。

レディ・マイヤーソンは彼を正式な食堂ではなく、ふたりのために用意されたテーブルがある小さな居間へと連れていった。

「今夜はふたりきりだから、少し……親密な空間のほうがふさわしいと思って」

なるほど。「すてきな部屋ですね」キャメロンは伯爵夫人のために椅子を引き、自分も隣の席についた。

「ワインはいかがかしら？」レディ・マイヤーソンが尋ねる。「ブルゴーニュ産よ。わたしの好みなの」

たしかに、この夜を乗りきるには酒の力が必要かもしれない。「いただきましょう」キャメロンはボトルを取り、まず彼女の、それから自分のグラスにワインを注いだ。

「正直に言うわね、ミスター・プライス。わたしは新しいリーガル劇場にとても興味があるの」

「あなたのご支援には、みなも感謝しています」

「そうでしょうね。わたしはもう何年もザカリーの支援者なのよ。彼はすばらしいわ」

「ええ、そうですね」

「彼から聞いた話だと、あなたもすばらしいそうね」

「ぼくの仕事を信頼してくれているんです。とても感謝しています」

「初演の夜が楽しみだわ。あなたの曲もきっとすてきでしょうね」

「あなたを失望させないように祈ります」

「失望するとは思えないわ」レディ・マイヤーソンが部屋の隅にあるピアノを身ぶりで示す。

「わたしのために何か弾いてくれる?」

「お望みとあらばば。ですが、じきにお食事が運ばれてくるのではありませんか?」

「あと三〇分くらいしたらね。まずワインを楽しもうと思ったの」彼女は立ちあがってキャメロンの手を取り、ピアノへといざなった。「お願い。何か音楽が聴きたいわ」

キャメロンはピアノの前の椅子に座った。「聞き苦しい演奏をお許しください。下手ではないと思いますが、やはりぼくは演奏より作曲のほうが得意ですから」演奏する曲は《リリーのワルツ》だ。

「すてきね」曲を聴きながら、レディ・マイヤーソンが言う。「こんないい曲なのに、どうしていままで聞いたことがなかったのかしら」

「ライブルック公爵のご依頼で作った曲なんです」

「そうだったの。いい仕事を受けたのね」

「奥方のためのご依頼でした。結婚を祝う舞踏会で、はじめて夫婦として一緒に踊るための曲です」

「マイヤーソンとわたしは大陸にいて、公爵閣下の結婚式に出席できなかったの。さぞかし盛大な集まりだったんでしょうね」

「ええ。とても大きな集まりでした」キャメロンは曲を弾き終えた。

「美しい曲だったわ。ほかの曲も弾いていただける？」

「もちろん」《リリーのワルツ》の上を行く曲は《さすらうローズ》しかない。もし目の前の女性を感心させようとするならば、それこそが弾くべき曲だろう。キャメロンは感情をこめずに指でやさしく鍵盤を叩きはじめ、ローズの旋律と和音が体とピアノを満たしていくのに任せた。みずからが感銘を受けた、音楽に生命を与えるローズの独特な演奏が頭によみがえってくる。曲の最後に差しかかると、彼はすぐに演奏をやめて余韻を断ち切った。

「いまのは最高ね」伯爵夫人が吐息をもらす。「哀愁に満ちているのに、喜びも感じられるわ。誰を思い描いて書いたのかしら？」

キャメロンは咳払いをした。「これも依頼を受けて作った曲です」

「そうなの？　間違いなく愛の曲だろうと思ったのに」

「違いますよ」彼は嘘をついた。

「あなたはものすごい才能の持ち主ね、ミスター・プライス」

「褒めすぎです」

「ばかをおっしゃい。わたしはそんなにやさしくないわ。知り合いに尋ねてもらってもいいわよ」伯爵夫人が笑みを浮かべる。「それどころか、わたしはいけない女なの」

「そうなのですか？」キャメロンはレディ・マイヤーソンの悩ましい唇を見つめた。

「そうよ」従僕が入ってきたのと同時に、彼女は顔をあげた。「食事の支度ができたみたい。

一緒に楽しみましょう、ね？」

キャメロンは立ちあがり、伯爵夫人のあとに続いてテーブルまで歩いた。彼女の椅子を引いて座らせ、自分もそのあとに続いて席につくと、給仕係の従僕が彼の前に湯気の立つニンジンのスープを置いた。料理はたしかにすばらしく、レディ・マイヤーソンの相手も楽しかった。伯爵夫人は本当にキャメロンの仕事に興味を抱いているらしく、ありがたいことに彼が独学で作曲を学んだと言っても驚いたり、気にしたりはしなかった。彼が家族について話すと、夫人も自分の家族について少しだけ語った。彼女はマイヤーソンと結婚するまで平民だったせいか、ふたりは似たような人生哲学を持っているようだ。デザートが終わって従僕がテーブルを片づけると、レディ・マイヤーソンがポートワインのグラスをふたつ用意し、キャメロンにふたりがけの椅子に座るよう促した。食事のときの会話が率直なものだったので、彼女の関心はもっぱら作曲家としての自分にあるのだろうと考えたキャメロンは言われたとおりにした。その判断が間違いだったことは、すぐに明らかになる。

「ミスター・プライス」レディ・マイヤーソンが切り出した。「わたしが、できて間もないザカリーの劇場にかなりの支援をしているのはご存じよね？」

「ぼくは劇場で働きはじめてまだ一週間と少しですので、支援者全員を知っているわけではありません。ですが、あなたのご支援には個人的にもお礼を言わせていただきたい。結果として無駄にならないことを願っています」

「大丈夫、無駄にはならないわ。この手の事業をうまく進められる人がいるとすれば、ザカリーだもの。成功は間違いなしよ。それより、劇場への追加の支援を考えているの」

「寛大なお心に感謝します」

「わたしの寛大な心にどのくらい感謝しているのかしら？」

「どういう意味でしょう、マイ・レディ？」

「わたしのことはセシリアと呼んでくださる？」

「お望みとあらば」キャメロンの喉のあたりが締めつけられた。クラヴァットをゆるめたいところだが、体がこわばって動かない。この両手はいったいどうしてしまったのだろう？

「マイヤーソンが今夜、どこにいるか知っている？」

「もちろん存じません」

「愛人のところよ。一週間に何度か会っているの。妻であるわたしの欲求については、目をつむっているみたいね」

「それは……残念です、マイ・レディ」

「あなたはとてもすてきよ、ミスター・プライス」伯爵夫人が指を軽くキャメロンの手に走らせる。「わたしたち、すごく仲よくできると思うの」

「つまり、あなたが考えているのは……」

「いいえ、わたしは考えてなどいない。お願いしているのよ。あなたにベッドへ連れていってほしいの」

キャメロンはあわてて身を引いた。まさか彼女がここまで大胆になるとは、考えてもいなかったからだ。

「わたしは魅力的かしら、ミスター・プライス？」

「それは、ええ、もちろんです。でも、ぼくは――」

「あなただって、わたしがただ食事のためだけにあなたをここに呼んだと思うほど初心ではないでしょう？」

「ぼくはあなたと伯爵閣下と一緒に食事をするものだと思っていました。ただ、閣下がご不在だと聞いて、あなたが何を求めているのか察しはつきました」

「よかった。じゃあ、始めましょう」レディ・マイヤーソンが彼のクラヴァットをゆるめようとする。

「ですが」キャメロンはさらに続けた。「ぼくは結婚している女性とそういう関係を持たないことにしているのです」

「そうなの？」彼女が指先でキャメロンの顎をなぞる。「それなら、結婚している女性がふたりいたらどうかしら？　友人のホーミントン子爵夫人が今夜、加わってもいいかもしれないと言っていたわ」

キャメロンの下腹部はすでに高ぶっている。伯爵夫人の魅惑的な唇がなまめかしく誘っているうえに、ふたりの女性と一度に？　そんな状況は考えたことすらなかった。きっと思考がいまでも田舎の少年のままなのだろう。想像しただけで興奮したが、キャメロンは体が頭と心を裏切らないよう願いつつ、咳払いをした。「ぼくは既婚の女性とはベッドをともにしない。それでこの話はおしまいです。ひとりでも一〇人でも関係ありません」

「わたしには、あなたの考えを改めさせることができると思うけど？」

「ぼくはそうは思わない。ぼくにとって結婚は神聖なものです。それに、嫉妬に狂った夫に殴られるのはごめんだ」

「まあ、怖い。でもわたしがおとなしくしている限り、何をしようがマイヤーソンは気にしないわ」

「あなたのご提案はとても魅力的です。それは認めますが、残念ながらお断りします」

レディ・マイヤーソンがキャメロンの手を取り、胸へと持っていく。彼女はコルセットをつけておらず、指にとがった胸の先端の感触が伝わってきた。「あなたはわたしの説得を受け入れるわ」

「あなたはこのうえなく魅力的な方だ」キャメロンは手を引いた。「ですが、ぼくはその魅力を体で感じるつもりはありません」

「ミスター・プライス、あなたはとてもハンサムだわ」レディ・マイヤーソンはそう言って、彼のシャツのボタンをはずしにかかった。「きっとベッドの中では獣に変わるのね。それにあなたの――」

伯爵夫人のたくらみが成功する前に、キャメロンはその手をどかした。彼女が理解してさえくれたら！　だが、それは期待できそうもない。「すみません」

「まったく。いったいどうしたというの？　ひょっとして男性が好きなの？」

思わず笑い声をあげた。「いいえ。それはありません」

「だったらいいじゃない。嚙みついたりしないわよ」彼女もくすくす笑う。「まあ、嚙みつきはするかしら。きっとあなたも気に入るわ」

「あなたとベッドをともにしたら、間違いなく楽しいでしょうね。ぼくを求めてくださったことは素直にうれしいです。でも……」キャメロンは咳払いをした。

「でも……なんなの？」レディ・マイヤーソンが彼にしなだれかかる。「わたしの唇が気に入ったのではなくて？　見つめていることに気づいていたわよ」

「さっきも言ったとおり、あなたの魅力はじゅうぶんわかっています」

「それなら――」彼女は唇をそっとキャメロンの口に触れさせた。「味わってみて」

伯爵夫人の魅惑的な上唇に舌を走らせ、やさしく吸う。目の前の上等な口を味わおうとした瞬間、脳裏にローズのピンク色の唇が浮かび、キャメロンは身を引いた。「すみません。あなたは美しい。でも、やはり無理です」

「なぜなの？」

「ぼくには……愛する女性がいる」

「そんなこと？　わたしはあなたの愛情なんて求めていないわ」

「ええ、わかります。ですが、ぼくはその女性に誠実でありたい」口から出た言葉は本心からのものだったが、言ってみるとばかげた話でもあった。いまごろはローズも間違いなくぜイヴィアと婚約しているだろうし、もしかすると、もうベッドをともにしているかもしれない。ほかの男が彼女に触れると思っただけで吐き気がこみあげ、キャメロンは急いで頭からローズの姿を追い払った。

隣に座る女性に目をやる。レディ・マイヤーソンは美しく魅力に満ちた女性だが、キャメロンはローズ以外の女性と体の関係を持ちたくなかった。たとえ報われなくとも、ローズに忠誠を誓うつもりになっている。本気で生涯にわたって禁欲生活を続けるつもりなのか？　愚かな疑問だが、少なくともいまに限っていえば、まさにそうするつもりだった。

「その女性と婚約しているの？」レディ・マイヤーソンが尋ねる。

「いいえ」

「なら、わたしたちが楽しんではいけない理由などあるかしら？　彼女には絶対に知られないわ」

「ええ、彼女に知れることはないでしょう。でも、ぼくが知っている」

「まあ、すっかり心を奪われているみたいね。あなたのお相手は幸せ者だわ。教えてくれないかしら、誰なの？」

「言わないほうがいいと思います」

「どうして？」

「彼女は貴族の娘ですから」

「そう。彼女はあなたの思いに応えてくれた？」

「はい。ですが、おそらく一緒にはなれないと思います。うまくいくはずがありません。ぼくたちはお互い、違う世界に住んでいますから」

「求婚するつもりはあるの?」

「それは……ないですね」

「そうなの?」

「この話はあまりしたくありません」キャメロンは立ちあがった。「食事と、話し相手をしてくださったことに感謝します。どちらもすばらしかった。その……」

「何かしら?」

「われわれのあいだにわだかまりが残らないよう、願っています」

「その心配はいらないわ」

「それから……今夜の顚末が原因で、リーガル劇場への支援を撤回するようなことは……」

「大丈夫よ、ミスター・プライス。ザカリーとは長いおつき合いだし、彼のしていることを信じているから。それに彼をわたしのベッドに引き入れるのだって、ひと筋縄ではいかなかったのよ」伯爵夫人が微笑んだ。「あなたのことだって、このままあきらめるつもりはないわ」

「あなたとニューランドはまだ関係を?」

「いいえ。お互いに飽きてしまったの。でも、続いていたあいだは楽しかったわ」

「そうですか」キャメロンは彼女の手を取り、指に軽く唇を触れさせた。「ぼくも今夜はとても楽しい思いをさせていただきました。正直に言うと、残ればいいのにと思う自分も、心のどこかにいます」

「光栄だわ」

「では、ごきげんよう。ひとりで出られますので、お気づかいなく」

13

ローズはドアをノックする音で目を覚ました。立ちあがったとたんにめまいがして、危うく転びそうになる。何かがおかしい。ここ数日はめまいと吐き気が続き、食べ物を見ただけで耐えがたかった。それゆえ、今日は横になって過ごそうと決めた。アイリスの結婚式まであと四日、なんとしてもそれまでによくならなくては。

ノックがまだ続いている。

「わかったわ、いま行きます」

彼女はドアを開けた。

「ローズ！」姉がいきなり叫んだ。「リリー、いったいどうしたの？　夏至までは戻ってこないはずだったのに」

「夏至まで、もう三日しかないわよ。もう少しうれしそうな顔をしてくれてもいいんじゃない？」

「ええ、もちろんうれしいわ」ローズは姉を抱きしめ、部屋の中へと引き入れた。「わたしがどれだけ喜んでいるか、お姉様にはわからないでしょうね。話がしたくてもう死にそうだった。いつ戻ったの？」

「ゆうべ遅くよ。ダニエルもわたしも疲れていたから、そのままベッドに直行したの。でも、朝は鳥のさえずりですっきり目が覚めたわ。ああ、早くみんなに会いたい」

「どうして帰ってくる日を早めたの？」

「公爵未亡人がアイリスおば様の結婚を知らせてきたの。それでダニエルと話し合って、早く帰ることにしたというわけ」

「わたしはお姉様が早く帰ってきて本当によかったと思うわ。でも、アイリスおば様はお姉様たちに旅行の予定を切りあげてもらうことを望まないのではないかしら？」

「そんなことは全然かまわないのよ。わたしもダニエルも戻ってこられて喜んでいるんだから。だけど、この旅行で最高の時間を過ごせたのは事実ね。念願のルーヴル美術館にも行けたのよ！　フランスはすばらしい国だったわ」

「全部聞きたいわ」

「話しますとも。でも、まずは最高の知らせを伝えないと！」

「何？」

「このところ気分がすぐれないの！」

「わたしもよ」ローズは沈んだ声で言った。「どうしてそれが最高の知らせなの？」

「だって」リリーが笑みを浮かべる。「月のものが遅れているのよ！」

「リリー、それってつまり……すごいわ！　わたしもすごくうれしい」ローズは姉を抱きしめ、それからふとわれに返った。「なんてこと」

「どうしたの？」

「月のものよ。月のものが遅れているのよね？」

「そうよ」

「気分もすぐれない？」

「ええ。ひどい気分なのに幸せなんて、はじめてだわ！」

「お姉様、わたしもすごくうれしいわ。でも……」

「どうしたの、ローズ？」

「わたしもこのところ気分がすぐれないの。月のものまで考えが及ばなかったわ。考えてみると……」

「ローズ？」

「最後に来たのが……なんてこと。やっぱり遅れてる」

「ローズ、何が言いたいの？」

「そんな」ローズの目に涙がこみあげた。

「まさか、ローズ、あなた……」

「ええ、そうみたい。どうしたらいいの？」

リリーが妹の手を握った。「相手は誰なの？」

「もちろんキャメロンよ。ほかに相手なんていないわ」

「エヴァン卿は？」

「彼とはおつき合いを終わりにしたの」

「彼は求婚しなかったの？」

「いいえ、したわ。だけど断ったのよ。わたしは彼を愛していないし、彼もわたしを愛していないから。向こうも認めたわ。ほかに愛する人がいるのに、彼と結婚なんてできない」

「あなたとキャメロンは愛し合っているのね？　すばらしいことじゃない！」

「それが違うの」ローズは顔を姉の肩にうずめた。「ああ、リリー。わたし、どうしたらいいかわからない！」

「大丈夫よ。ドクター・ブレイクに使いを送ってあるの。忙しくなければ今日にでもドクターが来るから、あなたも診てもらいましょう。そのあとのことは、それから考えればいいわ」

「リリー、人に知られるわけにはいかないわ」

「ドクター・ブレイクなら秘密を守ってくれるから大丈夫よ。わたしは彼を信用しているの。ここへ来たときに、わたしが内密に話をするわね」

「ほかの誰にも言わないで。ダニエルにも」

「わかっているわ。約束する」リリーがポケットからハンカチを出し、ローズの涙をぬぐった。「泣くのはおやめなさい。まだ何もわかっていないのよ。身ごもっていない可能性だってあるんだから。わたしたち、ふたりともね」

ローズは洟をすすった。「わたし、どうなってしまうのかしら?」

「もし身ごもっていたら、キャメロンが正しいことをしてくれるわ」

「いいえ」ローズはまたしても泣きはじめた。「無理よ」


ドクター・ブレイクの診察は屈辱的なものだった。これまで女性として一番大切なところはキャメロンにしか見せていないし、触らせてもいなかったのに。もしリリーのように幸せに結婚していれば、まだ耐えられたかもしれない。けれども未婚のローズは自分が軽はずみな女性で、しかも利用されたような気がしてならなかった。ドクターは完全に紳士的だった。それでも自分が穢れた醜い存在であると感じてしまう。そして本当の衝撃はそのあとでやってきた。やはり思ったとおり、身ごもっていたのだ。


リリーも同じだった。ローズはみずからの置かれた状況を呪い、妹が抱えた問題のせいでリリーが自分の妊娠を素直に喜べないという現実を憎んだ。本来なら夫のもとへ駆けて父親になると知らせるところなのに、姉はいま自室にこもり、妹の体を抱いている。

「お姉様はわたしを許せるの?」ローズは言った。「わたしは最高のひとときを台なしにしたのよ」

「ばかなことを言わないの。ダニエルにはあとで伝えればいいのよ。しばらくのあいだ、夜のほうを我慢してもらうようにも頼まないと。そうね……おなかの子どもを失うのが怖いから少しおとなしくしていたいと、正直に話すわ。お母様が何度か流産を経験しているし、わたしも前に階段から落ちたときに子どもを失ったかもしれないから、彼も受け入れてくれるでしょう」

「こんなのひどいわ。最悪よ。もちろん、お姉様のほうは朗報だけれど」

「丸くおさまる方法を考えましょう」

「お父様とお母様、それにトーマスが明日ここに来るわ。エヴァンのきょうだいたちも」ローズは声を押し殺して泣いた。「わたし、どうしたらいいのかしら？　ずっといい子でやってきたのに」

「男性と愛し合ったからといって、いい子でなくなるわけじゃないわよ」

「ひどい失敗をしてしまったのよ。やるべきことはひとつしかないわ」

「どうするの？」

「わたしから……エヴァンに気が変わったと話すの。彼を愛していて、結婚したいと言うわ。まだわたしを受け入れてくれるかもしれない。受け入れてもらえたら、もう待てないからグレトナ・グリーンへ行って結婚したいって言う。そうすれば、誰にも本当のことは知られずにすむでしょう」

「ローズ」

「それしかないのよ、リリー」

「黒髪の子どもが生まれてきたら、エヴァンになんて言うつもり？」

「わからない。そのときになったら考えるわ。金髪の赤ちゃんが生まれてくる可能性だって、同じだけあるもの」

「それはそうだけれど」

「もし黒髪だったら、お父様とトーマスは黒髪だから、そこから受け継いだと言うわ」

「ねえ、本気じゃないわよね?」

「本気よ、リリー。どうにかするなら、それ以外の道はないもの」ローズは頭を振った。

「とにかく、アイリスおば様の結婚式が終わるまで待つわ。幸せになるのをずっと待っていたおば様の晴れ舞台を汚したくないから。でも式が終わったら、エヴァンにグレトナ・グリーンへ連れていってと頼むわ」

「エヴァンが断ったらどうするの?」

「断らないわよ。彼は……わたしを欲しているから。もっとも、一度ベッドをともにするのを断られたけれど……」

「なんですって?」

「わたしはただ……ああ、これでは娼婦みたいに聞こえるわ! そうじゃないの。違うのよ」

「わかったから落ち着いて。話してちょうだい」

「キャメロンに……拒絶されたの」

「キャメロンがなんですって?」

「聞こえたでしょう。キャメロンは一度わたしと愛を交わして、それから遠ざけたのよ。彼はたしかにわたしを愛していると言ったわ。とてもやさしくて親切だった。それなのに次の日になったら、わたしとベッドをともにしたいから嘘をついたと言われて」

「なんて卑怯な男なの！　ダニエルにやっつけてもらうわ！」

「だめよ。どのみちできないわ。彼はいなくなってしまったもの」ローズは鼻をぬぐった。

「わたしが言いたいのは、わたしが……その……とにかくもう一度、キャメロンと結ばれたときと同じ気持ちになりたかったということなの。だからエヴァンを誘うようなまねをした。彼は最初だけ反応したけれど、わたしをベッドに連れていくのは拒否したわ」

「彼は紳士だもの。そうでない誰かさんとは違うわ」

「いまにしてみれば、彼が拒否してくれてよかった。だって、わたしもエヴァンとベッドをともにしたいわけではなかったんですもの」

「でも、あなたのばかげた策を実行してしまったら、そうしないといけなくなるのよ」

「ええ、そのときはそうするわ。そんなに悪いことではないと思うの。エヴァンは魅力的だし、とてもやさしいから」

「ローズ、あなたはところどころしか話していないわね。何もかも話してくれたほうが、あなたのためにもいいんじゃないかしら。お茶を運んでもらうから、話してちょうだい」

息を詰まらせ、むせび泣き、そして少しだけ笑いながら、ローズは語った。小川でキャメロンに会い、キャットが病気になったことから、離れの小屋で彼と最後に会って、エヴァンに結婚を申し込まれたところまで、すべてを。

「彼はわたしを残して行ってしまったの、リリー。彼もお母様も、妹さんたちもいなくなったのよ。全部を持って消えてしまった。残っていたのは、わたしたちが愛し合ったベッドだけ」

「彼を見つけるわ」

「無理よ。彼だって、見つかりたくないはずだもの」

「ライブルック公爵領の土地を空にしていくなら、ダニエルに知らせをよこさないといけないの。たぶん、ほかの知らせと混ざって埋もれているのね。そこに引っ越し先が書いてあるかもしれないわ。ダニエルに探してもらいましょう」

「いいの、やめて。ダニエルには知られたくない」

「ローズ、ダニエルには力があるのよ。キャメロンを見つけて、あなたに対して正しいことをさせる。それができる人がいるとすれば、ダニエルだけだわ」

「彼に結婚を無理じいしたくないの。そんなことをするなら……エヴァンと一緒になったほうがいい。エヴァンはやさしくて親切だもの。罠にかけられたと知ったら、キャメロンはわたしを憎むに決まっているし」

「あなたは誰も罠にかけたりしないわ。あなたにはあなたの責任があるのと同じで、キャメロンにも責任があるというだけの話よ」

「でも、世間はそう見てくれない。お姉様だって、よくわかっているはずよ」

「ばかばかしい。世間がどう思おうと、わたしはこれっぽっちも気にしないわ。あなたはライブルック公爵夫人の妹なの。あなたに対してひと言の悪口だって言わせるものですか！」

「お願いよ。わたしの評判を救う無駄な試みのために、お姉様の評判を危うくするなんて、わたしにはできない。それにダニエルだってどう思うか」

「ダニエルはわたしを愛しているのよ、ローズ。あなただって、それは知っているわよね？それに彼も評判なんて気にしないわ。忘れたの？　わたしが誠実な彼を引き出す前は、ずいぶんな評判で知られていたのよ」

「だけど――」

「もしキャメロンが正しいことをしないというなら、あなたはここにいればいい。ダニエルとわたしと一緒に、あなたの家庭を作ればいいじゃない。部屋ならたくさんあるんだし」

「そしてルーシーおば様から独り者のおばの座を継ぐの？　それには耐えられると思うけれど、わたしとルーシーおば様とでは事情が違うわ。婚外子がいるのよ、リリー」

「その子はわたしの甥か姪に当たるし、あなたはわたしの妹よ。あなたをのけ者になんてさせないわ」

「それでも、エヴァンとの結婚が一番の選択肢に思えるけれど……」

「でも、あなたは彼を愛していないんでしょう？　それに、ほかの男性の子どもを身ごもっているのよ」

「エヴァンには知られないようにするし、彼となら幸せになれると思うの。愛情深い、誠実な妻になるわ。わたしとの結婚で、彼を傷つけたりはしない」

「それはそうでしょうけれど、あなたはほかの人を……」

ローズはため息をついた。「絶対に一緒になれない人よ」

「キャメロンがあなたを愛していないというのは本当なの？　彼がそう言ったというのはわかったけれど、彼の行動は逆のことを示している気がするわ。彼のお母様の言葉だってあるじゃない」

「現に、彼は去っていったわ」

「ええ。でも、それには理由があるのかも。だからこそ、ダニエルの力を借りてキャメロンを探すべきなのよ」

「だめよ。探したいとも思わない。これはわたしがひとりでどうにかしないといけない問題なの。キャメロンと会うのは拷問に等しいわ。探さないと約束して」

「わかった、約束するわ。彼は探さない。けれど、あなたは間違っていると思う」

「それでもわたしが自分で犯す間違いよ。アイリスおば様の結婚式が終わったら、エヴァンに結婚についての考えを改めたと言うわ」

リリーはため息をつき、妹の手を取った。「あなたがそうしたいというなら、しかたないわね」


その夜、ローズは夕食の席で陽気にふるまうよう全力を尽くした。リリーとダニエルが新婚旅行の話をしてくれたおかげで、食卓の雰囲気は明るかった。そのあいだダニエルが妻のおなかに何度も慈愛に満ちた視線を送っていたところを見ると、リリーは夫に身ごもったことを告げ、まだ誰にも話さないよう頼んだのだろう。ローズは鋭い棘が体中に食い込んでいるような思いがした。自分が置かれた状況のせいで、姉が幸福を思う存分味わえないでいるのだ。

ローズの周囲には愛情があふれていた。リリーとダニエルは互いに視線をはずせないようだし、アイリスはローズがこれまで見たこともない笑みを美しい顔に浮かべ、ブライトン伯爵との結婚式の話をしている。アレクサンドラはミスター・ランドンのスコットランドでの仕事について――彼はここ数週間そちらに行っている――熱っぽく話していたし、会話の中でヴァン・アーデン卿の名が出てきたときには、いい意味で保守的なソフィーの目でさえきらきらと輝いていた。ヴァン・アーデン卿は正式にソフィーと交際しているわけではないが、ときおり彼女を訪ねてくる間柄だ。ルーシーとマギーを別にすれば、相手がいないのはローズだけだった。気分がすぐれないのは相変わらずで、それが体調のせいなのか、あるいは感情のせいなのかは自分でもわからない。たぶん両方が合わさった結果なのだろう。

「ローズ、聞いているの？」アレクサンドラが彼女をつついた。

「えっ？　ああ、ごめんなさい、アリー」

「夏至のお祭りが楽しみねと言ったのよ」

「ええ、そうね。でも父が明日、到着するから、わたしはお祭りに行くお許しをいただけないかもしれないわ。ほら、父は異教の儀式などに批判的だから」

「お父様にはわたしが話すわ」リリーが言った。

「いいのよ、別に。その……どうしても行きたいというわけでもないし」

「ぜひ一緒に来てもらわないと」ダニエルがローズに顔を向ける。「キャメロン・プライスからアーチェリーの王者の座を取り返すところを、家族全員に見てもらいたいんだ」彼は豪快に笑って続けた。「もう二度と負けるつもりはない」

夫の口から出たキャメロンの名を聞き、リリーがほんの少し顔をしかめた。ほかの人にはわからないくらいの、わずかな表情の変化だ。その変化はリリーが妹の件を夫に話していないことを意味している。話していたら、ダニエルだってその名前を口にしたりしないだろう。姉の約束を一瞬たりとも疑ったわけではなかったが、それでもローズは安堵した。

「わたしにとっては、王者はいつだってあなただけよ」リリーが夫に微笑みかける。「それを証明するために、わざわざ矢を射る必要はないわ」

「たしかに、きみの愛を勝ち取る以上に大事な勝負はない」ダニエルは妻に向かってウィンクをしてみせた。「それでもあの男はやっつけるよ」

姉の幸せのために、そして自身の悲しみのために、ローズの胸がずきずきとうずいた。愛する男性、おなかの子の父親と冗談を言い合えたら、どれだけいいだろう。

「祭りの話で思い出した」ダニエルがさらに言う。「夏至の夜にはじめての上演を迎える新しい劇場があるんだ。ぼくはそれなりの援助をしたので、劇場主から初演に招待されている。ボックス席が用意されているから、みんなもぼくとリリーと一緒に来てほしい」

「すごいわ、ダニエル」リリーが喜んだ。

「本当ね」アレクサンドラが同意する。「劇場なんて、もう長いこと行ってないわ」

「アリー、わたしたちは劇場になど行ったことはないわよ」ソフィーが妹を正した。

「あら、長いこと行ってないには違いないじゃない。そうでしょう?」アレクサンドラがくすくす笑った。

笑いがテーブル全体に広がっていく。アレクサンドラにはこういう力があるのだ。

「とてもいい考えだと思うわ」マギーも上機嫌で賛成した。「ザック・ニューランドの新しい劇団の芝居かしら?」

「役者の?」アレクサンドラがきいた。

「そうだ。唯一無二の役者だよ」ダニエルが答え、マギーに向き直る。「それと、そのとおりです、母上。リーガル劇場は彼の新しい事業ですから」

「あの方は信じられないくらいすてきだわ!」アレクサンドラが大きな声を出す。

「お芝居を見たことがあるの?」マギーが尋ねた。

「いいえ、ありません。ソフィーの言うとおり、わたしたちは劇場に行ったことがないので。でも、彼の肖像画は見ましたわ。このうえなくすてきな方だと思います」

「ちょっと、アリー」母親のアイリスがたしなめた。

「でも、わたしは正しいわ」

「正しいけれど、それにしたって」

「席には余裕がありますから、ブライトン卿をお誘いいただいても結構ですよ」ダニエルがアイリスに言った。

「ご親切にありがとう」アイリスが笑顔で応える。「明日、彼が到着したら話してみるわ」

「もちろんゼイヴィアも」ダニエルがローズに言った。

ローズの頬がさっと赤くなる。「ありがとう、ダニエル。でも、わたしとエヴァン卿はもう……その……おつき合いをしていないの」

「それは知らなかったな」ダニエルが言った。「すまない」

「謝るのはわたしよ、ダニエル、あなたに話しておかなかったんだもの」リリーが夫に言う。「すべてを話す時間がなかったの」

「いいのよ、リリー」ローズは姉に言うと、ふたたびダニエルを見た。「ふたりで話し合って決めたの」説明しながら、誰かが話題を変えてくれることを切実に祈る。エヴァンの話はこれ以上したくなかった。おばとエヴァンの父親の結婚式が終わったら彼と結婚するつもりなのだから、なおさらだ。彼女はリリーに向かって、すがるような視線を送った。

リリーが咳払いをした。「すてきな劇場みたいね。演目はなんなのかしら、ダニエル？」

「《真夏の夜の夢》だ」

「わたしの大好きな作品よ！」アレクサンドラが興奮してまくしたてた。「ミスター・ニューランドなら、さぞかしすてきなオベロンになれるわね」

「彼がどの役を選んだかは知らないな」ダニエルが言う。「だが、舞台が成功するのは間違いないだろうね」

「いまから待ちきれないわ」アレクサンドラはダニエルのほうを見た。「わたしたちにまで親切にしてくださって感謝します、公爵閣下」

「もう閣下はやめてくれ」ダニエルが言った。「ぼくたちは家族なんだから」

「そのとおりよ」リリーが相づちを打つ。「でなければ、わたしも公爵夫人閣下と呼ぶことね。わたしは我慢できると思うわ」

テーブルの全員が声をあげて笑った——ローズを除いて。彼女はほかの人に見られないよう、そっと手のひらをおなかに当て、中にいるキャメロンの子どもに思いをはせた。愛する男性の子を身ごもっているのだから、幸せに感じるべきなのだ。そう、わたしは幸せよ。

14

二日後、ローズたちはバースの外で行われる夏至の祝祭に参加するため、夜明けとともに起きた。前日に到着したアシュフォード伯爵夫妻は参加を見送ったが――それについては誰も驚かなかった――伯爵がローズの参加を許したので、彼女はいまトーマス、リリー、そしてダニエルと一緒に公爵夫妻の馬車に乗っている。あとの人たちも別の馬車に分乗し、ブライトン伯爵の馬車にはアイリスと娘たち、そしてエヴァンも乗っていた。ローズの口から大きなため息がもれる。彼女は祭りのエスコートをトーマスに頼んでいた。エヴァンとはじきに話をして、結婚についての考えが変わったと伝えなくてはならない。ただし、今日その話をするつもりはなかった。晴れ渡っているアイリスの心に、影を作るわけにはいかないからだ。

気分が悪いのは相変わらずで、ローズは胃のあたりを押さえたくなるのをどうにかこらえた。そんなことをしたら、トーマスとダニエルに体調を気づかわせてしまうだろう。夫の隣に座って手を握っているリリーは、輝くばかりに元気そうに見える。姉のほうがうまく妊娠に対応しているのは明らかだ。もちろん、リリーとローズの置かれた状況の違いが、この差を生んでいるということもある。

「来年はストーンヘンジで夜明けが見たいわ」リリーが言った。

「きみの望むとおりにするよ、リリー」ダニエルが応えた。

トーマスがローズに向かってあきれた表情をしてみせ、それから言った。「なんてことだ。妹の小さな指で完全にわしづかみにされているな」

ダニエルが声をあげて笑う。

「黙っていなさい、トーマス」リリーは兄に向かって言うと、話題を変えた。「今夜は劇場に行くとなると、かがり火が見られないのは残念ね」

「きみがかがり火を楽しみにしていたとは知らなかったよ、リリー」ダニエルが言う。「ほとんどはゆうべ終わってしまったが、今夜燃やすのもあるはずだ。どうしても見たいかい？」

「いいわ、劇場のほうが楽しみだから。わたしはシェイクスピアが大好きなの」

「何日かあとには、聖ヨハネの日を祝う祭りもある。だが、今夜の祭りは本物の異教の祝祭なんだ。集団での踊りや占い、キャンドルボートが見られるはずだ。もしかしたらドラゴンも」ダニエルが笑みを浮かべた。

「キャンドルボートって何？」ローズはきいてみた。

「見てのお楽しみさ」笑みを浮かべたまま、ダニエルが答える。

ローズたちは農民の盛装に身を包み、花冠や冠をつけた男女や子どもたちが大勢いる中に到着した。

「五月祭に似ているわね」リリーが指摘した。

「そうだね。伝統的な行事ほど、似通ったものが多い」

「あら、五月柱（五月祭で立てられる花とリボンで飾った柱）があるわ」ローズは指さして言った。

「あれは夏至の木と呼ばれている」ダニエルが説明する。「まわりで踊るのは同じだがね」

白いヴェールをつけ、おろした髪に花びらを散らした数十人の女性たちが歩いていた。

「あの人たちは誰なの、ダニエル？」

「ドルイド教（古代ケルト社会の宗教）の人々だよ」

「そんな人たちがまだいるの？」

「ああ、このウィルトシャーには特にね。キリスト教を信仰していない人々の多さを知ったら、みなきっと驚くぞ」

「お父様はなんて言うかしら」リリーがローズとトーマスに言った。

「父上には言わないほうがいいな」トーマスがくすくす笑いながら返した。「今日までぼくたちに強いてきた習慣の中に異教から来ているものがあると父上が知ったら、ぼくたちをここへ連れてきたおまえの夫に対する評価はきっとがた落ちだ」

流れる川に向かって歩く途中で、ダニエルが言った。「あれがキャンドルボートだよ、ローズ」

ローズたちの前で、人々がたたんだ紙を乗せ、花でいっぱいにした小舟に火をつけて、下流へと送り出していた。

「すてきね」彼女はその光景をじっと見つめた。「あれは何をしているの？」

「オーストリアから来た風習だ」ダニエルが答える。「イングランドではあまり見られないから、どうやってこのウィルトシャーへ伝わったのかは、ぼくにもよくわからない。あの小舟が祈りを神のもとまで運ぶと言われているんだ」

「わたしたちもやっていいのかしら？」リリーがきいた。

「もちろん」

ダニエルがみなを前へといざない、若い女性に硬貨を何枚か渡して、紙を二枚とマッチを二本受け取った。「きみたちの分だ」リリーとローズに紙を渡し、折り方と小舟への乗せ方を示す。「紙を乗せたら、次は地面の花と花びらを拾って、それも小舟に乗せる」

小舟がいっぱいになると、ダニエルはふたりを川岸へと連れていった。「火をつける前に、願いを頭に思い浮かべてごらん。小舟を水につけるときに、女神へ祈りを捧げるんだ」

「女神ですって？」ローズは思わず尋ねた。それは父が認めないだろう。

「きみがそうしたいなら、キリスト教の神でもいい」ダニエルが言う。「自分の信じる神に祈るんだ」

「準備ができたわ、ダニエル」リリーが告げた。

ダニエルがリリーの小舟に火をつけると、彼女は急いで小舟を水に浮かべた。燃える小舟が下流に向かって水面を滑っていく。

「何をお願いしたの、リリー？」ローズはきいた。

「願い事は人に話してはいけない」答えたのはダニエルだ。「その人と神だけのものだからね」

「そうなの。わたしも準備ができたわ」

ダニエルに火をつけてもらい、ローズは小舟を水の上におろした。目をつむり、できる限り懸命に祈りを捧げる。〝神様、それから……女神様、どうかキャメロンをわたしと赤ちゃんのところへ戻してください〟ふたたび目を開けたとき、彼女の小舟はすでになくなっていた。

「おもしろい風習ね」リリーが言った。

「ぼくは腹が減ったよ、ライブルック」トーマスが口をはさむ。「どこに行けば何か食べられる？」

「まわりを見ろ。そこら中で売っているじゃないか」ダニエルがある方向を指さした。「ぼくの好物は牛肉の串焼きだ。あの屋台で売っているから、このまま行こう。ごちそうするよ」

みんなが串焼きをおいしそうに食べているのを横目に、ローズはこれまでにない吐き気をこらえながら、必死で肉を喉に押し込もうとした。ダニエルが自分とトーマスのためにエールを、リリーとローズのためにワインの水割りを持ってくる。本当はただの水のほうがありがたいけれど、それでもローズは文句を言わずに飲み物を口にした。

「見て、ドラゴンよ！」リリーが楽団のパレードを先導しているドラゴンの頭を指さした。

楽団のうしろでは、ロマ族の人たちが何人かで大きな木の人形を引きずっている。

「見られると言っただろう、リリー。ドラゴンのうしろにいる巨人が見えるね？　あれは編み細工で作られているんだ。今夜のかがり火で、女神へのいけにえとして燃やされる」

「興味深いわね」リリーが言った。「みんな食べ終わった？　少し歩きたいわ。見るべきものはたくさんあるのに、まだ表面をかすった程度にしか見ていない気がするの」

ローズは食べかけの串を兄に押しつけた。「もう食べられないからあげるわ」

「気分でも悪いのか、ローズ？」トーマスがきいた。

リリーが横目で妹をちらりと見る。

「そんなことはないわ。朝食をとりすぎてしまっただけよ」

その後、ローズたちはいろいろなものが売られている商人たちの屋台のあいだを歩きつづけた。しばらく時間をかけて東洋の絹織物を見終わったとき、ロマ族の老女が彼女たちを手招きして言った。「そこのお嬢さん方、これから母親になるんだね。生まれてくるのが男の子か女の子か、知りたくはないかい？」

ローズの胸がどきりとする。助けを求めてリリーに視線を向けた。

「あなたの勘違いですわ、マダム」リリーは眉をあげて老女を見ると、手に持ったレティキュールを意味ありげに揺らした。

老女がにんまりと笑う。「それはそれは、間違いだったかね。ところで、将来を占ってみたくはないかい？　お嬢さんと、そちらの妹さんもご一緒に」

「いいえ、結構よ」

「いいじゃないか、リリー」ダニエルが乗り気になって言った。「これも伝統だ」

「わかったわ、あなたがそう言うならお願いしましょう」

「おっと、今回はお嬢さん方だけだよ」老女はダニエルとトーマスに告げ、その場にとどまるよう身ぶりで示した。

リリーがローズの腕をつかみ、老女のテントに引っ張っていく。「ごめんなさいね、ローズ」

「いいのよ。彼女を黙らせてくれただけでもありがたいわ」

「さてさて」老女は石と水晶玉、そしてカードが置かれた小さなテーブルの向こう側に腰を落ち着けた。「わたしはメリーナだよ。ふたりとも、そこにお座んなさいな」

「まず、黙っていてくれたことに感謝しなくてはいけないわね」リリーがレティキュールから硬貨を出し、メリーナの手に握らせる。

「じゃあ、わたしは正しかったんだね。おふたりは身ごもっているわけだ」

「ええ」リリーが答えた。「どうしてわたしたちが姉妹だとわかったの？」

「メリーナはなんでも知ってるのさ。おふたりとも赤ん坊を宿しているけれど、結婚しているのはひとりだけだね」

「そうよ」

またしてもローズの目に涙がこみあげてくる。もうイングランド中の涙を流しきってしまったかと思ったけれど、まだだったようだ。

「ああ、泣くことはないよ、お嬢さん」メリーナが言った。「あんたの男は戻ってくるから」

「それはきっと間違いだわ」ローズは否定した。

「メリーナは間違えたりしないさ。カードで確かめてみるかい？」

「子どもの性別を教えてくれるのではなかったの？」リリーが問い返した。

「もちろん、それもあとで教えてあげるよ。だけど、妹が心を痛めてるようじゃないか。そんなときはカードの知恵が必要だよ」メリーナはテーブルの上のカードを手に取ってシャッフルし、ローズに手渡した。「さあ、カードを切って」

ローズは言われたとおりにした。

メリーナが一番最初のカードを引く。「剣の九か。お嬢さんは不安で苦しいんだね。ひとりで背負わないといけない重荷があるから」

「そんなこと、あなたに言われるまでもないわ」リリーがぶっきらぼうに言った。

「姉さんはお嬢さんを守ろうとしているみたいだね」メリーナがさらに続ける。「それと、苦しんでいるのはお嬢さんひとりじゃない」

「わかっています。姉はわたしの重荷を一緒に背負おうとしてくれているわ」

「姉さんじゃないよ。もうひとり、あんたと同じように苦しんでいるのさ。どうにもできないと思い悩んでいるみたいだね」

「誰が？」

「赤ん坊の父親だよ、決まってるだろう」

ローズが驚きに目を見開いていると、メリーナがさらにカードを引いた。「五芒星（ごぼうせい）の八だ。お嬢さん、手に才能を宿しているね」

「ええ、ピアノを弾くわ」

「その人をわざわざ助けるようなことを言ってはだめよ、ローズ」リリーが割って入った。

「メリーナに助けなんていているもんか」老女が次のカードを引く。「杯のエース。こいつはいいよ！　命の杯だね。お嬢さん自身が命の杯なんだ。あんたは赤ん坊に命を授ける。祝福された奇跡の子に」

「でも、わたしの子は婚外子よ」ローズは静かに涙を流した。

「すべての赤ん坊は祝福された存在なのさ。奇跡だよ。それにお嬢さんの子は婚外子にはならない。その男はあんたのところに戻ってくるから」

「あなたを信じられたらどれだけいいか」

「メリーナを信じな。メリーナはなんでも知ってるからね。さあ、最後のカードだ――おや、月か」老女がため息をつく。

「何？　不吉なの？」ローズはきいた。

「いいや。必ずしもそうとは限らないよ。ただ、何かがおかしいね。誰かがお嬢さんに嘘を言っている」

「それなら本当よ。おなかの子の父親が、わたしに嘘をついたの」

「ああ、たしかに彼だ。でも、それだけじゃない。あんたが思ってるのとは違う何かがあるんだ。その男は絶対に戻ってくる」

「どうしてあなたにわかるの？」

「カードは嘘をつかないよ、お嬢さん。あんたの苦しみはいずれおさまる。男も戻ってくるさ」

ローズはうなずき、ハンカチで洟をかんだ。「あなたの番よ、リリー」

「わたしはいいわ。カードなんて引いてほしくもない」リリーがきっぱりと言う。「でも、生まれてくる子の性別は知りたいわ」

「そうだったね」メリーナが革ひものついた水晶玉に腕を伸ばした。「まずは妹のほうからだ。苦しみをやわらげてあげないと」

「子どもの性別を知ることが、どうして妹の苦しみの解消につながるの？」リリーがあきれた表情で言った。

「メリーナを信じるんだ」老女がローズを見て、地面に置いてある枕の山を指さした。「あそこに横になりな」

ローズがためらいながら枕の上に横たわると、メリーナは紐にぶらさがった水晶玉を彼女のおなかの上へと持っていった。「あとは精霊がわたしたちを導くのを待つだけだ」水晶玉がゆっくりと縫うように前後しはじめ、やがて動きが一定の線を描くようになった。「生まれてくるのは女の子だよ、お嬢さん。父親の髪と母親の目を受け継いだ、きれいな女の子だ。

それは美しい、父親にとって最愛の娘になるだろうね」

「女の子？」ローズは笑顔になった。「女の子なのね。すばらしいわ」

「だからメリーナは言っただろう？　苦しみをやわらげるって。さあ、次はそちらのお嬢さんだ」

リリーが枕の上に横たわると、メリーナは水晶玉を彼女のおなかの上にかざした。「こっちは男の子だね。公爵の跡継ぎが生まれるよ」

「跡継ぎ！　すごいわ！」リリーが思わず大声を出す。「ちょっと待って。わたしの夫が公爵だと、どうしてわかったの？」

「メリーナはなんでも知ってるのさ」

リリーが起きあがり、レティキュールを手にした。「あなたが正しいかどうか、わたしにはわからないわ、メリーナ。でも、娯楽として一級なのは間違いないわね」さらに数枚の硬貨を老女に渡す。「あなたの時間と手間へのお礼よ。それと口のかたさに対しても」彼女は最後に言い添えるのを忘れなかった。

「公爵夫人は親切なお方だ。メリーナは礼を言うよ」老女がリリーからローズへと視線を移した。「気を落としたらだめだよ。あんたの男はあんたを愛してるし、必ず戻ってくるから」テーブルのうしろにある花瓶から、ピンク色のバラを一輪抜き取る。「このバラを持っておいき。今夜の一二時に花びらをまくんだ。そうすれば、あんたの男が香りをかぎつけて戻ってくる」

リリーがあきれた表情を浮かべたが、ローズは必死だった。

「わかったわ」バラを受け取って礼を言う。「本当にありがとう」ローズもレティキュールを手に取った。

メリーナが彼女を制止した。「公爵夫人がもうじゅうぶんすぎるほど払ってくれたよ。金は取っておきな」

「いいえ、受け取って」ローズは硬貨を老女のしわだらけの手のひらに置いた。「あなたの言葉を信じるかどうかはわからないけれど、あなたのおかげで気分はよくなったわ」

「こんなにたくさんもらえないよ」メリーナが首を横に振った。

ローズは老女の手を取り、金色の硬貨をその指に握らせた。「受け取って。あなたが思っている以上に、わたしは助けられたわ」

「ローズ、まさか本当にこんな理屈に合わない話を信じているんじゃないでしょうね？」リリーが尋ねた。

「どうかしら」ローズは言った。「でも理由はわからないけれど、本当に気分はよくなったわ。あなたのおかげよ、メリーナ」

「あんたに祝福を」メリーナは微笑んだ。「あんたと近しい人々、それから女神様が称えられんことを」

ローズたちがテントを出ていくと、ロマ族の大男がメリーナのうしろにある隠し扉から入ってきた。「あの嬢ちゃんの男が戻ってくるなんて、本気で思ってるのか？」彼は尋ねた。

「そんなの知るもんか」メリーナが答える。「あの子たちの素性を教えてくれて助かった。ありがとよ」彼女は男に硬貨を何枚か投げ与えた。

男が硬貨をポケットにしまった。「あのふたりの腹に子どもがいるってのは、なんでわかったんだ？」

「別に特別な力なんかなくても、それくらいわかるさ。女があんな顔をしていればね。あんただってわたしと同じ年になれば、簡単にわかるようになるよ」

「かわいそうな娘だ」

「そうだね。誰にも言うんじゃないよ。口止め料はたっぷりもらっちまったからね」メリーナはにやりとした。

「そろそろアーチェリーの時間じゃない？」リリーがダニエルに言った。

「ああ、そのとおりだ」ダニエルがトーマスのほうを向いた。「きみはどうする、ジェムソン？　ぼくに負けるために参加してみるか？」

「残念ながら、ぼくの腕はもう錆びついている」トーマスが答える。「リリーが、きみの腕前はすばらしいと言っていたよ」

「ええ、ダニエルはすばらしい男性だわ。弓と矢はついでよ」リリーが夫をからかった。

ダニエルは微笑むと愛する妻の手を取って軽くキスをし、トーマスにあきれた表情を浮かべさせた。「たぶんプライスが来るだろう。今度は絶対にぼくが勝つ」

ローズは息をのんだ。キャメロンに会うと思っただけで、胸がどうしようもなく高鳴ってしまったからだ。もちろん、ダニエルは彼がライブルック公爵領から出ていったのを知らないからそう言ったのであって、おそらくキャメロンは祭りに来ていない。

結局、キャメロンはアーチェリーの大会に姿を見せなかった。だが競技にはエヴァンも参加し、ダニエルをあと少しで負かすところまで追いつめる大接戦を演じた。

「見事な腕だった、ゼイヴィア」ダニエルがエヴァンに声をかけた。

「そっちこそお見事だったよ、ライブルック」

「本当にすごかったわ、エヴァン」ローズは笑顔で言った。「あなたがあんなにアーチェリーが上手だなんて、知らなかった」ふたたび洗礼名で呼んだのは、意識してのことだ。彼こそが結婚すると決めた相手なのだから、そう呼ぶのが自然だろう。

「ぼくたち競漕の選手だって、ほかの趣味のひとつやふたつはあるからね」エヴァンが小さく笑った。「五月祭では負けたそうじゃないか、ライブルック」

「ああ、残念ながらそのとおりだ。今日はプライスがいなかったことだけが心残りだよ。彼を負かしたかったのに」ダニエルは祭りの会場に響き渡るほどの大声で笑った。

ソフィーとアレクサンドラが駆け寄ってきて、ローズたちに加わった。「あなたの活躍を見逃してしまってごめんなさい、エヴァン」ソフィーが言った。

ソフィーも彼を洗礼名で呼んだことに、ローズは驚いた。とはいえ、エヴァンはじきに彼女の義理の兄になる身でもある。家族なら、互いに親密な呼び方をして当然だ。

「いいさ、かまわないよ」エヴァンが応じる。「勝ったのはライブルックだ。ぼくは僅差の二位だった」

「まあ、すごいじゃない」ソフィーがさらに言った。「もっと早く来るはずだったのに、アリーが占い師と話したいと言うから」

「そうなのよ、ごめんなさい」アレクサンドラがエヴァンのほうをほとんど見もせずに謝った。「でも、メリーナとかいうロマ族のおばあさんから、ミスター・ランドンのことですごくいい話を聞かせてもらえたわ」

「やれやれね。アリー、あなたまで」リリーがあきれた声を出す。

「そうなの？」ローズは尋ねた。「メリーナになんて言われたの？」

「恋は思っているよりも身近にあるって」アレクサンドラがまくしたてる。「すごいと思わない？　きっとミスター・ランドンがわたしに会うために、近くまで戻っているに違いないわ！」

「彼からの手紙に、すぐ帰ると書いてあった？」リリーがきいた。

「いいえ。でも、わたしを驚かせようとしているのかも」

「そうかもしれないわね」リリーはやれやれという表情で話題を変えた。「これからどうするの？」

「ビールはどうだ？」トーマスが陽気に提案した。

「ジェムソンに賛成」エヴァンが言った。「喉の渇きをどうにかしないと」

「それはいい考えだが……」ダニエルが言葉を濁す。「女性たちは――」

「大丈夫よ、彼らと行ってちょうだい」リリーは夫の背中を押した。「独身時代の名残も、害がなければ少しくらいは許してあげる」男性たちを手で追い払う仕草をする。「女性陣はわたしと一緒に買い物よ。東洋の絹織物をもう少し見たいの。一時間後にまた、ここで集まりましょう。踊りを見逃したくないわ」

「完璧だ」ダニエルが言った。「好きなものを買うといいよ、いとしい人」

「自分が何を言ったか聞こえたか、ライブルック？」トーマスが笑い声をもらしてからかう。

「きみに酒が必要だとは思えないな。じゅうぶんに酔っている」

三人の男性は声をあげて笑い、一緒にその場を離れていった。

アレクサンドラがため息をついた。「確信したわ。イングランドのすてきな男性の上位三人は彼らで決まりね」考え込むような顔をして言葉を続ける。「その三人がいとこと義理のいとこ、それに義理の兄よ。なんて不運なのかしら！」

「アリーったら、男性のことしか考えられないの？」ソフィーがやれやれと言いたげに頭を振った。

「何よ。あんな豪華な三人組はほかにいないじゃない。お姉様だってわかっているでしょう」

「アリーに賛成せざるをえないわね」リリーがおどけた。「特に真ん中の男性は格別だわ。

さあ、買い物よ！　すてきな絹織物が欲しいの」

「どうしてあなたがエヴァンと結婚しないのか、わたしにはまだ理解できないわ、ローズ」アレクサンドラがローズに顔を向ける。「たしかにわたしだって彼のことが好きというわけではないけれど、あれだけの二枚目なのよ！」

「アリー！　言葉に気をつけて」ソフィーがため息をついた。

「実はわたしも後悔しはじめているの」ローズは言った。

「そうなの？」アレクサンドラの眉がくいっとあがる。「考えていた以上に、彼への思いが強かったということ？」

「いろいろと考えているところなのよ。いまはそれしか言えないわ」ローズはリリーのほうを向き、何も言わないでと目で訴えた。

「まあ、あなたが心変わりするのも無理ないわ。だって、あれだけのいい男ですもの」

いい男。アレクサンドラは正しい。三人とも、このうえなくすてきな男性だ。けれど、その三人をかすませる、ひと目見ただけでローズの呼吸すら奪ってしまう男性がひとりだけいる。

その男性の名はキャメロン、おなかの子の父親だ。

女性たちが買い物の荷物を腕いっぱいに抱えて待っているところへ、酒場での息抜きを終えた男性陣が満足げな様子で戻ってきた。

「なんだこれは、ライブルック」トーマスが女性たちに近づきながら大仰に言う。「店の品を残らず買い占めてしまったみたいだぞ。きみがあんなことを言うからだ」

「ごめんなさい、ダニエル」リリーが兄を無視して言った。「買ったものを馬車に運ぶ時間がなかったの。あなたとの約束に遅れたくなくて」

「かまわないよ、いとしい人。ぼくたちが運ぼう」ダニエルが応え、トーマスとエヴァンを見た。

「冗談だろう?」トーマスがウィンクをしてみせる。「きみの妻に関わることは、いまやきみの問題だ。妹が結婚したとき、ぼくの兄としての責任は終わっている」

「トーマスったら、相変わらずばかね」リリーが声をあげて笑った。

「きみが兄であることに変わりはないさ」ダニエルはトーマスにそう言って、エヴァンに視線を移した。「そしてきみはあと少しでいとこになる。さあ、運ぶぞ」

「公平を期すために言っておくけれど、全部がリリーのものではないのよ」アレクサンドラが会話に入ってきた。「ローズとわたしもきれいなスカーフを買ったわ。ソフィーだって、すてきなショールを見つけたし」

男性陣が荷物を運び終えて戻ってくるまでに、祭りの踊りが始まっていた。白い半透明のヴェールをつけ、花冠や冠をかぶったドルイドたちが輪になり、腕を伸ばしてゆっくりと動いている。互いにぶつからず、渦を描くように少しずつ輪をせばめていくドルイドたちの中には、笛吹きもひとり交じっていた。

「踊っているあいだ――」ダニエルが説明する。「踊り手たちは最低でも一回、ほかの踊り手と向かい合うんだ。ああやって円を描いて動きながら、女神を呼び出す力を高めていく」

「美しい踊りね」リリーが吐息をもらした。

「本当に」ローズも同意する。

「ちょっと！」踊りを先導するリーダーが女性の手を取って口にキスしたのを見て、ソフィーが思わず声をあげた。

「あれも踊りの一部だよ」ダニエルが説明を続けた。「肉体的な接触がいっそう力を高めるとされているんだ。この踊りは祭りだけでなく、満月の夜に月を引きおろすために行われることもある。魔術を行うに当たって、月の力を高めて利用するそうだよ」

「奇術のこと？」ローズは尋ねた。「そんないんちきのたぐいに手を染めている人たちには見えないけれど」

「魔術と奇術は違うよ、ローズ」ダニエルが答える。「それが異教の祈り方なんだ」

「どうしてあなたはこんなことに詳しいの、ダニエル？」今度はリリーがきいた。

「子どもの頃、ぼくとモーガンは両親に連れられてあらゆる祭りを見たからね」

「本当に美しいわ」ローズはうっとりして言った。「異教の儀式がこんなに感動的だなんて、誰が信じるかしら？」

「お父様は間違いなく信じないわね」リリーが応じる。「筋金入りのキリスト教徒だもの」

「こういうのははじめてなんだね？」エヴァンがローズにきいた。

「ええ、そうよ。父から異教の祝祭を見に行くのを禁じられていたの。五月祭も夏至の祭りも、サウィン祭もユールも行ったことがないわ」

「わたしとソフィーはスコットランドで何度か見たわ」アレクサンドラが割って入る。「ケルトの氏族たちが根を張っている土地の儀式よ。わたしもソフィーもいつも行っていたわけではないけれど、父が留守にしているときに母が連れていってくれたの。とても楽しかった。わたしはずっと、父がもっとたくさん出かけてくれたらいいのにと思っていたわ」

「きみたちのお父上についてはあまり知らないな」エヴァンが言った。「ぼくの父はアイリスの過去について、あまり教えてくれないんだ」

アレクサンドラがこともなげに首を横に振った。「信じてちょうだい、知らないほうが幸せよ」続いてダニエルに視線を移す。「劇場へ行く前に食事と着替えをしなくてはならないなら、そろそろ戻ったほうがいいかしら？」

「たしかにそうだな。かがり火を見せられなくてすまない、リリー」

「いいのよ、気にしないで。今日はとても楽しいもの」リリーは手を振って夫の謝罪を流した。「夜も楽しみで待ちきれないわ。新しい劇場の初演に立ち会えるなんて！」

ダニエルが妻の手を取ってキスをし、それから一行は待っている馬車へと向かった。

ローズの心はずきずきと痛みを訴えていた。姉が夢の男性と恋に落ちているのはうれしい。だが、わが身を残念に思う感情は抑えきれるものではなかった。キャメロンがローズの手にキスをし、彼女のために荷物を運び、うしろから抱きしめて耳元でささやきかける。そんな光景が次々と頭に浮かんできた。メリーナにもらったバラを握りしめ、これから生まれる娘が母親の愛を感じてくれるよう願いながら、おなかにそっと手をやる。

〝約束するわ〟ローズは心の中で子どもに話しかけた。〝どこの父親と母親の愛情を合わせたよりも大きな愛情をあなたに捧げる。絶対に寂しい思いや困った思いはさせないと誓うわ。神様と女神様が証人よ〟

15

「お祭りに行きたかったな」姉に手伝ってもらい、新しいドレスを着ている途中のカトリーナが言った。

「そうね、わたしもよ」パトリシアは同意した。「でも、キャムは忙しいの。今日はお芝居の準備で一日中劇場にいなくてはいけないから、わたしたちを連れていく時間がなかったのよ。わかっているでしょう？」

「キャムの新しいお仕事、わたし、嫌いよ」カトリーナが口をとがらせた。

「あら、どうして？　今夜このかわいいドレスを着られるのも、新しいお仕事のおかげなのよ」

「ドレスよりキャムがいい」カトリーナがむくれて言う。「全然会えないんだもん。食事のときは帰ってこないし、帰ってきたらわたしが寝てる。朝だって、わたしが起きる前にいなくなっちゃう」

「そうね」パトリシアはため息をついて妹がピンク色のドレスに着替える手伝いを続け、最後のボタンを留めた。「でも、もう少しの辛抱よ、キャット。いまの劇の音楽を作る時間が二週間しかなかったの。次に音楽を作るときはもっと時間に余裕があるでしょうから、いまみたいに長い時間、働かなくていいはずよ」

「キャムはね、たぶんレディ・ローズに会いたいのよ」

パトリシアは眉をあげた。妹は実によくまわりを見ている。「あら、レディ・ローズに会いたいのはあなたじゃないの？」

「うん、会いたい。ミス・ペニーの代わりに家庭教師になってくれればいいのに」

「何を言うの、キャット。レディ・ローズは貴族よ。誰の家庭教師にもならないわ。それにミス・ペニーだって、いい先生じゃない。先生が好きじゃないの？」

「ミス・ペニーもすてきよ。だけど、レディ・ローズよりはすてきじゃない」

「レディ・ローズと同じくらいすてきな人なんていないわよ」

「お姉ちゃんがいるわ」

思いがけない言葉に、パトリシアは笑い声をあげた。「まあ、褒めてもらってうれしいわ。キャット、ありがとう」

「レディ・リリーもね」

「いつかあなたもそうなるわよ。間違いないわ。さあ、うしろを向いて」パトリシアはカトリーナの髪を撫でた。パトリシアとキャメロンの髪は夜のように黒いが、カトリーナの髪は深みのある濃い茶色で、やわらかな巻き毛が肩のあたりまで伸びている。ココア色の瞳と愛らしい丸顔はこれから年を追うごとに成長し、いずれ真の美貌に目覚めることだろう。「今夜は髪をあげてみましょうか、キャット?」

「いいの、トリシャ?」

「今日だけならいいと思うわ」

「お母さんはなんて言うかな」

「何も言わないわ。出かける時間までここにいましょう」パトリシアはカトリーナの髪を頭のてっぺんでまとめた。「あなたはとてもきれいな髪をしているわ。いつか男の子たちに追いかけまわされるわよ」

「お姉ちゃんみたいに?」

「いまは誰も追いかけてこないわ」

「前のおうちではそうだったじゃない」

パトリシアは微笑んだ。たしかに、領民や村人たちからの関心なら集めていた。でもこの大都会に移ってきて、しかも有力な名前も持参金もない身の上では、男性の目を引くのに前よりも苦労することを覚悟しなくてはならないだろう。キャメロンはまだ男性との交際は早すぎると思っているけれど、彼女だって、あとひと月もしないうちに一六歳になる。そういうことも考えていかなくてはならない。「もう前の家では暮らしていないのよ」最後のピンを妹の髪に挿した。「さあ、鏡を見て」

「すてき!」カトリーナが大きな声をあげた。

「よかった」パトリシアは妹にキスをし、頰を軽くつねった。「ほら、ほっぺに少し色がついたわよ。バラ色に見せるために、レディはみんなこうしているの」

カトリーナがくすくす笑い、もう一度自分で頬をつねった。

「やりすぎてはだめ。あざになっちゃうわ。少しでいいの」パトリシアは自分も頬をつねってみせた。「ほらね、このくらいよ。さあ、ベッドで座っていなさい。わたしが準備するところを見ていてね」

彼女はすでに青紫色のイヴニングドレスに着替えをすませているので、椅子に腰をおろし、髪を整えはじめた。

「そのドレス、お姉ちゃんの目の色と同じね」カトリーナが言った。

「それよりキャムの目の色と同じだと思うわ。わたしのは、この色より濃いと思うけど」

「ううん、お兄ちゃんの目はもっと銀色っぽいよ。お母さんがね、キャムの目はお父さんにそっくりだって言ってた」

「ええ、わたしもそう思うわ」

「わたしもお父さんのことをもっと覚えてればいいのに」

「そうよね、キャット。いいお父さんだったわよ。あなたがそれを知る時間がもっとたくさんあればよかったのにって、わたしも思ってる」

「うん」カトリーナがやわらかな息をつき、パトリシアのベッドの上でスカートを広げはじめた。「スカートから音がするよ」楽しそうにくすくす笑う。

「その生地はタフタっていうの。さらさらと音がするでしょう」

「この音、好き」

「わたしも好きよ」

「こんなすてきなドレスが着られるなんて、思ってなかった」

「ええ、わたしもよ、キャット」

「これからも、またこれと同じようなドレスが着られるかな」

「着られますとも。それにあなたは育ちざかりなのよ。そのドレスだって、夏が終わる頃には着られなくなっているわ」

「お姉ちゃんのは？」

「わたしのはしばらく大丈夫ね」パトリシアはそう言って小さく笑った。「太らない限り」

「お姉ちゃんは太らないよ。お母さんだって太ってないもの」

「そうね」パトリシアは髪に最後の手を加えた。「できたわ」振り返って妹と向き合う。「どうかしら？」

「お姫様みたい」カトリーナが感嘆の息をもらした。「あとはほっぺをつねって、唇を嚙むのね」

「唇を嚙む？」パトリシアはにっこりした。「どうしてそんなことまで知っているの？」

「前にお姉ちゃんがやってるのを見たもの」

「本当によく見ているのね」いろいろな意味で、たいした観察眼だ。パトリシアは顔を鏡に戻し、出来を確かめて満足した。一瞬、頭にレディ・ローズの兄、ジェムソン卿のハンサムな顔が浮かぶ。おそらく、もう二度と会うこともないのだろう。どのみちばかげた空想にすぎないのだから、どうでもいい話だ。

ベッド脇のテーブルに置かれた時計をちらりと見る。「そろそろ階下に行ったほうがいいわね」パトリシアはカトリーナに声をかけた。「馬車が八時ちょうどに来るとキャムに言われているの。さあ、準備はいいかしら、ミス・カトリーナ？」

「いいですわ、ミス・パトリシア」カトリーナはピンク色の小さな手で姉の手を握り、階段へと向かう廊下をスキップしていった。

ローズは二台の馬車がライブルック公爵邸から遠ざかっていくのを、寝室の窓から見送った。頼み込んで今夜の劇場行きからはずしてもらったので、いま屋敷には両親であるアシュフォード伯爵夫妻とエヴァンのきょうだいたち、それから彼女しかいない。両親が残っているのは伯爵夫人の気分が悪くなってしまったためで、ローズは同じ病がうつったのかもしれないと、母親の具合を言い訳に利用した。実際の体調は、妊娠しているせいで万全とは言えないものの、病気とはほど遠い。それどころか、今日はあの占いの老女と会ったあと、吐き気はずいぶんと楽になっていた。もちろんメリーナの言葉を完全に信じたわけではない。けれどもローズの心は、屋敷に残り、真夜中になったら愛を運んできてくれる花びらをまくことを望んでいた。時間になったら裏手のテラスから、あと少しでキャメロンと愛し合うところだったあの場所の真上から、花びらをまくことにしよう。

簡素な夕食のあと、ローズは入浴してナイトドレスに着替えた。もうどこに行くわけでもないし、楽な格好でグランドピアノを弾きたいと思ったからだ。すでに習得した曲をひととおり弾き、それから練習中の何曲かを演奏する。二時間後、彼女は母親の様子を確かめに行き、問題ないことがわかると、本を読もうと自室へ戻った。

ダニエルはリリー、公爵未亡人とルーシー、アイリスとブライトン伯爵、アレクサンドラ、ソフィー、エヴァン、それにトーマスという一行を、新しいリーガル劇場のボックス席へといざなった。

「本当にすごいわ！」アレクサンドラが感嘆し、手袋をした指で椅子に張られたヴェルヴェット地をなぞった。「劇場って、どこもこんなに優美なのかしら？」

「どこも優美だが、ここほどではないかもしれないな」ダニエルは答えた。「ニューランドがよくよくがんばったんだろう」

「あなたの支援がこれを作る助けになったのなら、わたしは今後も続けることに大賛成よ」リリーは言った。「本当に見事だわ」

女性たちが並べられた椅子の前列に座り、男性たちがそのうしろの列に腰を落ち着ける。

「座席が一二もあるボックス席なんて——」ルーシーがもらした。「なかなか前衛的な作りね」

「ニューランドがパトロンのために、大きなボックス席をふたつ作ったんです」ダニエルは説明した。「そのほかのボックス席は座席が六つだそうですよ」

「ローズがいないのが本当に残念だわ」ソフィーがぽつりと言う。「きっと気に入ったのに」

「ええ、そうね」リリーは同意した。

「明日の結婚式までに、ローズとフローラおば様の具合がよくなるといいのだけれど」ソフィーが心配そうに両手をもみ合わせた。

「ふたりとも、きっと元気になるわ」アイリスが応じる。

「ええ、そうです。必ずよくなります」リリーはアイリスに向かって言った。「あのふたりなら何を置いても式には出席しますとも、おば様」

それからリリーは配られた案内の冊子にざっと目を通し、役者の経歴を読んだ。ザカリー・ニューランドと演出家の経歴は華々しいものだ。ほかの役者はほとんどが無名だったが、彼女が名を知っている者も何人かはいた。それぞれの軌跡をざっと目で追い、重要だと思ったものを拾い読みしていく。読み進めるうちによく知った名前を見つけ、椅子から飛びあがらんばかりに驚いた。

キャメロン・プライス、作曲家。

あわてて冊子の表紙に戻り、今度は一語も残さず真剣に読んでいく。あるページの下のほうに小さな字で、振り付けの下、舞台設計の上に〝オリジナル曲、キャメロン・プライス〟とたしかに書いてあった。リリーはふうっと息を吐き、ふたたび経歴のページに戻った。キャメロンの経歴は、ほとんどの者よりも短かった。

〝ミスター・プライスはこれまで民謡とワルツの二曲を世に送り出したほか、個人のための作曲も請け負っている。ウィルトシャー出身で、バースのミセス・プライスの息子である彼の心は、いまでも純朴な少年のままだ。キャメロンはリーガル劇場のために作曲する機会を得たことをミスター・ザカリー・ニューランドとライブルック公爵に感謝しつつ、初演を迎えるに当たって果たした功績を、愛する妹のパトリシアとカトリーナ、そして父親の思い出に捧げたいと述べている〟

ライブルック公爵ですって？　リリーはエヴァンと話している夫に顔を向けた。「ダニエル？」

「どうした？」

「お話の邪魔をしてごめんなさい。でも、これを読んでちょうだい」夫に冊子を渡し、どこを読めばいいのかを指で示す。

ダニエルがすばやく目を通し、視線をあげた。「これがどうかしたのか？」

「どうして彼があなたに感謝しているの？」リリーはきいた。

「わからないが、きみのワルツの楽譜をニューランドに送ったことが関係しているのかもしれないな」

「楽譜を？」

「ああ。きみも知ってのとおりいい出来だったし、ニューランドの新しい仕事に才能ある作曲家が必要かもしれないと思って送った。どうやら、ぼくのしたことは正しかったようだ」

「なんてこと」

「プライスのためにはよかった」ダニエルが続ける。「うちの領民でおさまっている器ではないと、常々思っていたんだ」

「彼と話をしないと」リリーは立ちあがろうとした。

ダニエルが両手で妻の肩を押さえる。「いまはだめだよ。もうすぐ劇が始まる」

「そんなのどうでもいいわ。彼がこの劇場のどこかにいるのよ。いますぐ話さなくてはいけないの！」

「だめだ、リリー」ダニエルがきっぱりと告げた。

「わたしに向かって声を荒らげないで！」リリーは怒った声でささやいた。

「落ち着くんだ、いとしい人。ぼくは声を荒らげてなどいない。劇がもう始まるよ。ほら、照明が落ちていく」

「ダニエル、あなたはわかっていないの。これは……すごく大事なことなのよ！」もっと打ち明けたいけれど、ダニエルの隣にエヴァンがいる以上、そうもいかない。

「休憩のときにプライスを探そう」ダニエルが言った。「きみだって、せっかくの劇を見逃したくないだろう？　それに彼はいま多忙をきわめているはずだ」

ダニエルの言葉は正しい。夫がいつも正しいというのも困ったものだ。リリーは顔がほころんでいくのを止められなかった。彼は妻の衝動的なところも愛しているけれど、必要なときはきちんと制止もしてくれる。そのとき、キャメロンのものに違いない音楽に合わせて舞台の幕があがった。リリーは手をうしろにやり、ダニエルがその手を握ると、どれだけ愛しているかを言葉に頼らずに伝えるため、そっと力をこめて握り返した。

やがて休憩時間になって幕がおりたとき、リリーは感嘆の息をもらした。ここまでの劇の出来栄えはすばらしく、音楽も感動的だった。キャメロンは間違いなく特別な才能に恵まれている。彼ほどローズの相手にふさわしい男性はいないだろう。なんとしても彼を探し出し、妹に対して正しいことをさせなくてはならない。

「ダニエル」リリーは立ちあがった。「すぐ戻るわ。少し……お化粧を直してくるから」

「ぼくも一緒に行こう」ダニエルが言った。

「化粧を手伝うのか？」エヴァンが笑みを浮かべながらきいた。

「それは……違う」

「まさか自分も化粧を直すとか言いだすつもりではないだろうな」トーマスも加わり、くすくす笑った。

「まったく、ふたりとも、ぼくを困らせる軽口は謹んでくれないか？　自分の妻を愛して何が悪い？」ダニエルが問いかけた。

「全然悪くないわ」リリーは声をあげて笑った。「さあ、ダニエル、行きましょう」

ボックス席を出ると、彼女は急いで言った。「ミスター・プライスを探さないと」

「なぜそんなに大事なのか、話してくれるんだろうね？」

「ええ。ローズのために探さなくてはいけないの。あの子は……彼を愛しているのよ」

「なんだって?」

「本当よ。それなのに、プライス家の人たちはわたしたちの土地から出ていってしまったみたいなの」

「プライスがここで働いているのだから、そうなのだろう。屋敷に知らせが届いているのは間違いないよ。旅行のあいだに来た知らせは、まだすべて目を通していないんだ。まあ、それはいい。なぜローズが彼を愛しているなんていうことになっているんだ? 彼女はこのところ、ゼイヴィアとつき合っていたじゃないか」

「ただそうなってしまったの。誰と恋に落ちるかなんて、人には選べないのよ、ダニエル。わたしたちはよく知っているはずでしょう」

「たしかに」ダニエルが微笑んだ。「だがプライスのほうは、ローズの思いに応じる気があるのか?」

「それは……」

「リリー」

「本人はないと言っているわ。でも、わたしは信じない。それにどのみち、彼の気持ちは問題ではないもの」

「大切なことじゃないか。なぜ問題ではないなんて言うんだ?」

「ああ、もう! ローズが身ごもっているからよ!」うっかり言ってしまってから、リリーはあわてて手で口を覆った。

「なんだって？」

「大きな声を出さないで」彼女は懇願した。「おなかに子どもがいるのよ。ああ、神様、言わないってあの子に約束したのに」

「行こう」ダニエルがリリーの手をつかむ。「舞台裏であのろくでなしを探して、きみの妹に対して責任を取らせる」

「だめよ、ダニエル。そのやり方ではだめなの。ローズには誰にも言わないと約束したのよ。ミスター・プライスに話してしまったら、妹はもうわたしを許してくれないわ。あなたにだって言うべきじゃなかった。ただ……口から出てしまったの」

「ばかな。ローズはぼくの屋敷にいる。ぼくの庇護下にあるんだ。つまりぼくには、あの愚か者に自分のしたことの後始末をきっちりつけさせる義務がある」

「ダニエル、お願いよ……」

「レディ・リリー！」

振り返ると、小さなカトリーナ・プライスがこちらに向かって駆けてくるところだった。パトリシアがそのあとを早足で追ってくる。「だめよ、キャット」彼女は言った。「レディ・リリーはもう公爵閣下とご結婚なさったの。公爵夫人とお呼びしないと」

「いいえ、気にしなくていいのよ」リリーは言った。「またあなたたちに会えて、とてもうれしいわ。わたしの夫を紹介するわね。こちらがライブルック公爵よ。ダニエル、ミス・パトリシアとミス・カトリーナのプライス姉妹よ」

「お会いできて光栄です、公爵閣下」パトリシアが膝を折ってお辞儀をした。

「こちらこそ」ダニエルも礼儀正しく、きちんと頭をさげた。

「あなたたちのお兄様を探しているの」リリーは言った。「もう彼には会った？」

「兄なら、舞台裏にいます」パトリシアが答える。「劇が終わるまでは、裏に来ないよう言われているんです。なんでも休憩のあいだも忙しいそうで」

「まあ、それは考えてもみなかったわ」リリーはダニエルを見た。「席に戻りましょうか。劇が終わったら、改めて会いに行きましょう」

「公爵夫人がお探しになっていたと、兄に伝えておきます」パトリシアが言った。

「だめよ」リリーはすぐに止めた。「あの……そう、彼を驚かせたいの」

「わかりました。行くわよ、キャット。わたしたちも自分の席に戻らないと」パトリシアはカトリーナの手を取り、そのまま去っていった。

「かわいい子たちだ」ダニエルが言った。「あの子たちの兄が卑劣漢とは、残念でならないよ」

「あなただって、わたしを含めてたくさんの人たちにそう呼ばれていたわよ」リリーは彼の腕を取った。

「ぼくはどんな最低な人間でもやり直すことができると思っているよ。いいだろう、ローズの体については何も言わない。だがプライスには今夜、ぼくたちと一緒に屋敷へ来てもらう。

自発的に来ないようなら、そのときは真実を話して、無理にでもローズと結婚させる。でなければ、決闘でぼくの拳銃を拝ませてやることになる」

「なんてこと。本気であんな野蛮な風習を認めているわけではないでしょう？　決闘がまだ行われていること自体、わたしは知らなかったわ」

「こういう状況があるからこそ、いまでも行われているんだ」

「とにかく決闘はなし。彼はアーチェリーであなたを負かしているのよ、忘れたの？　拳銃ならあなたが勝つという保証はどこにもないじゃない。わたしは未亡人になるには、まだ若すぎるわ。それに……あなたがいなくなったら、寂しすぎて耐えられない」

「わかったよ、決闘はしない」ダニエルはリリーの頬にキスをし、指でそっとなぞった。

「ローズは赤ん坊を望んでいるのか？」

「ええ、たぶん」

「ジェムソン家の女性は身ごもりやすい体質なのかな」ダニエルが愛情をこめてリリーのおなかに触れ、それからふたりはボックス席へと戻っていった。

　幕がおりて役者たちが観客に挨拶をしたあと、ニューランドが作曲家にも挨拶をさせようと、キャメロンをなかば強引に舞台へあげた。舞台の上に立ち、万雷の拍手に向かってお辞儀をしたあと、キャメロンは顔を熱くさせる照明の光を浴びながら客席に視線を走らせた。照明のせいで観客ひとりひとりの顔は見えないが、それでも探さずにはいられない。拍手が静まったのをきっかけに礼儀正しくもう一度お辞儀をして、彼は舞台からおりた。探していたのは母親や妹たちの顔ではない。ローズの顔だ。楽団の席やバルコニー席、ボックス席に視線を走らせたが、彼女の顔は見当たらなかった。ため息をつき、ゆっくりと歩いて劇場の奥にある自分の部屋へ向かう。とにかく仕事を続けることだ。そうすれば、成功して家族に豊かな生活を送らせてやれるかもしれない。そう、仕事を続ける。それをうまくやっていけばいい。

だがローズなしでは、そこに意味などなかった。

事務所では前からの約束どおり、母と妹たちがキャメロンを待っていた。

「キャメロン、本当にすばらしかったわ」母が彼の両手を強く握った。

「楽しんでもらえてぼくもうれしいよ、母さん」キャメロンは母親の頰にキスをした。

「さて――」カトリーナを両腕で抱きあげる。「おまえはどうだった、キャット?」

カトリーナが大きなあくびをした。「すごく疲れちゃった。でも、今日のお芝居は好きよ。本当に大好き！　わたしもいつか女優さんになれるかも」

「それなら、ぼくの稼ぎで受けられる最高の教育を受けさせてやるからな」キャメロンはいったん言葉を切り、さらに言った。「今日はちゃんとしたレディみたいに見えるよ。髪型が特に大人っぽいね」

「トリシャがしてくれたの」

「そうね、わたしは許した覚えはないけれど」母が忘れずにつけ加えた。

「まあ、そう言わないで。妖精のお姫様みたいでいいじゃないか」妹を床におろすのとほぼ同時にライブルック公爵夫妻が入ってきて、キャメロンはうなり声をもらした。

「レディ・リリー！」カトリーナが喜びのあまり叫んだ。

「キャット、さっきも言ったでしょう、公爵夫人よ」パトリシアがすかさずたしなめる。

母がていねいに膝を折ってお辞儀をした。「お会いできてうれしく思います、公爵閣下、公爵夫人」

「こちらこそ、会えてうれしいわ、ミセス・プライス」リリーが応える。「あなたの息子さんに話があって、公爵とふたりで来ました」

「申し訳ありませんが、ぼくは忙しいのです」キャメロンは素っ気なく言い放った。

「キャメロン！」母がリリーに向き直る。「息子の無礼をお許しください、公爵夫人。娘たちとわたしは外に出ております。さあ、トリシャ、キャット、おいで」

「母は謝罪する必要などなかった。ぼくは本当に忙しいんですよ」キャメロンは繰り返した。

「まず、仕事につけたことにおめでとうと言わせてくれ」ダニエルが言う。「音楽はすばらしかった」

「お喜びいただけて何よりです、閣下。あなたがニューランドに楽譜を送ってくださらなければ、この仕事にはつけませんでした。感謝しています」

ダニエルが片方の眉をあげた。「恩返しを考えているなら、いい方法があるかもしれないぞ」

キャメロンは小さくうなった。もちろんそうだろうとも。お返しの時間というわけだ。この世の中、ただ乗りが通用するほど甘くないのはよくわかっている。彼は深く息を吸い込み、覚悟を決めた。「ぼくが閣下のお役に立てるとも思えませんが、できることがあればやらせていただきましょう」

「今夜、ぼくと妻と一緒に屋敷へ来てもらおう」ダニエルが告げた。

「なんですって？」

「ちゃんと聞こえたはずよ、ミスター・プライス」公爵ではなく、リリーが言った。「わたしたちと一緒に来てもらうわ。ローズが苦しんでいるの。あなたと会う必要があるのよ」

心臓が砕けたような気がして、キャメロンはまぶたを閉じた。ローズが苦しんでいるなど、考えただけでも耐えられない。「ぼくはローズに何も与えられません」目を開けて言葉を絞り出す。「彼女はゼイヴィアと一緒になったほうがいい。彼はまだ求婚していないのですか？」

「いいえ、したわ」リリーが答える。「でも、ローズが断ったの」

「なんですって？」信じられずに頭を振る。「いったいなぜ？」

「彼を愛していないからよ。ミスター・プライス、妹はあなたを愛しているの」

「なんてことだ」ローズがゼイヴィアと結婚しない可能性など、一度として考えたこともない。それでも、かなり強引な見方をすれば彼女がまだ自分のものだと言えなくもないと思っただけで、キャメロンの心は躍った。

「ローズはあなたを愛しているのよ。あなたも同じ気持ちなのでしょう？　違う？」

キャメロンは答えなかった。

「わたしの妹を愛しているの？　いないの？」リリーが問いつめた。

「ぼくの感情は関係ありません」キャメロンは言った。「ぼくには彼女に与えるものが何もない」

「ばかを言わないで。今夜、あなたが成し遂げたことをご覧なさいな。ローズに与えられるものならたくさんあるわ」

「いいや、ぼくはローズにふさわしくない。たしかに、ぼくはもう貧しい身ではないかもしれません。でも彼女が育ってきた環境と同じ豊かさは、絶対に与えられない。それにぼくには、母と妹たちに対する責任もあります。彼女にふさわしい人生は、一生かかっても与えられません」

「ほかの誰にも与えられなくて、あなただけがローズに与えられるものがひとつあるわ」

「それは？」

「愛よ」

「ぼくは……ぼくには……無理です」キャメロンはしどろもどろになった。

「ばかばかしい」リリーがなおも言う。「まさか、ただそこに突っ立って、わたしの妹を愛していないと言うつもりではないでしょうね。あなたはローズを愛しているわ。顔に書いてあるもの」

「ですが、ローズは貴族の夫を持ったほうがうまくやっていけるはずだ。ゼイヴィアと結婚しなくとも、彼女を狙って機会をうかがっている若い貴族はいくらでもいます。あのやさしさと美しさだ、相手には事欠かない。なんといっても世界一の女性なんだから」

「やっぱりローズを愛しているのね」

キャメロンは少しのあいだ黙り込み、それから言った。「ぼくでは彼女が必要とするものを与えられません」

「いいかげんにしてちょうだい。いつまで愚か者でいるつもりなの！」

「リリー、男には誇りというものがある」ダニエルが静かに割って入った。

「ええ、ええ、男の誇りね。当然そのくらい知っているわ」リリーがもどかしげにスカートを握る。「ふたりともばかよ」

「リリー」

「黒髪で思い悩む男性というのは、みんな同じみたいね」リリーがキャメロンに言い、それから夫のほうを見た。「わたしは金髪の放蕩者と恋に落ちてよかったわ。ずっと楽しいもの」

「プライス」ダニエルがキャメロンに告げる。「ぼくの義理の妹に重要なものを与えられないというきみの考えは理解した。だが、今夜は一緒にローレル・リッジに来てもらうぞ」

「もし断ったら？」

「そのときは力ずくでも連れていく。ぼくを見くびるなよ。必ずローズを幸せにするからな」

「お願いよ、ミスター・プライス」リリーが頼み込んだ。「ローズがあなたを必要としているの」

「ぼくだって彼女を必要としているんだ！」キャメロンは拳を自分の机に叩きつけた。「わかりました。行きましょう。手遅れでなければいいですが」

三人は劇場の脇の出入り口を目指したが、途中で老婦人が乗る車椅子を押すザカリー・ニューランドに呼び止められてしまった。彼の隣にはマイヤーソン伯爵夫人もいる。

「プライス」ニューランドが声をかけてきた。「ちょうど探していたんだ。デンビー侯爵未亡人を紹介したい」

「光栄です、侯爵未亡人」キャメロンは老婦人の手を取った。「いまここでお話しできないことをお許しください。ですが、緊急の用件がありまして――」

「あなたの音楽を堪能させていただいたわ、ミスター・プライス」デンビー侯爵未亡人が言う。「たいした才能ね」

「ありがとうございます」キャメロンは礼を述べてから、ひとりではないことを思い出した。「失礼しました。こちらはライブルック公爵夫妻です。レディ・デンビーとレディ・マイヤーソン、それからミスター・ニューランドです」

「お会いできてうれしく思います」リリーが侯爵未亡人に告げた。「ですが、ミスター・プライスの言うとおり、これから緊急の用事がありまして」

「こんな時間になんの用事なんだ？」ニューランドがキャメロンに尋ねた。

「それは――」ため息をつき、思いきって言った。「愛する女性のところに行くんです、ニューランド。誰であろうと、絶対に邪魔はさせない！」

レディ・マイヤーソンがぱっと笑みを浮かべた。「前に話してくれた女性ね？」

「ええ。公爵夫人の妹さんです」

「それなら早くお行きなさい、ミスター・プライス。彼女のもとへ」

「そうよ、行きなさい」侯爵未亡人が同意する。「愛は逃がしてはいけないものよ」

「ご理解していただき、ありがとうございます」キャメロンはふたりの女性の手にキスをし、ニューランドのほうを向いた。「母と妹たちを安全に家まで送り届けてもらえますか？」

「いいとも、プライス。もちろんだ」

「ありがとう」キャメロンはドアに向かって急いだ。「本当にありがとう！」

そのときピンク色のバラの花束を持った女優に鉢合わせし、彼はあわてて足を止めた。

「ローナ、すてきな花束だね」花束からバラを一輪だけ抜き取る。「いいかな？」

相手の返事も待たずに、キャメロンは先を急いだ。

ローズは裏手のテラスに立ち、バラの花びらの甘い香りを吸い込んだ。まいた花びらが、以前に彼女とキャメロンが一緒に横たわったやわらかな芝の上に舞い落ちていく。彼女はバラの香りを追いかけ、階段をおりて冷たく乾いた芝の上に出た。ゆっくりと思い出の場所のまわりを歩くと、ピンク色のナイトドレスが穏やかな風を受けてたなびいた。地面に向かって身をかがめ、キャメロンとあと少しで愛を交わすところだった場所に横になる。息を吸い、吐き、おなかを手のひらで撫でて、眠っているであろう赤ん坊にやさしい言葉をささやきかけた。そのまま目を閉じると、やさしい風が頬にかかった彼女の髪を揺らした。

もしキャメロンが戻ってくれさえしたら……。

リリーとダニエルの馬車がようやく屋敷に到着したとき、時刻はすでに午前二時近くになっていて、屋敷の中は静まり返っていた。リリーはキャメロンを応接室に連れていき、そこで待つように告げた。

「ローズを呼んでくるわ。ブランデーか何かを出してあげて」リリーがダニエルに言った。

「何がいい、プライス？」ダニエルがきいた。

「アルコールが入っていればなんでも結構です。ああ、ぼくはローズに何を言えばいいんですか？」

「自分が心の専門家だと言うつもりはないよ。実際違うし、きみとこの件について話すのは気が進まない」

「ぼくもです」

「だが、ひとつだけ忠告しておこう。ローズに真実を話せ。絶対に嘘をつくな。隠し事もしてはいけない。いつ真実が耳に入ってしまうか、知れたものではないからな」

「閣下？」

「ぼくはリリーに愛を告白する前に彼女を失いかけた。もしあのとき……いや、まあ、結果的にうまくいったんだ。ありがたいことに」

「わかります」キャメロンはダニエルが注いだブランデーを受け取り、一気に飲み干した。

「もう一杯いるか？」

「いいえ、ちゃんと考えられるようにしておかないと」部屋の中をうろうろと歩きまわる。

「やはりあと一杯いただけますか？　今度はゆっくり飲みます」

ダニエルがブランデーを注いでいるところに、リリーが大あわてでやってきた。

「ローズが部屋にいないわ、ダニエル」

「いない？」

「ええ。階上にいる人は、誰もあの子の姿を見ていないの。ソフィーとアリー、それからエヴァンにまで確かめたのよ。わたしの両親とあなたのお母様は起こしたくないわ。心配させるだけだもの」

「そのうちの誰とも一緒ではないのだろうな」ダニエルが言った。

キャメロンの心臓がずきりと痛み、神経が張りつめた。愛するローズが危険な目に遭っているのかもしれない。「探しましょう」

「困ったわ。どこにいるのかしら、ダニエル？」リリーが尋ねた。「あの子は動揺していたから……その……すべてのことに」

「プライス」ダニエルがキャメロンを見た。「そもそも、なぜ彼女を置いて去ったんだ？」

「長い話です。ほかの誰かに説明する前に、ローズに話したいと思います」

「わかった。とにかく、ここで突っ立っていてもしかたない。探しに行こう」

「あなたはここにいて、ミスター・プライス」リリーが告げる。「あなたはこの周辺に詳しくないでしょう」

「ローズがどこか外にいるとわかっていて、じっとしてはいられません」

「わかったわ。じゃあ、わたしと一緒に来てちょうだい」

「ぼくは厩舎と犬舎を見てこよう。こんな時間にそこにいる理由はないと思うが、確認は必要だ」

リリーとキャメロンは音楽室と図書室、美術品の展示室、そして教会をまわったが、ローズはそのうちのいずれにもいなかった。「空いている客室を全部調べましょう。時間がかかるけれど、しかたないわね」

「舞踏室は？」キャメロンは尋ねた。

「行ってみましょう」リリーが答え、ふたりは階段をおりた。

舞踏室にもローズはいなかった。「なんてことだ」キャメロンは震えながら言った。「誰かに連れ去られていたら、どうすればいい？」

「ここには使用人がたくさんいるわ、ミスター・プライス。一日中、誰かしらが仕事をしているの。この屋敷から人をさらうのは、ほぼ不可能よ」

「つまり、ローズがいないのは彼女自身の意思だと？」

「おそらくそのとおりよ」

「ああ、神よ」キャメロンは舞踏室の壁際にある椅子に腰をおろした。「ぼくはなんてことをしてしまったんだ」

「もしローズが屋敷から出ていったのなら、誰かが見ていたはずよ。でも使用人たちに話を聞いたら、誰も何も知らなかったわ」

「買収された使用人がいるのかもしれない」

「ここの使用人たちは忠実よ」

「くそっ！」キャメロンは立ちあがり、室内をうろつきはじめた。「外の空気を吸ってきます」舞踏室の奥にある両開きの扉の鍵を開け、テラスに出る。そこでひとしきり歩きまわったあと、肘を壁の出っ張りの上に置き、視線を下に向けた。

ローズはそこにいた。星々の下に横たわり、月の光を浴びながら穏やかな表情で眠っていた。

16

「ローズ？　ローズ、目を覚ましてくれ」

　彼女はもぞもぞと体を動かし、目を開けた。なんてすてきな夢だろう。星空の下で横たわる彼女を、キャメロンが愛をたたえた瞳で見おろしている。夢の中の彼は一輪のバラを手にしていた。ローズはこの夢が永遠に続くことを願いながらまぶたをしっかり閉じ、彼のほうに腕を伸ばした。キャメロンが両腕で彼女の体を抱きあげ、そのまま運んでいく……。

「起きてくれ、いとしい人。目を覚ますんだ」

「いやよ」彼女は目を開けるのを拒否した。「まだだめ。起きたくないわ」

「いいや、起きるんだ。頼むから」

　まぶたを開けると、視界が少しずつはっきりしていった。なぜか椅子に座っているようだ。目の前で膝をついているのはキャメロンだろうか？　ここはいったいどこ？　「何が起きているの？」

「きみはいま舞踏室にいるんだ、いとしい人。芝の上で眠ってしまったようだね」キャメロンが言った。

「ええ、そうみたい」ローズはようやく思い出した。「ここで何をしているの？」

キャメロンが彼女の手を握った。「きみのお姉さんと公爵閣下がぼくを見つけてくれたんだ。きみに会いに来るよう言われてね。ローズ、本当に来てよかった」

「ああ、なんてこと」ローズはため息をついた。リリーが全部話してしまったのだろう。

「ぼくがばかだった」キャメロンが彼女の髪から芝を払い落とす。「なぜきみなしで生きていこうなどと思ったんだろう？　きみはぼくの女神で、ぼくの音楽の大切な一部でもあるのに。ぼくにはきみが必要だ。きみを愛している」

「キャメロン、いったいどういうつもりなの？」ローズは彼の手を払った。これ以上の嘘は、もう耐えられない。それに目が覚めたばかりで、頭がまだぼんやりしている。

「頼むからぼくを拒まないでくれ」キャメロンが彼女の両手を握り、そのまま唇へと持っていった。「許してもらえないだろうか？」

ローズは首を横に振った。「キャメロン、やめて。お願いよ」

「ぼくをまだ愛していると言ってくれ。どうか、ぼくをまだ愛していると」

「やめて」彼の体を突き放す。「こんな話はしたくないわ。もうあなたに傷つけられるのはいやなの。絶対にそんなことはさせない！」

「二度ときみを傷つけたりしない」キャメロンの端整な顔が苦痛にゆがんだ。「本当にすまなかった。きみを愛しているよ、いとしい人。ぼくはきみを愛している」

唇の震えはおさまらないが、ローズは強くあろうと決めていた。「こんなのずるいわ。知っているのよ。ここへ来たのだって、リリーに言われたことのせいなんでしょう？」

「きみのお姉さんに言われたこと？」キャメロンが眉をあげ、けげんな表情を浮かべた。

「いいかげんにして、キャメロン。わたしは若くて単純だけれど、頭が悪いわけじゃないのよ。赤ちゃんの話を聞いたから、ここに来たんでしょう？　どうしてリリーはわたしにこんな仕打ちをするのかしら？」

「こんな仕打ちって？」そばに来ていたリリーが言った。「ローズ、無事でよかったわ」

「リリー、どうして？　なぜ彼に話したの？」

「話していないわよ。わたしは絶対にあなたを裏切ったりしない。あなたこそ、どうしてそんなふうに思うの？」

「赤ちゃん？」キャメロンがローズの目を見つめた。「それはきみとぼくの……ぼくたちの……」

「だったら、どうして彼が知っているの？」ローズはきいた。

「あなたがたったいま話したからでしょうね」リリーが言う。「では、わたしはいったん失礼するわ。あなたたちはふたりきりで話をしたほうがいいと思うから」彼女はすたすたと歩いて部屋を出ていった。

「知らなかったの？」

「ああ」キャメロンが彼女の頬に手のひらを当て、親指でやさしく撫でる。ローズが愛してやまない歯の見える笑みが、彼の顔に広がっていった。「体調は大丈夫なのかい？　その……病気とかは？」

「平気よ、キャメロン。わたしは大丈夫。たまにめまいがしたり、気分が悪くなったりするだけだから」

「なぜぼくに話してくれなかった？」

「あなたがわたしを望んでいなかったからよ。あなたを罠にかけるつもりはなかったの。それに結局、あなたはいなくなってしまったわ。どこへ行ったのかも、どこを探せばいいのかもわからなかった」

「バースに移ったんだ。仕事が見つかってね。リーガル劇場の劇場付き作曲家だよ」

ローズは笑みを抑えられなかった。彼はようやく、自分の愛することができるようになったのだ。「すばらしいわ、キャメロン。ずっと思っていたの、あなたは――」あふれ出そうになる言葉を押しとどめる。「それでリリーがあなたを見つけたのね」

「ああ」

「それなら、リリーはどうやってあなたをここに来させたの？　買収したの？　それとも力ずくで？」

「もちろんどちらでもないよ。公爵夫人からは、きみが苦しんでいることを聞かされた。ゼイヴィアと結婚しないこともね」キャメロンが短く息をつないだ。「ぼくは……きみを置き去りになどしたくなかった。だが、状況が状況だったんだ。本当にすまない」

「キャメロン、いまは何も考えられないの」ローズは言った。「明日、また話の続きをするのではだめかしら？　あなたが泊まれる客室を用意してもらうわ」

「お願いだ、説明させてくれ」キャメロンが懇願する。「たしかにぼくは嘘をついた。でも、きみが考えているのとは違う。ぼくはずっときみを愛していた。それは嘘じゃない。誓ってもいい。きみを愛していないと言ったのが嘘なんだ。頼むから聞いてくれ。生きている限り、もう二度と嘘はつかないと誓うから」

ローズは目を閉じてため息をついた。何よりの望みは、彼を抱きしめてもう二度と放さないことだ。「わかったわ。本当のことを聞かせて」

キャメロンは彼女の前に膝をついたまま、咳払いをした。「キャットが病気になる前、ゼイヴィアがぼくのところに来て、きみに贈る曲を依頼したんだ。きみがぼくから逃げていった夜の直後のことで、きみとのあいだに将来はないと思っていたぼくは、その依頼を受けた」そこまで一気に語り、大きく息をつく。「それからぼくたちが愛を交わしたあと、依頼を断ろうと思ったんだ。だが、キャットが入院しなくてはならなくなった」

ローズは手を伸ばし、うつむいたせいで落ちた彼の髪を耳にかけた。「それから？」

「金が必要だったんだ。ゼイヴィアの依頼を受けるのが一番簡単で、一番早く金を手に入れられる方法だった。妹の命と世界で一番愛している女性とを、天秤にかけなくてはならなかったんだよ。ゼイヴィアならきみの面倒をちゃんと見て、きみが欲しいものをなんでも与えられるとわかっていた。きみが彼と一緒になれば、ぼくが与えられるよりずっといい人生を送れるということもね。死ぬほどつらい決断だったが、ぼくは……きみを手放そうと決めたんだ」

「キャメロン……」

「きみを遠ざけるには、ぼくがもうきみを愛していないと信じさせ、近づくなとはっきり言うしか方法がないこともわかっていた」彼が手で髪をかきあげる。「どうやら、ぼくは相当な役者だったらしい」

「キャメロン、そんなことをする必要はまったくなかったのよ」

「そのときは、ほかの選択肢があるとは思えなかったんだ。すまない」

「わたしが助けてあげられたのに。あなたとキャットのためなら、なんだってしたわ」

「きみの金を受け取りたくなかった。そんなことをしたら、ぼくはどんな男になってしまうんだ？」

「あなたを愛する女性に重荷を分かち合うことを許す、器の大きな男性よ、キャム」

「キャム。キャムと呼んでくれたね」彼がぱっと笑顔になる。「ぼくは男だ、ローズ。きみの面倒を見るべきであって、その反対ではおかしい」

「わたしたちはお互いに助け合うべきなのよ」ローズは彼の頬をさすりながら言った。「それが本来あるべき姿だわ。あなたのお父様とお母様だって、重荷を分かち合っていたでしょう？」

「たぶんそうだ。だが……それとこれとは話が違う」

「どう違うの？」

「それは……ぼくの両親は高い値がつくものを何も持っていなかったし……とにかく違うものは違うんだ。それだけだよ」

「そんな考えはばかげているわ。あなただってわかっているはずよ」

「いまだって、ぼくがきみに与えられるものはそれほどないよ、ローズ。きみが慣れ親しんできたようにはいかない。でも、いまのぼくにはリーガル劇場での地位がある。一年で三五〇ポンドにしかならないが、個人的な作曲依頼を受けることだってできる。有力なつてもできたし、バースに屋敷だって構えたんだ。ただ、屋敷は母と妹たちと一緒だし、問題といえばゼイヴィアに頼まれた曲のこともある。彼に返金しなくてはならないと思っているんだ。その……返しておかないと、ぼくは自分を許せなくなる。だがそれがかなりの大金で、二〇〇ポンドにもなるんだよ。ああ、なんてことだ。こんな状況できみに会いに来るなんて、ぼくはいったい何を考えていたんだ？　やはりぼくが与えられるものでは、きみにまったくふさわしくない」

ローズが彼の黒髪を指ですいた。「髪を切ったのね」

「ああ、初演に合わせて」

「わたしは長いほうが好きよ」

「それならまた伸ばそう」

彼女は声をあげて笑った。「いいのよ。もしビリヤードの球並みに髪がなくても、わたしはあなたを愛しているわ」

「ぼくも愛しているよ、いとしい人。愛している。きみを愛しているんだ」キャメロンがバラの花を彼女に渡す。腿に顔をうずめた彼の髪を、ローズはやさしく撫でた。

「もうわかったわ、大丈夫」彼女はいとおしげにバラの茎に指を走らせた。「棘がないのね」

「ここまで来る馬車の中で、ナイフを使って落とした」

「すてき」

キャメロンが顔をあげ、彼女を見つめた。「ローズ、どうかぼくと結婚してほしい。きみを幸せにするために生きていきたいんだ。子どもも幸せにするよ。しばらくのあいだ金がないのは申し訳ないが、ゼイヴィアに金を返すまでの辛抱だ」

「エヴァンに払うお金なら、わたしだって出せるのよ」

「だめだ」

「いいえ、出せるわ。わたしには父の領地からの収入があるの。生きている限りは、ずっと入ってくるわ」

「きみの金は受け取れない」

「結婚したら、ふたりのお金になるのよ」

「とにかくだめだ」

「それはただの頑固というものだわ。エヴァンがわたしと結婚するとして、わたしのお金を受け取らないと思う？　ほかの貴族たちは？　そもそも、どうして持参金なんていうものがあると思っているの？　ついでに言っておくけれど、わたしの持参金はかなりの額よ」

「そんなものは気にしない」

「わたしだって気にしないわ。それに貴族と結婚しないとなると、父が出してくれないかもしれないし」

「そんなことは、いまぼくたちがしている話とはまったく関係ない」

「わたしもどうだっていいのよ。持参金なんてどうでもいいの。なくたって収入はあるわけだし。そこから入ってくるお金はわたしのもので、父だって取りあげられないわ。それは間違いない」

「きみの収入というのはどのくらいなんだ？」

ローズはひげの伸びてきた彼の頬を撫で、微笑んだ。「年に二〇〇〇ポンドよ」

「なんてことだ」

「わかった？　エヴァンにお金を返せるし、あなたが愛する人たちの面倒を見るのを手伝うことだってできるわ。わたしにとって、それ以上の幸せはないの」

「それでも、きみの金を当てにするのが正しいとは――」

「キャム、そこまでいくと愚かしいわよ。運営の失敗と浪費で領地からの収入がほぼなくなってしまって、お金に困っている貴族がどれくらいいるか知っている？　そういう貴族がわたしのお金を受け取るのを躊躇（ちゅうちょ）するかしら？　絶対にしないわ。どうして多くの貴族がアメリカのお金持ちの娘と結婚するかわかる？　空っぽになった金庫を埋めるためよ。それなのに、なぜあなたはそんなに抵抗を感じるの？」

「わからないよ。愚かしい誇りというやつのせいかもしれない。きみのためにすべてをしてあげたいし、すべてを与えたいんだ。きみから何かをもらいたいわけじゃない」

「それがあなたの考えなら、あなたに与える喜びをわたしから奪うことになるわ。たとえあなたが何も持っていなくても、わたしは気にしない。愛しているんですもの。あなたとなら、どこかの小屋でだって暮らしていけるわ。あなたのためにお料理と掃除をして、きつい仕事を終えて帰ってきたあなたの背中を洗ってあげる。わからない？」ローズはついに泣きだした。「わたしはただ、愛する人と一緒にいたいだけなの」

椅子から離れて、彼の隣に膝をつく。「あなたを愛しているわ、キャム。ほかの人なんて、もう二度と現れない。あなたと結婚して、あなたの姓を名乗りたいの。子どもにも、その名前を引き継がせたいのよ」

「ああ、いとしい人」

キャメロンが彼女に顔を寄せて口づけした。歯がぶつかり、舌が絡み合う情熱的なキスは、ふたりの息が荒くなるまで続いた。

「結婚してくれ、ローズ。頼むから、ぼくと結婚してほしい」

「いいわ」彼女は言った。「あなたと結婚します」

キャメロンは唇を重ね、ローズの体を両腕で抱きかかえると、そのまま舞踏室の中でくるくるとまわった。「信じられない。きみがまたぼくのものになってくれたなんて、信じられないよ!」

「わたしはずっとあなたのものだったわよ、キャム」

彼はローズの唇に、鼻に、頬にキスをした。そして舌を首から肩へと走らせ、軽く歯を立てる。「きみの体のことを考えると、早く結婚しないといけないな。明日、グレトナ・グリーンへ行こう」

ローズは明るく笑った。「時間で言ったら、いまはもう明日よ」

「だったら今日だ。いますぐ出発しよう。公爵閣下から馬車を借りて」

「それはだめ」彼女は言った。「わたしのおばが結婚するの。その場にいたいし、あなただって仕事があるでしょう、ミスター・プライス? あなたには責任があるのよ。今夜は劇場に行かないと」

「くそっ。早く結婚しないといけないのに。予告を出すまで待ってはいられない」

「特別許可証をもらいましょう」

「どうしたら許可証が取れるのか、見当もつかないよ」

「ダニエルが知っているから、頼んでみるわ」

「金はかかるのかな?」

「気にすることはないわよ」ローズは声をあげて笑った。「お金ならふたりとも持っているじゃない、心配性ね。一緒に力を合わせれば、どうとでもなるわ」

彼女を見おろすキャメロンの顔に笑みが広がっていく。ほとんど見たことのない、これからはもっと見たいと思わずにいられない笑顔に、ローズの心は溶けていった。

「ああ、一緒に、いとしい人」

階段のほうで足音が響いた。そちらに目をやると、リリーが早足でおりてくるところだった。「メイドにミスター・プライスの部屋を用意させたわ、ローズ。あなたは少しでも眠っておいたほうがいいわよ。これから結婚式やら何やらで忙しくなるんだから」

「ミスター・プライスはわたしの部屋に泊まるわ、リリー」

「よかった！　話し合いがうまくいったのね？　いえ、尋ねるまでもないかしら、現にあなたは彼の腕に抱かれているんだから。そうしていると、夫に抱かれて玄関をくぐる新婚の花嫁みたいよ」

「わたしたち、結婚するの！」ローズは声を張りあげた。

「よかったわ」リリーが安堵の息をつく。「部屋のことは、今夜は見なかったことにしてあげる。お父様とトーマスがもう休んでいて助かったわね。じゃあ、おやすみなさい」

キャメロンはローズをやさしくベッドにおろし、自分も隣に座った。「こんなことをして大丈夫なんだね？　きみを傷つけたくないんだ」

「キャム、ここまで来たら、しないほうが傷つくわ」ローズは彼を抱き寄せてキスをし、クラヴァットをはずしてシャツのボタンに手をかけた。「服を脱いでちょうだい。何にも隔てられたくないの」

「ぼくもだよ」キャメロンが微笑み、彼女のナイトドレスを頭から脱がせる。「きみは天使だ。きみよりも完璧な存在は、どんな偉大な力だって作ることはできない」彼は両手をローズの体に走らせた。「きみはすごくきれいで、そしてぼくのものだ、ローズ。きみが本当にぼくのものになってくれたなんて、まだ信じられないよ」

「わたしはあなたのものよ」彼女はささやいた。「そして、あなたはわたしのものだわ。さあ、あなたのすてきな体を見せて」

キャメロンが笑みを浮かべ、服を脱ぎはじめる。

「あなたの笑顔が大好きよ、キャム。前歯が少し重なっているところがすごく好き」

彼は小さく笑った。「本当に?」

「ええ」

「なぜ?」

「わからないわ。でも、そこに舌を走らせるのが好きなの」

「そうか」キャメロンがズボンを床に落とした。「欠点が魅力になることもあるとは知らなかったな。考えてみれば、ぼくの体は完全にはほど遠い。全部に舌を走らせてみるかい?」

「まさか、あなたの体は完璧よ、キャム」ローズは思わせぶりな笑みを浮かべた。「でも、走らせてみようかしら」

キャメロンが彼女に覆いかぶさってキスをした。舌と唇で口を愛撫し、続けて顔や首、胸に口づけを浴びせていく。とがった胸の先端を唇ではさまれ、やさしく引っ張られて、ローズはあえいだ。

「きみに会いたかった」彼の声はかすれている。「ほかの女性にキスをするなんて、考えられなかったよ」

「それは正解ね」ローズはいたずらっぽく言った。

「この先だって同じさ」キャメロンが彼女のおなかに細かいキスを続けていく。両手で腹部をなぞるときだけ、キスの雨がやんだ。「きみの中にぼくの子どもがいるという事実が、きみをさらに美しくしているみたいだ」

ローズは微笑んだ。「じきに、おなかがお屋敷みたいに大きくなるわよ」

「それでもきみは美しいよ、いとしい人」キャメロンは腿の内側にキスをしてそのまま下へ向かい、長い脚に沿って足首までキスと愛撫を加えていった。

彼が舌で足首の内側に触れ、濡れた部分に息を吹きかけると、ローズはうめいた。

「気に入った？」

「ええ、すてき」口から吐息がもれる。

キャメロンは足にもキスを浴びせてから、そっとローズをうつぶせにした。今度はふくらはぎから膝の裏へと唇を滑らせ、舌と息とで彼女の官能を刺激していく。

「キャム、お願いよ。わたしを愛して」ローズは吐息とともに言った。

「もう少しだ」

腿の裏にキスをした彼は濡れそぼった秘部を舌でなぞり、さらに背中と首への愛撫を続けた。「ぼくは永遠にきみを愛しつづけるよ、ローズ。約束する」

「いますぐ愛して、キャム！」

キャメロンがうしろから身を沈めてきた。片方の手をローズの下に差し入れ、指で敏感な突起をなぞる。彼女はキャメロンの動きに合わせて腰を動かし、彼の名を呼びながら、すぐにのぼりつめた。キャメロンもあとに続き、身震いとともに彼女の中へ精を解き放つ。

彼が横に転がり、ローズの隣に横たわった。「すまない、もっと長くもたせるつもりだったんだが、きみを求める気持ちが強すぎたみたいだ」

「いいのよ」彼女は言った。「とてもすてきだったわ、キャム」

キャメロンが顔を寄せ、唇を重ねた。「よかった」指をローズの長い髪に絡ませる。「次は満足させてあげるよ」

「わたしはあなたと一緒なら、いつだって満足なの。愛しているわ」

「ぼくも愛しているよ、いとしい人。永遠に」

窓から穏やかな朝日が差し込んできて、ローズは目を覚ました。キャメロンはまだ隣にいて、彼女の体に腕をまわしたまま、穏やかな寝息をたてている。顔を寄せて彼の鼻にキスをし、起きあがれるようにそっと腕をはずした。余っている上掛けを体に巻きつけて窓に歩み寄り、新しい一日の始まりを眺める。いつしか彼女は微笑み、小さく鼻歌を歌っていた。

「ローズ？」キャメロンのかすれた声がした。

彼女は振り向いた。「ごめんなさい。起こすつもりはなかったの」

「きみがベッドを出たときに、すぐ気づいたよ。どうやら、きみが隣にいないと眠れなくなってしまったみたいだ」

唇がひとりでに笑みの形になる。「そこまでならなくてもいいのに」ローズはベッドに戻り、腰をおろした。キャメロンの手がむき出しの腕をなぞるのと同時に、全身にかすかな興奮が広がっていく。彼の乱れた髪はなんとも官能的で、夜のあいだに伸びたひげが力強い顎に陰を作っていた。

「さっきの鼻歌はきみの歌だね」

「わたしの歌？」

「ぼくがきみのために書いた曲だ」

「そうだったかしら？」

「ああ。あの曲は最初、ぼくの夢の中に出てきたんだ。ある晩、きみの夢を見たときに。といっても、ぼくは毎日きみの夢を見ていたんだが」

ローズは微笑み、彼の髪をくしゃくしゃにした。

「ある夜、きみが花になって風に舞っている夢を見たんだ。そのとき旋律が頭に浮かび、ぼくは真夜中に起き出して紙に書き留めた。いままでで一番簡単な作曲だったよ。だが、そのあとで一番困難な曲になった。きみに贈るために作曲を依頼してきたゼイヴィアに渡さなくてはいけなかったから」

「彼から贈られたとき、すぐにあなたの曲だとわかったわ」

「なぜ？」

「実は、キャットを訪ねた日にピアノの上に置いてあった下書きを見つけたの。でも、それがなくてもあなたの曲だと気づいたと思う。わたしはあなたを知っているもの。あなたはわたしの心の中にいるのよ。魂の中にいるの」

キャメロンが目を閉じ、彼女の手を取って自分の胸に押し当てた。「同じように、きみもぼくの中にいる。いままで書いた曲は、すべてきみのためのものだったんだ。これからもそうだよ。きみはぼくの女神だ、ローズ。ぼくのひらめきであり、すべてなんだ」

彼女は体に巻いていた上掛けを落とし、キャメロンの隣に横たわった。舌を彼の喉に触れさせ、それからゆっくりと胸へ這わせていく。胸の突起をもてあそんでから口に含み、舌をさらに腹部へと移していった。へそに舌を当てると彼の息づかいが激しくなり、ローズは笑みを浮かべた。

「何をしているんだい？」キャメロンが笑顔で尋ねた。

「あなたの完全じゃない体に舌を走らせているのよ」下腹部に到達すると、ローズは彼のこわばりを口でもてあそび、くすくす笑った。

「いいかい、男のそこに触れているときは絶対に笑ってはいけない。劣等感を刺激するからね」

「ごめんなさい」なおも笑いながら、ローズは言った。「信じて、そういうつもりじゃないの。ただ……あなたの体で完璧ではないところなんてないと思っただけ。それどころか……壮麗と言ってもいいくらいだと思うわ」

「そう言われたほうがずっといいな」キャメロンが彼女を引き寄せて抱きしめる。

彼は体を回転させてローズに覆いかぶさり、深いキスをして舌で口の中をまさぐった。顔中に熱いキスを浴びせてから胸に移ると、彼の口からもれる息がローズの肌を愛撫した。

「きみの体も不完全なところだらけだ」キャメロンがからかい、胸の先端のまわりに円を描くように舌を這わせる。そこから下へ向かい、彼女の両脚を開かせて、熱くうずいている部分にキスをした。「ここは特に不完全だな。特別な処置をしないと」

ローズの腿をぐっと前へ押し、ヒップをつかんで持ちあげて、秘めやかな場所をあらわにする。彼女は抗議しようと口を開きかけたが、キャメロンがそれを制して巧みな愛撫を続けた。力強い手をなめらかな肌に滑らせて胸のふくらみを包み、舌で最も敏感な突起をもてあそぶ。

ローズは身をよじり、彼の舌が入り口をなぞったのと同時にのぼりつめそうになった。

「キャム！」

「しいっ、いとしい人」

その声で彼女は落ち着いた。わたしはキャメロンのもの。体のすべての部分も彼のものだ。キャメロンがふたたび舌で触れた瞬間、すばらしい快感が訪れて体が大きく震えた。続いて指が差し入れられると、緊張が新たな悦びへと変わっていった。かつて想像したこともない、頭の深いところで火花が散るような悦びだ。ローズが純粋に驚いたのは、この歓喜を彼と分かち合うことに、自分が激しい興奮を覚えたことだった。キャメロンが敏感な突起を甘嚙みし、唇ではさんで吸う。彼女は未知の絶頂に向かってのぼりつめていった。

「キャム！」大声をあげる。「そうよ、キャム！　ああ、いいわ！」キャメロンは指と舌で攻めつづけ、ローズの中で快感の波が弾けた。

「もう一度、ローズ。もう一度いくんだ」

彼の指が激しく動き、舌が突起をなぶる。強烈な感覚が体の中でわきあがり、またしてもローズを絶頂へと押しあげていった。なんという純粋な悦びだろう。

「いまよ、キャム。来て！」

キャメロンが銀灰色の瞳を欲望にくすませて身を乗り出し、彼女を見つめる。ローズは中に入ってきた彼の体に両脚を巻きつけ、きつくしがみついた。

「愛しているよ、ローズ」キャメロンが突きあげながら言う。「きみだけを愛している」

「わたしもあなただけを愛しているわ、キャム」

彼はローズを何度も貫き、彼女がまたしてものぼりつめると、さらに深く突き入れた。

「きみはぼくのものだ、ローズ！」キャメロンが叫び、絶頂に身を震わせる。「ぼくのものだ！」

自分の上にくずおれた彼のたくましい背中を、ローズはやさしく撫でた。

「ぼくのもの」キャメロンは、まだささやきつづけている。「ずっとぼくのものだ」

「そうよ」なだめるように言う。「あなたのものよ」

「愛している。きみを愛している」彼の呼吸が穏やかになっていき、やがてふだんどおりに戻った。

「わたしもあなたを愛しているわ」ローズは言った。「永遠に」

ふたりは脚を絡ませ合ったまま、しばらく静かに横たわっていた。

キャメロンがそっと彼女の腹部を撫で、沈黙を破る。「子どもは男と女、どちらがいい？」

「昨日のお祭りで会った占い師のおばあさんは女の子だと言っていたわ。あなたの髪とわたしの目を受け継いだ女の子だと。すごい美人になると思わない、キャム？」

「きみから生まれてくる子が美しくないわけがない」キャメロンが小さく笑う。「でも、男の子かもしれないよ」

「女の子よ」ローズはささやいた。

「きみが占いを信じるような性格だとは思わなかったな」

「自分でもそうよ」真剣な表情で応える。「でもそのおばあさんは、一二時にバラの花びらをまいたら、あなたが戻ってくるとも言ったの。実際にそうしたら、本当に戻ってきた」

「だからゆうべは外にいたのかい？」

「ええ。花びらをわたしたちがはじめて……会ったところにまいて、横になったの。眠るつもりはなかったのよ」

「見つけたとき、きみはまるで天使みたいだった」キャメロンがそっと彼女の頬を撫でる。

「髪が芝の上に広がって、顔が月の光で輝いていた」

「あなたの話を聞いていると、自分が美しいような気がしてくるわ、キャム」

「きみは美しい。世界一美しい女性だよ」ローズは彼のやわらかな髪を指ですいた。

「それはひいき目よ」

「違う。誰だってぼくに賛成するさ」

「公爵はしないわ。彼の目はリリーにしか向いていないもの」

「賢明だよ。ほかの男が自分と同じ目できみを見ていたら、ぼくは殴りかかってしまう」

「キャム……」

「なんだい、いとしい人？」

こんなことを尋ねてもいいのだろうか？「そんなにわたしを愛しているのなら、どうしてわたしをエヴァンと結婚させようとしたの？」

「ぼくにとっては人生で一番難しい決断だったんだ、ローズ」キャメロンがほんの少しだけ身を引いた。ふつうの人にはわからない程度のわずかな動きだが、彼女にはわかる。「彼だろうと、ほかの誰かであろうと、ぼく以外の男がきみに触れると思うと、とても耐えられない。頼むから、もうぼくにあのときの感情を思い出させないでくれ」

「あなたを動揺させるつもりはなかったの」ローズは彼の腕をやさしくさすった。

「あのときは、ほかに方法があるとは思えなかったんだ。ぼくは視野が狭かったよ。すまない」

「その説明は、もうしてくれたからいいの。また繰り返す必要はないのよ」

「それならぼくにもきかせてくれ。ぼくが本当に去ったと思ったのなら、なぜゼイヴィアを受け入れなかった？　きみは彼に好意を持っていただろう？」

「ええ、持っていたわ。よき友人として気にかけていた。正直に言うと、彼を受け入れようとも思ったのよ。あなたが……ほかに言い方はないわね、あなたがわたしを捨てたあとに」

キャメロンが顔をしかめる。「本当にすまなかった」

「いいの」ローズは彼と唇を重ねた。「でもわたしはエヴァンを愛してはいなかったし、彼もわたしを愛してはいなかったの。それでも、ある出来事がなかったら、彼を受け入れていたかもしれないわね」

「ある出来事というのは？」

「彼のお父様とわたしのおばの結婚よ。ふたりは二〇年前に出会って恋に落ちた。だけどふたりとも別の相手と愛のない結婚をしていたから、一緒になる自由がなかったの。わたしは自分にもエヴァンにも、そんなことは起きてほしくなかった」

「彼は素直にわかってくれたかい？」

「たぶんね。わたしが求婚を断ったのを、わたしと同じくらい喜んでいるんじゃないかしら」

キャメロンが彼女の胸の先端をもてあそぶ。「それはちょっと信じられない」

「本当よ。ちょうどいいときに距離を置けたと思う。それに、じき義理のいとこになるんですもの、わたしたちとのつながりはずっと続くわ」

彼はわずかに顔をしかめた。「それについては、どう思えばいいのかわからないな」

「でも現実よ、キャム。わたしたちのどちらにも変えられないの。だって、わたしのおばと彼のお父様は本当に愛し合っているんですもの」

「だったら、ぼくが彼を受け入れるしかなさそうだ」

「エヴァンはとてもいい人よ。きっとよき友人になれるわ」

「友人は言いすぎのような気もするが、誠意を持って接するようにしよう」

「それでじゅうぶんよ」

「そうしない理由はないからね。結局はぼくが宝を手に入れ、彼は逃してしまったわけだし」キャメロンがまた彼女の腹部をそっと撫でた。

ローズは微笑んだ。体の芯までぞくぞくするような感覚がわき起こる。「すごく気持ちがいいわ。わたしね、ずっと考えていたの、キャム」

「何を？」

「あなたも知っているとおり、わたしは馬を二頭持っているでしょう。わたしのお気に入りはジュニーで、黒に近いきれいな馬よ。もう一頭はジュニーより少し若くておとなしいわ。名前はノラ。ノラをキャットにあげて、乗馬を教えてあげたいの」

「キャットに馬を贈る？　きみにそんなことはさせられないよ」

「わたしがそうしたいのよ。あなたにはアポロがいるし、トリシャにはメアリーがいる。わたしにはジュニーがいて、キャットにはノラよ。みんなで一緒に出かけられるわ。すてきだと思わない？」

「すてきなのはきみだよ、ローズ。きみはぼくがいままで出会った中で、一番親切で他人を思いやる人だ。キャットもきっと喜ぶ」

「よかった」ローズはにっこりした。「おなかはすいた？」

「実を言うと、飢え死にしそうだ」

「食べ物とお風呂の用意をさせるわね。今日は忙しいわよ。あなたは……まず、わたしの父に話さないと」

「ここにいらしているのかい？」

「もちろんよ。結婚式ですもの」

キャメロンが手で額をこすった。「困ったな」

「そんなにひどいことにはならないはずよ。わたしも一緒に行くわ」

「まず着るものがないよ、ローズ。まさか昨日の服を着るわけにもいかない。完全にしわだらけだ」彼は床に積まれた服を指さした。

ローズはくすくす笑った。「父はとても伝統を重んじているから、正装で話しに行ったら感心するかもしれないわ」

キャメロンがまいったとばかりに天井を仰ぐ。

「心配いらないわよ。トーマスから服を借りてくるわ。だいたい体格も同じだし」

「ゆうべぼくがどこに泊まったかは、絶対に言わないでくれよ」

「もちろん言うものですか。あなたが五体満足でいてくれたほうが、わたしにとっても都合がいいもの」


朝食と入浴をすませたあと、ローズとキャメロンは階下におり、リリーにアシュフォード伯爵夫妻との面会を頼んだ。それまで一時間ほどあるので、音楽室へと向かう。

「きみの曲を弾いてほしいな」キャメロンが言った。「きちんとした演奏で聴いたことがないんだ」

「それは嘘ね」ローズは返した。「あなただって上手じゃない」

「ぼくのは手先が器用なだけさ。きみのようにピアノを歌わせることはとうていできない。頼むよ、弾いてくれ」

「もちろんいいわよ。あなたのためならなんでもするわ」彼女はクッション付きの椅子に座り、目の前に楽譜を置いた。「あなたの仕事だって、手伝ってあげられると思うの。もしそうできたら、それ以上の喜びはないわ」

「自分の妻が働くという考えを喜ばしいとは言えない。だが、きみと一緒の時間が増えるなら耐えられそうだ」

キャメロンはローズの愛する笑みを浮かべ、隣に座った。

演奏を聞きながら、彼が言う。「ピアノを弾いているときのきみが一番美しいよ、ローズ。

まるで鍵盤がきみの指の一部のようだ」

「きっと曲のせいね。美しい曲だわ、キャム。こんなにすてきな曲に出会ったのははじめてよ」

「この曲は、半分きみが作ったようなものだ」キャメロンが彼女の頬を撫で、澄んだ目で視線を合わせる。「きみをとても愛している」

「わたしも愛しているわ」ローズは彼と唇を重ね、すり寄って抱擁に身を任せた。

キスが激しさを増していき、ローズは彼の膝の上にのった。スカートをたくしあげ、脚を開いてまたがるように座る。かたくなった彼のものがズボン越しに当たった。

「信じられない。またきみが欲しくなっている」キャメロンがささやき、彼女の耳を甘く噛む。「いくら愛し合っても足りない」

ローズは言葉にならない声で応え、猫のように喉を鳴らしながら敏感な部分を彼にこすりつけた。

「ローズ?」

「何?」

「この部屋は防音処置をしてあるのかな?」

「ああ……たぶんしてあるわ。音楽室ですもの」彼女は唇をキャメロンの頬と顎に走らせた。かたいひげがちくちくする。

彼はローズを腕に抱いたまま立ちあがり、ドアまで歩いて鍵をかけると、ふたたびピアノへ戻った。グランドピアノの屋根を閉じ、その上に彼女を座らせる。

「何をするつもりなの、キャム？」

「静かに」キャメロンは彼女の靴とストッキングを脱がせて脚にキスをした。さらにドロワーズを足首の上まで引きおろし、顔を腿の付け根に寄せていく。舌を使い、最初はゆっくり、それから激しく秘部への愛撫を続けた。

ローズは身もだえした。音楽室で愛を交わすというのは背徳的な行為だろう。それでも、ここはふたりがいるべき場所のような気がする。ピアノの冷たい木の上でヒップをよじり、彼女はキャメロンの指が入ってくるまで懇願しつづけた。まず一本、それからもう一本の指が切ないほどの欲求を満たしていく。

最初はゆっくりと円を描くようだった指の動きが激しさを増していった。そのあいだも彼のなめらかな舌が、敏感な突起をなぶりつづける。

「すごくいいわ、キャム」またしても絶頂の快感にのみ込まれ、ローズは腰を浮かせて彼の名を呼んだ。キャメロンは二度、三度とローズを歓喜のきわみへと導き、それは彼女が至福の苦しみに叫び声をあげるまで続いた。

彼がローズに顔を寄せてキスをし、口の中に舌を差し入れる。

「キャム」彼女はあえいだ。「すごいわ、キャム」

「なぜ防音のことを気にしたか、わかったかい？」ズボンのボタンをはずしながら、キャメロンが物憂げな笑みを浮かべる。「いまからきみの体に入っていくよ、いとしい人」

「ええ、お願い」ローズは懇願した。

キャメロンは屹立したものを彼女の中に突き入れた。

そのままローズの両脚を自分の肩の上まで持ちあげ、ふくらはぎと足首、足の甲にもキスをして舌を走らせる。「きみはぼくのために生まれてきた。ああ、きみの体はこんなにもぼくにぴったりだ」

ローズは感きわまって涙を流しながら彼の名を呼び、さらなる高みをせがんだ。キャメロンは力強い動きで、何度目かの絶頂へと彼女を押しあげた。

最後には彼もローズの奥深くで精を放ち、大きく身を震わせた。「ぼくのものだ」彼が言う。「ぼくのローズ」

「ええ、あなたのものよ」彼女はささやいた。「ずっと」

キャメロンが両腕でローズを抱きしめ、ゆっくりと深いキスをする。彼女はしばらくめくるめくような高揚感に浸っていたが、やがて暖炉の上の時計を見た。

「両親に会う時間だわ」

キャメロンがうなった。「このままここにいられないかな？　もう一度、きみと愛し合いたい」

「午前だけで何回するつもり？　あなたの体は蒸気の力で動いているのかしら？」

「愛の力だよ」彼はローズを錦織の布を張ったソファにそっとおろし、落ちている彼女の服を拾い集めた。「きみをきれいにしてあげたいが、体を拭くものが何もない」

「これを使って」ローズは自分のドロワーズを差し出した。

「それできみは何を着るんだ？」キャメロンが彼女の体をていねいに拭きながら尋ねる。

「なしで我慢するしかなさそうね」彼女はウィンクをしてみせた。

驚いたキャメロンが目を丸くする。「きみが下に何もつけていないのを知りながら、お父上の前に座って結婚の許しを請えというのかい？」

「ええ、そうよ。それなら必死になるでしょう？」

ローズがストッキングと靴をはくのに手を貸しつつ、彼は笑った。「必死になるだって？ それどころか、無駄に口数の多い愚か者になってしまうよ。まともに考えられそうにない」

彼女は立ちあがり、ドレスを直した。「髪は大丈夫かしら？」

わずかにほつれて落ちた髪を、キャメロンがそっと彼女の耳にかける。「ああ、たぶん」

「それならいいわ。心の準備はできた？」

音楽室を出て、両親と会うことになっているダニエルの書斎へ向かう途中、ローズはメイドを呼び止めた。「メーガン、音楽室のピアノをきれいにしておいてもらえるかしら」続けて、汚れてしまったドロワーズをメイドに手渡す。「それから、これを洗濯室にお願い」

17

アシュフォード伯爵はライブルック公爵のマホガニー材の机のうしろに座っていた。伯爵夫人とリリーが、その机の隣にあるヴェルヴェット張りの長椅子に腰を落ち着けている。キャメロンと一緒に書斎に入るなり、ローズは緊張に襲われた。リリーが妹を落ち着かせようと笑みを浮かべて立ちあがる。

「いいの、リリー、そこにいてちょうだい」ローズは言った。

「わかったわ」姉は母親の隣に座り直した。

伯爵が咳払いをする。「ミスター・プライス、ローズ。わたしが平民から面会を求められるのは、そうそうないことだ。いったいなんの用だね？」

キャメロンが深く息を吸い、ローズを見た。彼女は持てる限りの愛情をまなざしにこめて彼を見つめた。

「閣下、お嬢様との結婚のお許しをいただきにまいりました」

レディ・アシュフォードがはっと息をのむ。

「なんだって？」伯爵が眉をあげてきいた。

「ローズと結婚したいのです」キャメロンが改めて言った。

「冗談につき合うほど、わたしは暇ではないよ、ミスター・プライス」

「冗談ではないわ、お父様」ローズはキャメロンの手を取った。「わたしたちは愛し合っていて、結婚したいと思っているの」

「黙っていなさい、ローズ」伯爵が命じる。「これはおまえには関係のない話だ」

「わたしには関係がない？　本気でおっしゃっているの？」皮膚の下で、彼女の神経がざわつきはじめる。

レディ・アシュフォードが静かにするよう目で訴えかけてきて、ローズは自分を落ち着かせるために深呼吸した。

「残念だが、娘を平民と結婚させるわけにはいかない」伯爵がキャメロンに告げる。

キャメロンは手をせわしなくズボンにこすりつけ、汗をぬぐった。「閣下、お嬢様の面倒はしっかり見るとお約束します」

「できるのか？　きみが娘に与えられるものがあるというのかね？」

「まず、一番大事な愛を与えられます」

伯爵があきれた表情を浮かべる。「愛情があっても生きてはいけないぞ、プライス」

「お父様――」

「静かに、ローズ。わたしは彼の話を聞いている」

咳払いをはさんで、キャメロンは話を続けた。「ぼくにはリーガル劇場での劇場付き作曲家という仕事もあります」

「ゆうべ彼の音楽を聴いたのよ、お父様」リリーが割って入る。「評判は上々だったわ」

「それに個人で作曲を請け負うこともできます」

「劇場付きの作曲家として、娘にこれまで慣れ親しんできたのと変わらない生活を送らせてやることができるというのかね？」

「閣下がお与えになってきた生活と同じようにはいかないかもしれません。ですが――」

「悪いが、話にならん」

「お父様」ローズは言った。「わたしたちは愛し合っているの。なんとしても結婚するつもりよ」

「わたしが決めたことに逆らうというのか？」

「愛する人と一緒にいるためなら――ええ、逆らうわ」

「それならそれでいい。しかし、ひとつ忘れているぞ。おまえは自分の意思で結婚できる年齢ではない」

「あと二カ月で二一歳になるのよ！」

「それまでは、結婚にはわたしの許可が必要だ。そしてわたしは許可するつもりはない」

ローズは懇願の視線をリリーに送った。

「お父様」リリーが言う。「ダニエルとわたしはミスター・プライスと彼の家族を知っています。彼は善人だし、ローズを愛しているわ」

「ぼくは誰に擁護してもらう必要もありません」キャメロンが割って入った。

「リリーはただ、わたしたちのために——」ローズは言いかけた。

「ああ、わかっている」キャメロンがさえぎった。「他意はありません、公爵夫人。ぼくは自分を売り込むのに慣れていないのです」伯爵に向き直って言葉を続ける。「たしかにぼくは貴族の生まれではありません、閣下。ですが、ぼくは世界の何よりローズを愛しています。彼女がゼイヴィアの求婚を断ったのも、ぼくを愛しているからです」

「持参金について、知らないわけではないな？」

「持参金など、どうでもいいのです！」

落ち着いてと伝えるために、ローズはキャメロンの手を握った。

「お許しください、閣下。大声をあげるべきではありませんでした」

「持参金がなくとも、娘と結婚するというのかね？」

「たとえ硬貨一枚持っていなかろうと、彼女と結婚します。ぼくは彼女を愛しているんです！」

「そうか」伯爵はかけていた眼鏡を取り、妻のほうを見た。「フローラ、きみはどう思う？」

「わたくしはただ、ローズの幸せを願うばかりですわ」伯爵夫人が答える。

伯爵は咳払いをして、ふたりに視線を戻した。「では二カ月、ローズが二一歳になるまで待てば、結婚を認めよう」

「でも、お父様——」

「もしおまえたちの愛が本物なら、二カ月くらい待てるはずだ。そのあとはどのみち、わたしの許可も必要ない」

「そんなに待てないの」

「なぜだ？」

ローズは深呼吸した。こうなっては真実を話すしかない。「わたしが身ごもっているからよ」

レディ・アシュフォードが手で自分の顔をあおいだ。「なんてこと、ローズ」

「ごめんなさい、お母様」ローズはすぐに言い直した。「いいえ、やっぱり謝らないわ。悪いことをしたとは思っていないから」

「そういうことなら――」伯爵が言う。「この問題を解決する方法はひとつだな。結婚を認めよう。娘が世間から切り捨てられるのは見たくない」

「ありがとう、お父様！」

「感謝するのはまだ早いぞ、ローズ。リリーとフローラと一緒に部屋を出なさい。わたしはおまえの……いいや、婚約者と話がある」

彼女はかばうようにキャメロンに腕をまわした。「いいえ、お父様。彼をひとりにはしないわ」

「いいんだ、ローズ。ぼくは大丈夫だよ」キャメロンが言った。

「そうだとも。さあ、三人とも早く――」

いきなりノックの音がして言葉をさえぎられ、伯爵が大きな声を出した。「何事だ？」

クローフォードがドアを開けて言った。「申し訳ございません、伯爵閣下、みなさま。ミスター・プライスにお客様です」

「ミスター・プライスはいま取り込み中だ、クローフォード」伯爵が応える。

「存じております。お客様にもそのように申しあげたのですが、すぐにでも会いたいと」

「わたしが行ってくるわ、お父様」リリーが立ちあがった。

「公爵閣下にはすでにお知らせしました、公爵夫人。ミスター・プライスを応接室にお連れするようにとのことです」

「その謎めいたお客様はいったいどなたなの、クローフォード？」リリーが尋ねた。

「デンビー侯爵閣下とお母上の侯爵未亡人です」

「知り合いなの、キャメロン？」ローズはきいた。

「侯爵未亡人とはゆうべはじめて会ったばかりだよ。だが、なぜわざわざぼくを訪ねてここまで？」

「ミスター・ニューランドもご一緒です」クローフォードが告げる。「あなたのお母様と妹さんふたりもいらしています」

「わけがわからない。いったい何が起きているのか、ぼくにもさっぱりだよ」キャメロンがローズに言った。

「行くがいい」結論を出したのは伯爵だ。「デンビーのほうがわたしより爵位が上だ。きみを引き止めることはできない」

「お父様ったら」リリーが目をぐるりとまわしてみせた。「位階にこだわりすぎ——いえ、いいわ。さあ、行きましょう」ローズとキャメロンに声をかける。「いったい何事なのか、行けばわかるわよ」


年老いたレディ・デンビーは紅茶のカップを手に車椅子に座っていた。キャメロンはまっすぐ彼女に歩み寄って手を取った。

「またお会いできてうれしく思います、侯爵未亡人」

「わたしもよ、ミスター・プライス」レディ・デンビーが笑みを浮かべる。「わたしの息子を紹介するわね。ボウリガード・アダムス、第九代デンビー侯爵よ」

キャメロンは顔をあげ、母親の車椅子のうしろに立つ年上の紳士を見た。背の高さはキャメロンと同じくらいだろうか。もじゃもじゃの髪は白く、顎の線は引きしまっていて、年齢を感じさせるしわもない。礼儀正しくお辞儀をしようとしたその瞬間、キャメロンの心臓が止まりそうになった。

見つめてくる侯爵の銀灰色の目は、キャメロン自身のそれと瓜ふたつだった。

18

キャメロンは驚きをのみ込んだ。「閣下、お会いできて光栄です」ローズとリリーを身ぶりで示す。「こちらはぼくの婚約者のレディ・ローズ・ジェムソンと、その姉君のライブルック公爵夫人です」

「これはこれは」デンビー卿が言う。「こんなにお美しいご婦人方とは、そうそう出会えるものではない」

「お上手ですこと、閣下」リリーが愛想よく応える。「公爵が機嫌を損ねてしまうかもしれませんわ」

「わたしがもっと若ければ、彼と張り合っていたかもしれませんな」侯爵が声をあげて笑った。

　カトリーナが声をあげてキャメロンに駆け寄ってくる。「婚約したの？　レディ・ローズがわたしのお姉ちゃんになるの？」

「そうだよ、キャット」キャメロンは妹を抱きあげた。「レディ・ローズはおまえのお姉様になるんだ。彼女はぼくたちと一緒に暮らす」

「わあ！　きっとおうちを気に入るわ、レディ・ローズ。トリシャとわたしにはミス・ペニーっていう先生がいるけど、レディ・ローズも先生になってくれたらすてき」

「キャット、レディ・ローズはぼくの妻になるんだ。おまえの家庭教師にはならないよ」

「でも、ずっと一緒にいられるわ、約束する」ローズが少女の髪を撫でる。

ニューランドが咳払いをした。「プライス、侯爵閣下と侯爵未亡人からきみに話がある。重要な話だ」

「いったいなんのお話か、想像もつきませんね」キャメロンは言った。

「キャム――」ミセス・プライスが前に出た。「これ以上ないお話よ」

「わかりました。ここまでいらしたからには、それだけ大事なご用件なんでしょう」

「それなら、わたしはキャットとトリシャを犬舎に連れていって、子犬を見せましょうか」リリーが申し出た。

「すばらしいお考えですわ、公爵夫人」ミセス・プライスが言う。「感謝いたします」

「いいのよ、これくらい」リリーはキャメロンの妹たちを連れ、部屋を出ていった。

「内密に話がしたいのだが、かまわないかな、ミスター・プライス？」デンビー卿が尋ねた。

「はい、ですがレディ・ローズには一緒に話を聞いてもらいたいのです。ぼくに関わることは、彼女にも関係することですから」

「わかった。ニューランドときみのお母上はもう事情を知っている。だからここは単刀直入に言おう。きみはわたしの孫なんだ」

キャメロンは思わずあとずさりしたが、どうにか体勢を立て直した。彼の腕をつかむローズの手にも力がこもっている。

「なんですって？」

「もうかなり前になるが、わたしは若いメイドに子どもを産ませた。もちろん誇れることではない。ただ、力ずくで彼女に迫ったのではないことだけは知っておいてほしい。それに、もし彼女の妊娠を知っていれば、わたしは正しいことをしていた。しかし残念ながら、わたしの父が妊娠を知って、彼女を追い出してしまったんだ。わたしと母が真相を知ったのは、何年も経ってからだった」

キャメロンはごくりとつばをのみ込んだ。ローズの指が腕に食い込んでくる。

「メイドの名前はジョイ、ジョイ・プライスという。彼女の子がきみの父親だ」

「そんな」キャメロンは母親のほうを向いた。「ぼくの祖父は伯爵だと言ったじゃないか、母さん」

「当時のわたしは伯爵だった」デンビー卿が言う。「父が亡くなって、侯爵になったんだ」

「そうでしたか」脚の震えがおさまらない。キャメロンは姿勢を安定させようと、ローズの体に腕をまわした。

「ジョイを追い出して一〇年と少し経ってから、父の従者が死の床から使いをよこして、彼女がわたしの子を身ごもっていたと伝えてきたんだ。わたしは彼女を探したが、見つけられなかった。数カ月後にようやく彼女が亡くなっていたことを突き止めたとき、今度は息子の行方がわからなくなっていてね。紳士階級のあいだを探すという発想が当時のわたしにはなくて、救貧院や孤児院を必死で探したんだ。それが今朝、きみのお母上から、紳士階級だったきみのもうひとりの祖父がわたしの息子を馬屋番として雇い入れたと聞いた」デンビー卿の口から重いため息がもれる。「もちろん、それからの息子の運命を知ったときは悲しかったよ」

「キャム、いったいなんの話なの？」ローズが尋ねた。

「閣下」キャメロンはデンビー卿に言った。「婚約者にぼくの父のことを説明する時間をいただいてもかまわないでしょうか？」

「いいとも」

キャメロンは自分の父親であるコルトンについて語った。ローズは張りつめた表情で、その物語に耳を傾けていた。

「なんてひどい話なの」ローズがデンビー卿に視線を戻す。「閣下、お続けください」

デンビー卿は咳払いをして話を再開した。「息子の居所を突き止められなかったわたしは結婚を決意した。だが妻は子どもを授かることなく、一〇年前に他界してしまったんだ」

「残念です」キャメロンは言った。

「彼女はすばらしい女性で、よき妻だったよ。しかし跡継ぎがいないとなると、侯爵の爵位はわたしの死とともに途絶えてしまう」

「お子様のいるごきょうだいはいらっしゃらないのですか？」ローズが尋ねた。

「いないんだ、お嬢さん。わたしはひとりっ子だった」

「わたしの夫は暴君だったわ」レディ・デンビーがあとを続けた。「結婚したとき、わたしは一六歳で、夫とは二〇も年が離れていたの。嫁いだ年に跡継ぎを産んだあと、夫は二度とわたしに触れようとしなかった」

「なぜですか？」ローズがきいた。「その頃のあなたがお美しかったのは、見ればわかります」

「やさしいのね、お嬢さん。不幸なことに、わたしは夫を喜ばせるために必要なものを持っていなかったのよ」

「そんなの、理解できません」ローズが食いさがろうとした。

「あとで説明するよ、ローズ」事情を察したキャメロンは彼女をなだめた。

「母の言うとおり」デンビー卿がふたたび話を引き取った。「わたしの父は暴君だった。ジョイへの仕打ちを見れば明らかだ。わたしは立場を利用するようなまねをした昔の自分が許せないよ。言い訳のできない行為だったし、結果として彼女の死につながってしまった。魅力的な女性だったのに」

「本当にそうだったわ」レディ・デンビーがうなずいた。

「ゆうべ、劇場から戻った母がわたしの若い頃にそっくりな若者に会ったという話をしてくれたんだ。それがきみだよ。きみの姓がプライスだと聞かされたとき、これは会わなくてはならないと思ってね。今朝きみの屋敷に行って、お母上と長話をさせてもらった。彼女の話を聞いたあと、きみに会いにここへ来たというわけだ」

「驚くべき話ですね」キャメロンは言った。「なんと言っていいものか、よくわかりません」

「すべて聞き終えたら、きみはすっかり言葉を失うだろうな」デンビー卿はまたしても咳払いをした。「きみをわたしの跡継ぎにしたい」

キャメロンは神経が破裂しそうな思いで、頭を大きく振った。「なんですって?」

「わたしの跡継ぎ、侯爵の後継者だよ。後継者がいなければ、わたしの資産はわたし自身の死とともに王家へ戻されてしまう。いまは資産を継ぐ者がいないんだ」

「ですが、婚外子は爵位を継げないはずでは?」キャメロンはきいた。「違いますか?」

「はっきりさせておこう、プライス。きみは婚外子ではない。きみはわたしの息子の正統な子だ。婚外子だったのはきみの父親であって、きみは違う」

「もちろんそれはわかっていますが――」

「そして、わたしには跡継ぎを指名する権利がある。実は、指名されるのを待っている愚か者の遠い親戚がいるにはいるんだ。だがあんな男を指名するくらいなら、すべてを王家に渡したほうがはるかにましだよ。中世の貴族のあいだでは、爵位を正統でない子孫に継がせることも珍しくはなかったし、いまでもそうした選択肢はある。ただし、もう一度言うが、きみは婚外子ではない。それに間違いなくわたしの血を受け継いでいる」

「お気持ちには感謝します」キャメロンは言った。「ですが、ぼくはいまさら甘やかされた貴族になるつもりはありません」

「そう甘い話でもないよ。信じてくれていい」デンビー卿が続ける。「わたしの領地はそれなりに健全ではあるが、残念ながらここ一〇年ほど、完璧とは言えない運営しかしてこなかった。跡継ぎがいないせいで、しっかりと資産を守る意味を見失ってしまってね。もしきみが跡継ぎになってくれるなら、わたしが世を去る前に、すべてをしかるべき状態に戻すと約束しよう。もっとも、そのためにはわたしもきみも大変な責務をこなさなくてはならないだろうが」

「ぼくには仕事があります」キャメロンは言った。

「プライス、ばかを言うな」ニューランドが口をはさんだ。「わたしだって、きみを失いたくはない。だが、こんなすばらしい機会は二度とないぞ」

「でも、ぼくはようやく音楽にすべてを捧げて、それで生活していけるようになったんです。永遠の夢がちょうどかなったところなんですよ」

レディ・デンビーが微笑む。「ボウ、あなたにも音楽が大切だった時期があったわね。覚えている？」

「ええ、覚えていますとも。若い頃、わたしも音楽をやっていたんだ。父が跡継ぎはそんな軽薄なものにうつつを抜かすべきではないという考えでね、一〇代に入ったときにやめてしまった」

「ひどい話ですわ」ローズが言った。

「それでもわたしは生き延びたよ。もっとも、自由な時間に打ち込めるものがあったら、わたしだってメイドを追いかけまわしたりはしなかったかもしれんがね」

「ですが、そうなっていたらキャムもキャットも、トリシャだって、いまこの場にいません」ローズが応える。「それは大きな損失です」

デンビー卿が笑みを浮かべた。「きみは聡明でやさしい女性を手に入れたな、キャメロン。とても運がいい」

「おっしゃるとおりです」キャメロンはローズの頬に軽くキスをした。

「まだ若いキャメロンが音楽を追求しながら、あなたの跡継ぎになる方法があるのではないかしら」レディ・デンビーが言った。

「劇場が開く六カ月間、バースに滞在して劇場の仕事をするというのであれば、こちらとしては問題ないだろう」デンビー卿が提案した。「きみはどう思う、ニューランド？」

「もちろん、わたしとしては六カ月でもプライスがいてくれればうれしいです」

「そして残りの六カ月、きみときみの家族はわたしの領地で暮らす」

「領地というのはどこでしょうか、閣下？」キャメロンはきいた。

「ハンプシャーだよ」

「わたしの父の領地もハンプシャーよ」ローズが言った。

「それなら、きみの愛する奥方がご両親の近くで暮らせるということだ。どう思うね？」

「すみません」キャメロンは指を髪に走らせた。「あまりに急な話で考えがまとまらなくて」

「閣下」ミセス・プライスが口を開いた。「息子に爵位の話をしていただいてもよろしいですか？」

「もちろんだとも」デンビー卿が続けた。「わたしの跡継ぎとして、きみはソーントン伯爵を名乗ることになる。こちらの美しい女性は伯爵夫人というわけだな」

キャメロンは危うく膝からくずおれそうになった。

「収入を提供していくことも考えている。さっきも言ったとおり、わたしの領地の状況は万全ではない。だが、年に三〇〇〇ポンドは出せるだろう。加えて、ニューランドときみの屋敷をわたしが買い取る話もした。すでに彼はわたしの提案に同意したから、じきにきみの名前が入った書類も届くはずだ」

「閣下に屋敷を購入していただくことなどできません」

「できるとも。きみはわたしの孫なんだぞ。婚約祝いだと思ってくれればいい」

「少し座る必要がありそうです」

ローズがキャメロンを長椅子にいざない、自分も隣に座った。

「それから、きみの妹さんたちにも少額だが持参金を出そう。お母上にもそれなりの手当を受け取ってもらうつもりだ。額は年に一〇〇〇ポンドで考えている」

「閣下？」ミセス・プライスが驚きもあらわに言った。「そのお話は初耳ですが」

「本当はもっと出せればいいと思っているくらいだよ。わたしの息子に対するきみのやさしさと誠実さを考えれば、こんな額ではまるで足りない」デンビー卿が応える。「きみは息子の人生に関わり、寄り添ってくれた。脳の機能の多くを失ったあとでも。そのことを神に感謝する」

「彼は善人で、よき夫でした。わたしは彼を愛していましたし、彼はわたしにすばらしい子どもたちを与えてくれました。彼を知っていれば、閣下も誇りに思っていただけたはずです」

「そうだろうとも。わたしも彼の父親になれていたらと思うよ」

「閣下のおっしゃるとおり、言葉がありません」キャメロンは言った。

「わかりましたと言ってくれればいいんだ、キャメロン」デンビー卿がさらに続ける。「わたしの行いがきみの祖母と父親の人生を壊してしまった。それについては、もう償いもできない。だから、せめてふたりが愛した者たちの面倒くらいは見させてくれないか」

「ローズ」キャメロンは問いかけた。「きみはどう思う?」

「あなたが決めることだと思うわ、キャム」彼女が答える。「わたしはあなたを愛している。何があっても一緒よ、あなたも知っているとおりね」

「母さん?」

「わたしもレディ・ローズと同じ意見よ。あなたが決めるべきだわ」

キャメロンは美しい婚約者を見つめ、それから母親に視線を向けた。この爵位がもたらす人生を、ふたりから奪ってしまうのはわがままというものだろう。「わかりました、閣下」彼はデンビー卿に言った。「あなたの跡継ぎになります」

「よし、これでいい」デンビー卿が顔に笑みを咲かせ、前に進み出てキャメロンの手を握った。「ささいなことだが、あとひとつだけ言っておかねばならない」

「なんでしょう?」

「きみにはわたしの姓を名乗ってもらう。もしわたしがきみの祖母に対して正しいことができていたら、そうなっていたはずだ」

「それは……かまわない、と思います。新しい名前に慣れるのは大変でしょうが」

「どのみち慣れなくてはいけない。ソーントン伯爵になるのだから、これからはプライスではなく、ソーントンとして世に知られることになるんだ。姓も一緒に変わったところで、さしたる違いはあるまい」

「そう……なのでしょうね」キャメロンは応接室の中を歩きまわりはじめた。「きみのお父上がこの話を喜んでくれるのは間違いないな」ローズに向かって言う。

「ええ、そうね」彼女が応えた。「でもそんなこと、わたしにとってはどうでもいいわ」

「わかっているよ、ローズ」

「アシュフォードとわたしの孫とのあいだに、何か問題でもあるのかね?」デンビー卿がきいた。「わたしが彼と話そう」

「ぼく個人についてではないと思います、閣下」キャメロンは答えた。「ぼくの平民としての地位の問題です。伯爵閣下は、ローズにはもっといい相手がいるとお考えなのでしょう」

「あなた以上の男性なんているはずがないわ、キャム」ミセス・プライスが即座に言う。

「あなたのお母様は正しいわ」ローズが小さく笑った。「でも伯爵となれば、わたしの父と同格よ。侯爵を継いだあかつきには、父よりも上位になる」

事態の珍妙さに、キャメロンは思わず笑った。「きみを姉君と同じ公爵夫人にしてあげられなくてすまない」

「わたしを何かにしてくれるなら、妻にしてちょうだい。それでいいのよ、キャム。わたしの願いはそれだけなのだから」

ニューランドが前に進み出た。「盛りあがってきたところを邪魔して申し訳ないが、わたしはそろそろバースに戻らねばならない。今夜も上演があるのでね」

「ええ、そうでした」キャメロンはうなずいた。「ぼくも戻らないと」

「いや、いいよ。ふた晩ほどゆっくり休め」ニューランドが言う。「ゆうべの音楽は完璧だった。どこも変える必要はないさ。少し休んで、これからの人生についてじっくり考えるといい」

「寛大ですね、ニューランド。ありがとう」

ニューランドが去るとすぐにリリーが戻ってきて、キャメロンの新旧の家族を翌日に行われる結婚式に招待し、このまま泊まっていくよう提案した。

「さあ、キャム」ローズが声をかける。「父と面会する約束があるわよ」

「そうよ」リリーが笑い声をあげた。「きっとお父様が身にまとっている尊大な空気が吹き飛ぶわね」

「申し訳ないが、どうしてもばかばかしく感じてしまう」キャメロンは言った。「ぼく自身は一時間前と何も変わっていないのだから」

「もちろんそうでしょうとも、ミスター・プライス」リリーが応える。「それとも閣下とお呼びすべきかしら。でもね、父にとって、いまやあなたは同格なのよ。わたしもご一緒していい？　それを知った瞬間の父の顔が見たくてたまらないの」

「わたしも行こう」デンビー卿が言った。「誇りを持って、アシュフォードにきみをわたしの孫で跡継ぎだと紹介するよ」

「その必要はありません」キャメロンは返した。「ぼくは伯爵閣下を恐れているわけではありませんから」

「わたしたちもそれはわかっているわ、キャム」ローズの声は弾んでいる。「ただ、みんな楽しいことに参加したいだけなのよ！」

19

「笑うのはそろそろやめてくれないか?」キャメロンは歩きながら、ローズの手を強く握った。

「ごめんなさい。すべてを話したときの父の顔があまりにも……あれだけは、いくらお金を積んでも見られないわ!」ローズが笑いながら彼に寄りかかってくる。

キャメロンの体がうずいた。彼女にほんの少し触れただけで、まるで青くさい学生に戻ってしまったかのようだ。「これで、ぼくも晴れてきみの子の父親にふさわしい男になったわけだ」

「いつだってふさわしかったわ、キャム」

「子どもの名前はどうする? 家族の名で気に入っているものはあるかい?」

ローズが首を横に振り、声をあげて笑う。「両親のことは愛しているけれど、子どもにクリスピンやフローラという名前をつけるつもりはないわ。子どもがかわいそうだもの」

彼も賛同した。「たしかに。ぼくも母を愛しているが、かわいい女の子をクレメンティーンと名づけるのには抵抗がある。だが、男の子だったら父の名をつけたい。コルトンだが、かまわないかな？」

「キャム、すばらしい考えだわ。でも話したでしょう、夏至のお祭りで会ったおばあさんは女の子だと言っていたのよ」

「きみはそのおばあさんを信じているのかい？」

ローズがにっこりする。「信じたいと思っているわ。だって、あなたが戻ってくると言ってくれたもの。そしてあなたは戻ってきた。その点については、彼女は正しかったわ」

「何があろうと、ぼくはきみのもとに戻っていたと思う。ぼくとしては、そう信じたい。それに子どものことを知ったら、ぼくを押しとどめるものは何もなかっただろうね」

「もうすべて終わって、丸くおさまったのよ、ありがたいことに。それより、もしおばあさんが正しくて女の子が生まれてきたら、名前はどうしようかしら？」

「ぼくの祖母の名はどうだろう？　ジョイは？」

ローズは微笑んだ。「すてきね。ファーストネームをあなたの家族から取るなら、セカンドネームはわたしが決めていいかしら？」

「もちろんだ」キャメロンは完全に彼女の意のままになっていた。ローズの望みであれば、なんでも認めてしまうだろう。たとえばコルトン・クリスピンや、ジョイ・クレメンティーンといった最悪の名前であっても。

「うれしいわ。じゃあ男の子だったら、わたしの兄の名を入れてコルトン・トーマス、女の子だったら、姉の名を入れてジョイ・リリーね」

キャメロンは喜びの涙をこらえた。つい先ほど浮かんだ最悪の名前がローズの口から出てこなかったことにほっとする。「どちらも本当にいい名前だ。いまきみの中で眠っているのがコルトンなのかジョイなのかわからないが、どっちが先にせよ、もうひとりもすぐにやってきそうな気がするよ」

ローズがくすくす笑う。「わたしはいま気分がいいの、キャム。乗馬にでも行かない？アポロがいないのはわかっているけれど、ダニエルの馬に乗ればいいわ。彼なら気にしないから」

キャメロンは息を吸い込んだ。新鮮な夏の空気と愛する女性との乗馬。完璧だ。「いいとも、いとしい人。案内してくれるかい？」

ふたりは厩舎に行き、ローズが彼のために去勢馬を選んだ。馬の用意をしながら、他愛もない話に花を咲かせる。キャメロンは鞍を取ろうと腕を伸ばした。次の瞬間、扉に鍵をかける音が聞こえ、はっとしてうしろを振り返った。

「ここにいると思ったよ」エヴァン・ゼイヴィア卿が言った。

「閣下」キャメロンは咳払いをした。「ぼくに何かご用でも？」

ローズがベゴニアの向こう側から顔を出す。「エヴァンなの？」

「プライスと話しているところだ、ローズ」エヴァンが暗く険しい目をして言った。

「いったい――」

「きみは黙っていろ！」

キャメロンの首のうしろが怒りでこわばった。「彼女にそんな口の利き方はしないでください。ぼくになんのご用ですか？　それに、なぜ扉の鍵を閉めるんです？」

「きみたちのめでたい話を聞いた。きみとぼくとで決着をつけよう、プライス」エヴァンが決闘用の拳銃を出し、キャメロンに狙いをつける。

キャメロンは心臓が口から飛び出そうになり、内臓が引きつった。いったいどうしたというのだ？　目の前にいるのはエヴァン・ゼイヴィアであって、どこかの正気を失った男ではない。彼の中で何が起きている？

「エヴァン！」ローズが叫んだ。

「行くんだ、ローズ」声が震えないように願いつつ、キャメロンはエヴァンに視線を移して続けた。「彼女を行かせてください、ゼイヴィア卿。鍵を開けて外に出すんです」

「だめよ！」ローズがキャメロンの正面に立った。「もし彼に何かするつもりなら、先にわたしが相手になるわ」

「きみには関係ない、ローズ」エヴァンが言う。「プライスとぼくの問題だ」

「もちろん関係はあるわ。キャメロンに、わたしと関係のないどんな用があるというの？」

「ローズ、行ってくれ」キャメロンは懇願した。「ぼくなら大丈夫だ」

「いやよ。あなたを置いては行かないわ」

「子どものことを考えるんだ」彼女の耳にささやく。

ローズの態度がやわらいだ。

「ぼくは心配ない。約束するよ」この言葉が嘘になりませんように、とキャメロンは祈った。

彼女がうなずく。「あなたがそう言うのなら。わたしは助けを呼んでくるわ」ローズはエヴァンから目を離さず、壁に沿って扉までじりじりと進んでいった。鍵を自分で開け、小走りで外へ出ていく。

キャメロンは両手をあげた。心臓が破裂しそうだ。「ゼイヴィア卿、まさか丸腰の男を撃つ気ではありませんよね？」相手は山のような大男だ。それでも撃たれるよりは殴られるほうがましだろう。

「彼女はぼくのものになるはずだった」ゼイヴィアが言った。

「作曲料の話なら、返すつもりでいました。ローズにきいてもらえばわかります」

「ぼくが金のことを気にしていると思うのか？」ゼイヴィアが苦しげに顔をゆがませ、一歩前に踏み出した。大きく息をつき、拳銃をさげてポケットに戻す。「まったく、ぼくはなんてことを。すまない」

神経がざわつく中、キャメロンはゼイヴィアに近づいていった。「いったいどういうことなんです？」

「わからない。原因はたぶんローズだ。自分の愚かしい誇りや、父の結婚式のこともあるのかもしれない。すべてがあっという間に変わってしまうんだ。自分がどこに向かっているのか、わかっているはずだったのに」ゼイヴィアは金色の髪をかきあげた。「きみをどうかするつもりはなかった。少し怖がらせたかっただけだ」力なく笑い声をもらし、言葉を絞り出す。「拳銃だって、弾もこめていない」

「それなら目的は果たしましたよ。あと少しでズボンを汚すところでした」キャメロンは体の震えを抑え込もうとした。奇妙なことに、目の前の男にある種の親しみを感じる。キャメロン自身の人生もまた、ゼイヴィアと同じくこのひと月で劇的に変化した。

「父がほかの女性と一緒にいるところを見るのはつらい。それでも本人は幸せそうなんだ」

「だったら、あなたもお父上のために幸せでいないといけない」

ゼイヴィアが沈んだ目でうなずいた。「ぼくはまだ幸せを見つけられずにいる。ローズとの生活にそれを求めたが、どうやらそこにはなかった。彼女とぼくのあいだには、はじめから何もなかったんだ。きみがうらやましいよ。父もうらやましい。きみの言うとおり、ぼくは父のためにも幸せにならないといけない。心の中ではわかっているんだ」

「少し時間はかかるかもしれません。でも、大丈夫です。ぼくが――」

「ミスター・プライスというのはきみか？」

扉が閉まる音がして、キャメロンとゼイヴィアは同時にそちらを見た。そこにはかなり髪の後退した男が銃を手に立っていた。キャメロンは息をのんだ。男が持っているのは本物の銃で、ゼイヴィアが持っていた一発しか弾のこめられない決闘用の拳銃ではない。

「誰だ？」キャメロンは尋ねた。ふたたび内臓が引きつる。

「きみがキャメロン・プライスだな？」見知らぬ男が質問を繰り返した。

キャメロンはつばをのみ込み、それから答えた。「そうだ」

「では、わたしはきみのいとことということになるのか。あるいは、はとこの子か孫といったところかな。とにかく、わたしの名はドーランス・アダムス」

「ああ、愚か者の遠い親戚というのはきみか」デンビー侯爵から聞いた言葉が、思わず口をついて出た。

「銃を向けられているのはそっちであることを考えると、どちらが愚か者かという点については議論の余地があるな」アダムスは前に進み出た。「きみは関係ないが――」ゼイヴィアに銃を向けて言う。「目撃者がいてはまずいんでね。ふたりとも、ここで死んでもらうしかなさそうだ。今回は、昔きみの父親にしたよりもうまくやるつもりだよ」

「ぼくの父に？」キャメロンは首を横に振った。ひどい耳鳴りがする。「それは間違いだ。ぼくの父は七年前に亡くなった。そんなに昔じゃない」

「残念ながらそうらしいな、わたしも最近知ったばかりだが。本当なら、わたしが雇った男たちがとうに殺しているはずだった」

「なんだって？」キャメロンはめまぐるしく考えをめぐらせた。父の死は祖父のせいではなかったのか？「ぼくが聞いた話では、ぼくの母の父親が――」

「そうじゃない。わたしはこの数週間で調べたんだ。きみの祖父は両親を屋敷から追い出しただけだ。襲撃はわたしがやらせた。もっとも、わたしが信用した連中は明らかに失敗したようだが。だから今回はこうしてみずから来たんだ。きみを生かしてこの厩舎から出す気はない、プライス」

「いったいどういうことだ、プライス？」ゼイヴィアがゆっくりとキャメロンから遠いほうの壁に近づきながらきいた。

「できたらあとで説明します」キャメロンの心臓は早鐘を打っている。相手に話をさせなくては。ローズと赤ん坊のことを考えるのだ。「聞いてくれ」彼はアダムスに言った。「侯爵の爵位が欲しいならくれてやる。ぼくはそんなもの、欲しくなかったんだ」ローズのことは何も言うな。子どもがいると知られたら――そのあとは恐ろしくて考えたくもない。

アダムスがため息をついた。「そんなに単純な話ならいいんだが、残念ながらそうもいかない。きみは死ななくてはならないんだ」彼の腕があがった。

そのとき、ゼイヴィアがサイクロンのように突進してアダムスの体に組みつき、すさまじい音とともに地面に倒した。アダムスはゼイヴィアの巨体の下で暴れたが、うまく動けないようだ。銃から発射された弾丸が天井にめり込み、馬たちが馬房の中で暴れだした。キャメロンは体がしびれてうまく動けず、立っているのがやっとだった。

「そのいまいましい銃を奪え、プライス」ゼイヴィアの低い声がする。

キャメロンはとたんにわれに返り、取っ組み合っている男たちのそばに駆け寄った。銃はどこだ？　あった。アダムスの右手にまだ握られている。集中し、狙いを定めて思いきり蹴り飛ばすと、銃が泥の上を転がっていった。前に駆け出して銃をつかみ、まだ格闘を続けている男たちのほうに銃口を向ける。

「銃は奪った。ゼイヴィア卿、離れてください」

ゼイヴィアがアダムスの顔面に何度か拳を叩きつけてから立ちあがると、アダムスが泥の上で身をよじらせた。

「あなたの勇気には脱帽します」キャメロンはゼイヴィアに言った。「借りができましたね」

ゼイヴィアは首を横に振り、両手を振った。「これで貸し借りなしだ。さっきは自分の中で何が起きていたのか、われながらよくわからない。本当にすまなかった」

「プライス、大丈夫か?」ライブルック公爵が、三人の使用人を引き連れて厩舎に飛び込んできた。

「ええ、大丈夫です」キャメロンは上着をはたきながら答えた。「ゼイヴィア卿のおかげで命拾いしました」

「だが、ローズの話だと――」

「それはただの誤解です。当局の者を呼んだほうがいいでしょう」地面を指さして言う。「この男はドーランス・アダムスといって、ぼくとゼイヴィア卿を殺そうとしました」

「なんだって? わけがわからないぞ」

「デンビー侯爵閣下を探してください。この男をご存じのはずですから。ぼくと侯爵閣下の親戚だそうです」

アダムスは鼻から血を流しながらうめいている。ふたりの使用人が彼の手首を背後で縛り、体をつかんで立ちあがらせた。「貯氷庫にぶち込んでやる」ひとりがそう言い、彼らはアダムスを連れて厩舎を出ていった。

「正直に言います、ゼイヴィア卿」キャメロンは思いきってゼイヴィアの背中を叩いた。

「実は、ぼくはずっとあなたが味方だったら頼もしいと思っていました」

「力になれてよかった。先ほどのぼくの行いを許してくれるか?」

「とっくに許していますよ。あなたが行動に出ていなかったら、アダムスが現れたときにぼくとローズはふたりでここにいたかもしれない。そうなったら、どちらも殺されていた可能性もある」キャメロンはようやく笑みを浮かべた。体の震えもようやくおさまってきたようだ。「さあ、ここを引きあげて汚れを落としませんか。明日は結婚式があるのでしょう?」

エピローグ

アイリスとブライトン伯爵がつつがなく夫婦となったあと、ローズとキャメロンは屋敷の外に抜け出した。

キャメロンが彼女を抱き寄せてキスをする。ローズは吐息をもらして言った。「ここはリリーの結婚式のあと、わたしたちがあと少しで愛を交わすところだった場所よ」

彼はローズの顎の線に沿って小さくキスの雨を降らし、唇をうなじから夏用のドレスのせいであらわになった肩へと移していった。キャメロンの唇の感触に、彼女は身を震わせた。コルセットの下にある胸の先端は、すっかりかたくとがっている。

「そして別の結婚式のあと、ぼくたちはまたここにいる」キャメロンが彼女の肌をやさしく嚙んだ。「これからどうしようか?」

「考えがあるわ」ローズは彼の手を取り、ドレスの下へといざなった。情熱的な愛撫を期待して、秘めやかな場所が小刻みに震えている。

キャメロンが息をのみ、それから小声で笑いはじめた。「いけない子だ、下に何もつけていないなんて」彼の指がローズの大切な部分に入っていく。「それにすごく濡れているね、マイ・レディ。ぼくのために」

「あなたのためよ、閣下」彼女はキャメロンの首に向かって吐息をもらし、男らしい香りを吸い込んだ。「あなただけのため」

著者注記

バースの王立劇場は一八〇五年に完成した。観客の収容人数は九〇〇人で、ロンドンの外では最も重要な劇場のひとつだ。この劇場は二〇一〇年に大規模な改修がなされたあと、現在も使われている

ザカリー・ニューランドは架空の人物であり、王立劇場で演じ、リーガル劇場を開いたという事実はない。キャメロンに作曲の場を与える必要から、この劇場を創作した。

芸術家がしばしば支援者を得ていたのは事実であり、作曲家でオルガン奏者のトーマス・アトウッドは実際に彼のハープシコードの才能に感心した皇太子――のちのジョージ五世――に費用を出してもらい、モーツァルトに師事した。

ローズとキャメロンの架空の世界においては、デンビー侯爵未亡人が若きザック・ニューランドを庇護した。ザックはそれにならい、ライブルック公爵による事業支援の継続という狙いもあって、正式な音楽教育を受けていないキャメロンに作曲家としての仕事を提供した。

現実の世界でもこれと似たようなことが行われ、本作のように人生が大きく変わった人々がいたことはじゅうぶんに考えられる。

著者メッセージ

読者のみなさまへ

本作をお読みいただき、ありがとうございます。わたしのこれまでの作品や刊行予定などに興味をお持ちの方はフェイスブックのページ（www.facebook.com/HelenHardt）にアクセスいただき、メーリングリスト（www.helenhardt.com/signup/）に登録してください。プレゼントの発表なども行っております。もし作品を気に入っていただけて、草の根のプロモーション活動に参加したいとご希望の方はチームのページ（www.facebook.com/groups/hardtandsoul/）もございますので、ぜひご参加ください。チームのメンバーにはすてきなプレゼントなども随時用意させていただきます。

本作を楽しんでいただけた方は、アマゾン（Amazon）などのサイトへのレビュー投稿もお願いします。いかなるフィードバックも大歓迎です。

みなさまのご多幸をお祈りします！

ヘレン

読書会のための論題

1　物語の主題とは、その中心となる思想や考えのことである。単純に言ってしまえば、その物語が意味するところこそ主題に当たる。本作の主題をどう表現する？

2　物語の冒頭、ローズは典型的な〝いい子〟として登場する。結末を迎えた時点の彼女は、果たして〝いい子〟なのだろうか？　そう思う、思わない理由は？

3　キャメロンとエヴァンはローズの身分に固執している。ふたりを比較し、対照させてみよう。ふたりの類似点と相違点はどこか？

4　キャットが生まれたあとで父親が亡くならなかったら、キャメロンの人生はどのように変わっていたと思うか？

5　ミセス・プライスの性格について議論してみよう。彼女はどのような女性だと思うか？　それぞれの子どもたちと、どのような関係を結んでいるか？　亡くなった夫とはどのような関係にあったと思うか？

6　本作ではローズの父、アシュフォード伯爵の人物像が少しばかり明かされる。伯爵は熱心なキリスト教徒で、社会的な地位に固執している。当時の貴族にありがちなように、物事を白か黒かで見る人物のようでもある。こうしたことから、伯爵についてわかることはあるか？　こうしたことは妻や子どもとの関係にどんな影響を与えていると思うか？　キャメロンとローズの結婚に対する反応については？

7　リリーが結婚した夜、ローズがキャメロンと肉体関係を持たない決断をしたことをどう思うか？　彼女の気持ちを変えるにはどうしたらいいか？

8　キャメロンの父親が襲撃を受けず、脳の損傷もなかったとしら、彼の人生はどのようなものになっていただろうか？　ミセス・プライスや子どもたちの人生は変わっていたと思うか？

9　ロマ族の老女、メリーナの場面について議論しよう。彼女は自分の予想に絶対の自信を持っているが、のちにローズとリリーの素性を知っていたことが明かされる。彼女のほかの予想も正確だと思うか？　どの予想が正確で、そう思う理由は？　占いについてはどう思うか？　メリーナの能力は本物？　それとも、単に知っている事実から推測しているだけ？

10　物語のラストにおけるエヴァンの行動は性格とかけ離れているように見える。彼の行動の動機はなんだと思うか？

11　アイリスとデイヴィッドのサブストーリーは老いらくの恋の美しい物語である。ふたりのこれからはどうなっていくと思うか？

12　キャメロンの妹たち、トリシャとキャットの将来はどうなるか？

13　キャメロンの父、コルトンは困難な人生を送った。母であるジョイが亡くなる前の彼の人生はどのようなものだったと思うか？　彼らはどのようにして親子関係の帳尻を合わせたのだろうか？

14　本作にはザカリー・ニューランドやデンビー侯爵未亡人、ドーランス・アダムス、レディ・マイヤーソンなど、個性的な脇役たちが数多く登場する。それぞれの役割について議論しよう。彼らの物語上の目的はなんだと思うか？

15　アレクサンドラにとってのヒーローは誰になると思うか？　あるいは、まだ登場していない人物なのだろうか？

謝辞

〈ウォーターハウス・プレス〉の人々の、わたしの仕事に対する変わらぬ信頼に感謝を。あなた方の助けを得て、本シリーズを完成させることを楽しみにしております。デヴィッド、ジョン、カート、シェイラ、イヴォンヌ、ロビン、あなたたちがいなければ、ここまで来ることはできませんでした。そして、メレディス・ワイルド、変わらぬ支えをありがとう。あなたが思っているより、はるかに大きな助けになっています。

才能豊かな編集者のミシェル・ハムナー・ムーア、勤勉な仕事に感謝します。

そして、ローズとキャメロンの物語を楽しみにし、本作をお読みいただいたみなさまに感謝を捧げます。楽しんでいただけたら幸いです。次はアレクサンドラの物語……情熱あふれるお話です！

訳者あとがき

前作『誘惑の言葉はフェルメール』でライブルック公爵と結ばれたリリーの妹、ローズの物語がここに始まります。

公爵家のハウスパーティーに家族で招かれたローズは、裕福な伯爵家の次女。姉のリリーは若き公爵と劇的な恋に落ち、季節が春から初夏へと移る頃には公爵夫人となりました。そして公爵夫妻の結婚祝賀舞踏会の場面から、新たな物語の幕はあがります。公爵領に住むキャメロン・プライスは一介の領民ながら音楽の才能を公爵に認められ、舞踏会で花嫁と踊るワルツの作曲を依頼されました。曲はピアノ曲で、当日演奏するのは花嫁の妹であるローズ。結婚式までの期間が短いため、公爵家の音楽室でキャメロンが作曲に励むかたわらで、ローズはできたばかりの曲をピアノで練習しました。ローズは日に日にキャメロンの存在を意識しますが、彼の態度は素っ気なく、むしろ彼女に軽蔑の念を抱いているかのよう。けれども、それは自分は領民でしかないという彼の屈折した思いの表れでした。キャメロンにとって、伯爵令嬢のローズはまさに高嶺(たかね)の花なのです。

舞踏会の夜、シャンパンに酔ったキャメロンはひとけのない庭でローズにダンスを申し込みます。ふたりは頭の中で流れる音楽だけを頼りにワルツを踊り、唇を重ねます。従順でおとなしく、姉に比べていつも〝いい子〟だったローズは、はじめて知る快感に自分を忘れてしまいそうになり……。

作者のヘレン・ハートは、眠るときに母親に読んでもらっていた本をきっかけに書き言葉への情熱に目覚め、六歳ではじめて物語を書いてから、現在まで執筆をやめたことがないそうです。二〇一八年夏にはヴァンパイア物の新シリーズを発表し、とらわれの身から逃げ出したヴァンパイアと看護師のスリリングなロマンスを描いて大好評を得ています。

本作は前作のラストからそのまま続く形で、舞台はライブルック公爵邸。登場するのは公爵家の人々にローズの家族とその親戚と、まったく同じ面々ですが、今回はヒロインのローズとは別に、なんとローズの母親の姉であるアイリスにスポットライトが当たります。若き日のアイリスは美しい妹の陰に隠れ、求婚者も現れぬまま結婚適齢期を過ぎそうになり、焦った両親によって、会ったこともないスコットランドの伯爵のもとへ嫁がされました。しかしこの伯爵はアイリスに暴力を振るい、ふたりのあいだに生まれた娘たちをも虐げます。つらい結婚生活でしたが、アイリスは一度だけ、とあるハウスパーティーで出会った男性に身も心も捧げます。けれどお互いに配偶者のある身で、ふたりは愛し合いながらも別れを決意しました。それから二〇年が経ち、アイリスは彼と再会を果たして……。

熟年カップルの恋愛なのに、アイリスにとってははじめての、そしてたった一度の恋愛だったためか、まるで少女の恋のような初々しさ！　娘のアレクサンドラよりも、はるかに心が純粋なのでは？と思わされます。さて、そのアレクサンドラはというと、相変わらず貧しさを毛嫌いし、愛や爵位よりもお金よ、と堂々と公言しては姉のソフィーにたしなめられ、姉妹で延々と口げんかを繰り広げています。目下のところはアレクサンドラが望むとおりに、裕福な紳士とうまくいっているようですが、果たしてどうなるのでしょう？　そんな妹に比べて、姉のソフィーはわりと印象が薄く、これまでのところ作品中ではロマンティックな性格ということぐらいしか書かれていません。けれど、実は天使のような美声の持ち主らしいのです。内気な性格のために、誰もその歌声を聴いたことがないというのですが……。

ヴィクトリア朝のイングランドを舞台に繰り広げられる恋愛物語を、どうぞお楽しみください。

二〇一九年二月

ライムブックス

薔薇に捧げる愛の旋律

著　者　ヘレン・ハート
訳　者　岸川由美

2019年3月20日　初版第一刷発行

発行人　成瀬雅人
発行所　株式会社原書房
〒160-0022東京都新宿区新宿1-25-13
電話・代表03-3354-0685　http://www.harashobo.co.jp
振替・00150-6-151594
カバーデザイン　松山はるみ
印刷所　図書印刷株式会社

落丁・乱丁本はお取替えいたします。
定価は、カバーに表示してあります。
 ISBN978-4-562-06521-9 Printed in Japan